Die Märchen der Weltliteratur

Begründet von Friedrich von der Leyen

Herausgegeben von Hans-Jörg Uther

Märchen aus 1001 Nacht

Erster Band

Ausgewählt und herausgegeben
von
Heinz Grotzfeld

EUGEN DIEDERICHS VERLAG

Die Deutsche Bibliothek – CIP-Einheitsaufnahme
Märchen aus 1001 Nacht / ausgew. und hrsg. von Heinz Grotzfeld. – München: Diederichs
(Die Märchen der Weltliteratur)
Einheitssacht.: Alf laila wa-laila ⟨dt.⟩
ISBN 3-424-01097-9
NE: Grotzfeld, Heinz [Hrsg.]; EST
Bd. 1 (1993)

Umschlaggestaltung: Ute Dissmann, München
Produktion: Tillmann Roeder, München
Satz: Uhl+Massopust, Aalen
Druck und Bindung: Wiener Verlag, Himberg
Printed in Austria

ISBN 3-424-01097-9

INHALT

1.

Der Beginn der Erzählungen von Tausendundeiner Nacht

In Indien lebte ein König, der gerecht über seine Untertanen herrschte. Jedes Jahr gab er seinen Freunden und den Großen seines Reiches ein prächtiges Fest, für das sie auf seinen Befehl ihre schönsten Kleider anzogen. Er bewirtete sie mit Speise und Trank, und die Leute von nah und fern aßen und tranken, und wenn sie gegessen und getrunken hatten, zog sich der König für eine Weile in sein Schloß zurück. Dann trat er in seinem schönsten Ornat zu ihnen hin, nahm Platz auf seinem Königsthron und befahl, einen riesengroßen Spiegel auf einem Gestell mit eisernen Rädern herbeizuholen. Er betrachtete darin sein Antlitz und sagte dann zu seinen Freunden und den Großen seines Reiches: »Kennt ihr jemanden auf Erden, der schöner ist als ich?« und sie sagten »nein, o König« und der König freute sich darüber und ließ sich beglückwünschen.

In einem Jahr nun, als er es wieder wie alljährlich hielt, erhob sich ein alter Mann von den Großen seines Reiches und sprach: »O König, hüte dich davor, dich selbst zu bewundern. Wenn du durch die Provinzen fährst und die Länder durchstreifst, wirst du im Lande Babylon, in der Stadt Khorasan, einen jungen Mann finden, einen Kaufmannssohn von überragender Schönheit und höchster Anmut, der schöner ist als du.« Da fragte der König: »Welches Mittel gibt es, ihn hierher vor mich zu holen? Wenn es sich dann so verhält, wie du sagst, sollst du eine reiche Belohnung erhalten. Ist es aber anders, so werde ich mich schrecklich an dir rächen.« Der Alte antwortete: »Du kannst ihn nur mit Geld und Geschenken hierher bringen.« – »Das sollst du haben«, sagte der König.

Da nahm er alles an Gütern und Geschenken, was ihm passend schien, und rüstete ein großes Schiff aus. Der Scheich und seine Begleiter bestiegen das Schiff, stachen in See und fuhren mit günstigem Wind ungefähr zwei volle Monate, bis sie sich der Stadt Khorasan näherten. Sie fuhren in den Hafen ein, der Scheich stieg vom Schiff, ließ die Güter und Geschenke, die er bei sich hatte, an Land bringen und vertraute das Schiff einem seiner Begleiter an. Er kaufte Lasttiere, ließ alles aufladen, was er aus dem Land Indien mit sich führte, und machte sich auf den Weg nach der Stadt Khorasan. Als er dort ankam, begab er sich zu der besten Herberge und mietete darin einen schönen großen Raum im Obergeschoß, ließ sein Gepäck und seine Schätze dorthin schaffen und ruhte sich aus.

Nach drei Tagen suchte er den Laden des Khorasaniers im Basar der Parfümhändler auf, grüßte ihn und nahm ihm gegenüber Platz. Sein Sohn aber saß auf einem brokatnen Polster; zu seinen Häupten standen zwei schwarze Sklaven, die ihn bewachten, und er trug einen weißen Turban, so wie der Dichter sagt:

Ein Turban, dem die Wangen ihren Glanz verleihn,
Oder wirft der Turban auf die Wangen seinen Schein?
Sein Antlitz, deucht mir, wie sein Turban, gleicht
Dem vollen Monde, der zum Untergang sich neigt.
Blickt er zu uns her oder naht er heran,
Spricht er mit uns oder lächelt er uns an,
So starren die Augen auf ihn, unverwandt;
Und Leib und Seele sind von seinem Reiz gebannt.

Als der indische Scheich den Laden des Khorasaniers betrat, bot er ihm einige von den mitgebrachten Schätzen an. Der Parfümhändler verwunderte sich darüber, denn dergleichen war in seinem Land nicht üblich. »Weißt du, Abu Muhammad«, sagte der Inder zu ihm, »daß ich die Reise von Indien hierher nur unternommen habe, um dich aufzusuchen, weil ich von deiner Vortrefflichkeit, deiner Freundlichkeit und deiner Umgänglichkeit vernommen habe.« – »Gott möge dich segnen«, antwortete der Khorasanier, »und er möge uns helfen, daß wir uns dir gegenüber gebührend verhalten. Ich will dir in allem entgegenkommen und werde alle Anstrengungen unternehmen, um das, was du hergebracht hast, zu verkaufen, so Gott will.« Da sagte der Inder: »Gott lohne es dir!« Hierauf rief der Parfümhändler einen seiner schwarzen Sklaven, wechselte mit ihm ein paar Worte, die der Inder nicht verstand, neigte sich dann zu ihm und sagte: »Dürfte ich dich einladen, mit mir nach Hause zu gehen und mit mir zu speisen? Zwischen uns soll auf immer Vertrauen und Freundschaft sein.«

Der indische Scheich willigte ein und ging mit ihm und seinem Sohn. Als sie an das Haustor kamen, schlug der junge Mann ein paarmal mit dem Türklopfer an das Tor. Da öffnete ihnen eine Maid, schlank wie eine Weidengerte, rank wie ein Bambusrohr; als sie die drei Männer erblickte, küßte sie den Boden vor ihnen, und sie traten ein in ein geräumiges Haus. Sie begaben sich zum Empfangssaal, dessen Vorhänge von einem sanften Windhauch bewegt wurden. Der Raum war mit kostbarem Brokat ausgeschmückt und links und rechts stand eine Ruhebank mit goldenen Füßen. Jeder ließ sich auf einem Polster nieder.

Der Parfümhändler wandte sich zu seinem Sohn und gab ihm einen Wink mit den Augen. Da ließ er sofort die Sklavinnen kommen, und die kredenzten die Schüsseln mit allerlei köstlichen Speisen, Brot und Fleisch- und Geflügelgerichte, wie sie die Einwohner von Khorasan zubereiten, und sie aßen, als hätten sie es lange entbehren müssen. Der Khorasanier bewirtete so seinen indischen Gast drei Tage lang in seinem Haus, dann brachte er ihn im Haus gegenüber unter und stellte ihm alle Möbel und allen Hausrat, den er brauchte, zur Verfügung. Er behandelte ihn als seinen Freund und beschwor ihn, alle Tage nur mit ihm zusammen Speise und Trank einzunehmen, und sie wurden wie zwei Seelen in einem Körper. Dann wandte sich der indische Scheich an den Khorasanier: »Ich möchte dir alles vorführen, was ich von Indien und anderswoher mitgebracht habe.« Als der Khorasanier zu allem seine Zustimmung gab[1] und er noch nie gesehene Dinge zu sehen bekam, sagte der Inder zu ihm: »Abu Muhammad, warum schickst du nicht deinen Sohn mit uns nach Indien, damit ich ihn den Königen und Fürsten und den Kaufleuten vorstelle und er unter ihnen bekannt, geehrt und geachtet wird. Er könnte dort das Kaufmannsgewerbe erlernen, denn dazu taugt er, sehe ich doch, daß er gewitzt und klug ist und einen scharfen Verstand besitzt.« Aber der Khorasanier entgegnete: »Er ist jungverheiratet und kann erst reisen, wenn das Jahr ganz abgelaufen ist. Doch steht uns niemand so nah wie du. Wenn du bei uns bleibst, bis das Jahr vorüber ist, lasse ich ihn dir zuliebe mitreisen.« So blieb der Scheich, bis das erste Ehejahr des jungen Mannes abgelaufen war.

Dann wandte sich der Khorasanier an seinen Sohn: »O Ẓahr al-Basâtîn[2], nimm die Mühe auf dich; rüste dich, mit dem Scheich nach Indien zu reisen, damit du Länder und Städte siehst und Könige und Kaufleute kennenlernst.« Da sagte der junge Mann: »Gott und dir, Vater, schulde ich Gehorsam.«

Da besorgte der Vater alles, was sein Sohn für die Reise benötigte, und sie zogen zum Stadttor hinaus und lagerten nicht weit von den Häusern dort. Aber der junge Mann hatte, als er von seiner Base[3] Abschied nahm, sein Schutzamulett[4] vergessen und sagte zu dem Scheich: »Ich habe etwas in meinem Hause vergessen; warte bitte, bis ich zu dir zurückkomme.«

Dann ging er zurück nach Haus, fand die Türe des Hauses offen stehen, trat in das Haus ein und rief nach seiner Base, aber sie antwortete nicht. Da trat er zu seinem Bett, hob den Vorhang hoch und erblickte seine Base schlafend, und an ihrer Seite einen Schwarzen, der neben ihr schlief. Als er sie in dieser Lage erblickte, verließ ihn sein klarer Verstand. Er packte den Griff seines Schwertes und schlug ihnen den Kopf ab. Er setzte den Kopf der Frau auf die Brust des Schwarzen und den Kopf des Schwarzen auf die Brust der Frau und kehrte zu der Stelle zurück, an der er den Scheich zurückgelassen hatte. Als er dort anlangte und der Scheich ihn anblickte, fand er ihn völlig verändert. Er fragte ihn, was mit ihm war, aber der junge Mann verbarg vor ihm seinen Kummer und ließ niemanden davon wissen. So setzten sie ihre Reise fort, bis sie zum Schiff kamen.

Sie fuhren viele Tage auf dem Meer, und jeden Tag sah der junge Mann schlechter aus als vorher. Schließlich gelangten sie in der Stadt Hatim an, der Stadt des Königs und Hauptstadt Indiens, wo die Schiffe aus allen Ländern haltmachen. Als sie auf der Reede ankamen, fuhren die Boote heran und die Kunde gelangte zum König. Die Leute zogen im schönsten Schmuck zur Stadt hinaus, der König auf einem gewaltigen Elefanten, zu seine rechten Seite zehn Fahnen aus den verschiedensten Arten Seide, auf den Spitzen der Fahnenstangen Rubine, die so funkelten, daß es die Augen blendete.

Der indische Scheich und der Jüngling Zahr al-Basâtîn stiegen in ein Boot und fuhren an Land. Der Scheich trat vor den König und grüßte ihn, doch als der den jungen Mann erblickte, fragte er den Scheich in seiner indischen Sprache: »O Mudabbir ar-riyâsa«[5] – so wurde der Scheich gerufen – »wo ist denn die Schönheit des jungen Mannes, von der du berichtet hast?« Da antwortete er: »Mein Gebieter, unterwegs hat ihn eine schwere Krankheit befallen, und die hat seine Farbe und sein Aussehen verändert.«

Da befahl der König, ihn im Gästehaus unterzubringen

und ihm alles zur Verfügung zu stellen, bis er sich von der anstrengenden Reise erholt und ausgeruht habe. Dieses Gästehaus lag gegenüber dem Königsschloß, und der Scheich Mudabbir ar-riyâsa besuchte ihn täglich und brachte ihm Salben, Pülverchen, Tränklein und alles, was nach seiner Kenntnis ihm helfen mußte, aber der junge Mann wurde mit jedem Tag kränker und elender.

Als der junge Mann eines Tages darüber nachdachte, was er mit seiner Base erlebt und wie er sie mit dem Schwarzen zusammen gefunden hatte, da verließ ihn sein Verstand, und er war nahe daran, an seinen schwermütigen Gedanken zu sterben. Er erhob sich und begann, im Gästehaus umherzugehen. Er ging von Raum zu Raum und kam schließlich an eine kleine Pforte; er stieß sie auf und erblickte dahiner Treppenstufen aus gebändertem Marmor. Er stieg hinauf und gelangte auf das Dach des Hauses. Dort gewahrte er einen von einer Kuppel überwölbten Pavillon mit vier Türen, aus denen man in die vier Himmelsrichtungen blicken konnte. Die Türen waren aus rotem Sandal, Elfenbein und Ebenholz, und mit Nägeln aus Gold und Silber beschlagen. Er öffnete die Türen und schaute sich um: Vor ihm lag der Königspalast, der einen Garten umschloß mit hochragenden Obstbäumen, zwitschernden Vögeln, Statuen, aus deren Mündern Wasser hervorquoll und in Becken aus gebändertem Marmor strömte; mitten im Garten stand ein hoher Baum mit dichtem Gezweig und herabhängenden Ästen, so als sei dort ein großes Zelt aufgeschlagen.

Wie er seinen Blick hin und her wandern ließ, den Duft jener Blumen einatmete und sich am Gesang der Vögel erfreute, da hörte er von der Seite des Gartens her ein Geräusch. Er wandte sich um und sah, wie sich dort eine Pforte öffnete und etwa vierzig junge Frauen hervorkamen, schön wie der Mond, mit Schmuck und prächtigen Gewändern geziert. Unter ihnen war eine Maid, strahlend wie die Morgensonne, so daß das Licht auf sie neidisch wurde. Ihr Antlitz war so hell wie ein Bergkristall, ihre Wangen hatten die Farbe der Rosen und ihre Augen den Blick der Gazellen. Sie war gekleidet in ein aus Gold gewebtes Gewand und hatte ihr schönstes Geschmeide angelegt, auf dem Haupt trug sie eine mit allerlei Edelsteinen besetzte Haube, in der Rubine funkelten, und über der Stirn ein prächtiges Diadem. Die jungen Frauen hielten Tamburine und Trommeln in den Händen, Lauten, Flöten und Schalmeien; sie breiteten die Arme aus und begannen, hingebungsvoll zu tanzen, bis sie in der Mitte des Gartens anlangten. Als sie die höchste Stufe erreichten, quoll überall die Leidenschaft hervor, und man hörte nur Gesang und sah nur die Füße über den Boden eilen, und der Garten erglänzte von ihrer Schönheit.[6] Das taten sie eine Weile.

Dann rief die Maid den andern etwas zu, und sie flohen; keine blieb zurück. Sie ging auf den eben beschriebenen hohen Baum zu, trat unter ihn und stampfte mit dem Fuß auf den Erdboden. Da hob sich ein Deckel über der Öffnung eines unterirdischen Ganges, und hervor kam ein Neger, so riesig wie eine hohe Palme mit buschiger Krone, mit herabhängenden Lippen und funkelnden Augen.[7] Er fuhr sie an: »Du Hurenkind, du läßt mich hier Todesqualen erleiden und läßt es dir selber wohl ergehen mit Speise und Trank« und begann, ihr zu drohen, doch sie entschuldigte sich: »Bei deinem Haupte, ich war durch niemand als den König selbst in Anspruch genommen. Ich habe nichts anderes getan, als zu überlegen, wie ich ihn töten oder verderben könnte, damit ich mit dir allein sein kann. Aber es ist mir nicht gelungen, und ich habe keine Gelegenheit dazu gefunden. Doch ich bin entschlossen, ihn zu töten, und werde eine List anwenden, um ihn zu verderben.«[8]

Da beruhigte sich der Neger, lachte laut und sagte: »Du bist unübertrefflich. Deine Liebe zu mir bleibt mir nicht verborgen.« Dann packte er die Maid mit der Hand, bettete sie vor sich auf den Boden und hockte sich vor sie hin, so wie der Mann sich vor die Frau hinhockt.

Als der junge Mann aus Khorasan dies sah, sprach er bei sich selbst: »Ach, ich bin traurig über meine Base, aber dies ist die Frau des Königs, die Sklavinnen, Schmuck und Kleider besitzt, die nach Herzenslust Speise und Trank genießen kann, und dennoch, trotz der Wohltaten, die der König ihr erweist, betrügt sie ihn. Dies ist ein König, und dennoch geschieht ihm solches, aber wer bist du denn, daß du dein Fleisch und Blut verkommen läßt, ja sogar sie beide getötet und dich an ihnen gerächt hast.«[9] Und er sprach die Verse:

Als sittsam beschreiben die Dichter die Frauen,
Doch kein Verlaß ist auf sie, noch darfst ihnen du trauen.
Ein Fleisch ist's, um das hungrige Hunde die Runde machen,
Das flugs sie sich teilen, versäumst du's, seiner zu wachen.
Mit dir sprechen sie heute, tun die Geheimnisse dir kund,
Doch einem andern gehört schon morgen ihr Arm und ihr Mund.
Wie dein Haus, du wohnst wohl darin, doch kaum gehst du fort,
Gewähren dem Fremden sie Einlaß und Wohnung an deinem Ort.

Als der junge Mann diese Verse gesprochen hatte, sagte er: »Bei Gott, ich will mich nicht länger grämen und mich von allem fernhalten.« Er schloß die Tür, stieg ins Haus hinab und begann, Speise und Trank zu genießen. Und es vergingen keine zehn Tage, da hatte er wieder seine volle Schönheit erlangt. Der Scheich freute sich darüber sehr, küßte ihn auf die Stirn, ging zum König und berichtete ihm, daß der junge Mann wieder genesen sei. Der König befahl, daß wie alle Jahre das Fest abgehalten werde, und in all seinen Landen wurde ausgerufen, daß alle Leute in ihrem schönsten Schmuck und mit ihren prächtigsten Kleidern zu dem Fest erscheinen sollten, und er lud sie für einen bestimmten Tag ein.

Als dieser Tag kam, versammelten sich die Leute aus Stadt und Land und schmückten sich aufs schönste. Der König legte den Ornat an, den er bei dieser Gelegenheit zu tragen pflegte, ließ seinem Gefolge prächtige Kleider überreichen, und sie schmückten sich und setzten sich auf die Stühle. Seinen Pagen befahl er, sich in brokatne Gewänder zu kleiden und purpurne, mit Perlen und Korallen besetzte Gürtel anzulegen und Fliegenwedel und Fächer in den Händen zu halten. Dem jungen Mann aus Khorasan ließ der König eine prächtige Ausrüstung bringen; er schmückte sich mit dem schönsten khorasanischen Schmuck und trat zum König ein. Da standen alle in der Audienzhalle ohne Ausnahme auf, um seine Schönheit und Vollkommenheit besser sehen zu können.

Der König faßte den jungen Mann aus Khorasan an der Hand und ließ ihn neben sich auf dem Thronbett Platz nehmen, dann befahl er, eine Krone zu holen, und setzte ihm die Krone aufs Haupt und ein Diadem über die Stirn. Dann wurde auf Befehl des Königs der indische Spiegel auf seinem Gestell herein vor den König gefahren, und der König betrachtete sein Antlitz im Spiegel, dann das Antlitz des jungen Mannes aus Khorasan und dessen Abbild im Spiegel und rief dann die im Audienzsaal Versammelten auf: »Seid ehrlich und sagt nichts als die Wahrheit: Wer ist schöner? Ich oder diese junge Mann?« Da sagten alle: »O König, wir haben in unseren Tagen niemanden schöneren als ihn gesehen.« Da sagte der König: »So ist es. Ihr sprecht die Wahrheit.« Dann ließ er den Spiegel zurückbringen, befahl, die Leute aus Stadt und Land zu bewirten, und als sie gegessen und getrunken hatten, entließ er sie. Nur der junge Mann blieb bei dem König zurück. Der König erhob sich, packte den Griff seines Schwertes, zog es aus der Scheide und schickte sich an, den jungen Mann mittendurch in zwei Hälften zu teilen. »Warum das, o König?« fragte der junge Mann, »ich habe dir doch nichts getan.« – »Ich muß dich töten, wenn du mir nicht berichtest, was dein Aussehen und deine Farbe verändert hat, als du in mein Land gekommen bist.« Da sagte der junge Mann: »O König, meine Geschichte war so und so...« Und er erzählte ihm, wie es ihm ergangen war mit seiner Base, wie er sie mit dem Neger fand, wie er sie tötete... »Das veränderte mein Aussehen, und der Kummer und das Grübeln machten mich krank.« Dann berichtete er dem König, was er im Garten gesehen hatte, wie der Neger aus dem unterirdischen Gang hervorgekommen war und was er mit der jungen Frau tat, und welche Pläne sie habe, um ihm umzubringen. »Und als ich das sah, o König, tröstete ich mich und ließ das Grübeln und verbannte allen Kummer aus meinem Herzen. Ich achtete wieder auf mich selber, auf Essen und Trinken, und wurde schließlich wieder gesund, und meine Schönheit kehrte zu mir zurück.« Als der König dies alles gehört hatte, wandte er sich ihm zu und fragte: »Wie verschaffe ich mir Gewißheit, daß wahr ist, was du von der Maid und dem Neger berichtet hast?« – »Komm mit mir zu dem Haus, in dem du mich untergebracht hast«, sagte der junge Mann, »dann steigen wir zusammen zu dem Pavillon auf dem Dach, damit du es mit deinen eigenen Augen siehst.«

Da erhob sich der König und verkündete: »Heute ist ein Fest- und Ruhetag.« Er faßte den jungen Mann an der Hand und befahl ihm: »Geh vor mir her!« Er ging zum Gästehaus, stieg zum Dachpavillon hinauf, öffnete ihm die Tür, durch die man auf den Garten hinabschauen konnte, und begann, ihn mit schönen Geschichten und Erzählungen zu unterhalten.[10]

Wie sie so dasaßen, hörten sie auf einmal ein gewaltiges Stimmengewirr. Der König schaute in die Richtung, aus der die Stimmen kamen, und erblickte die Sklavinnen, die zusammen mit der schönen Maid aus dem Pförtchen hervortraten und wie gewohnt zur Mitte des Gartens gingen, wo sie zu musizieren und zu tanzen anfingen. Da wurde der König von Eifersucht gepackt und er fuhr den jungen Mann an: »Wo ist denn das, wovon du erzählt hast? Du wolltest ja nur die Frauen meines Harems betrachten. Du weißt doch, daß die Könige drei Dinge nicht ausstehen können: üble Nachrede wider sie selber, neugierige Aufmerksamkeit für ihre Frauen und die Weiterverbreitung von Geheimnissen.« Da sagte der junge Mann: »Sei nicht voreilig, o König. Gedulde dich ein wenig, dann wirst du erstaunliche Dinge sehen.«

Noch während sie so sprachen, rief die Maid den Sklavinnen etwas zu und sie liefen weg und versteckten sich. Die Maid aber trat zu dem Baum, stampfte mit dem Fuß auf den Boden, der Deckel hob sich vom Eingang des unterirdischen Ganges und der Neger kam hervor. Er packte mit seiner Hand den Arm der Maid und machte ihr heftige Vorwürfe, weil sie so lange weggeblieben sei, und sie entschuldigte sich wie das erste Mal. Dann stillte er sein Verlangen an ihr, während der König zuschaute. Da fragte der junge Mann: »Was meinst du nun, o König?« und der antwortete: »Dich trifft kein Tadel.«

Dann[11] fragte er ihn: »Willst du mir willfahren bei dem, was ich nun tun werde?« – »Ja.« – »Auf, ich verzichte auf meine Königswürde, wir ziehen als Bettler umher und durchstreifen aufs Geratewohl die Welt. Wenn wir jemanden finden, dem es noch schlimmer ergangen ist, kehren wir zurück. Wenn nicht, ziehen wir weiter durch die Lande. Wir brauchen keine Königswürde.« Da sagte der junge Mann aus Khorasan: »Ja, es ist, wie du meinst. Ich stimme dir zu.«

Der König und der junge Khorasanier stiegen hinab, verließen den Palast durch eine Geheimpforte und machten sich auf den Weg. Sie wanderten bis zum Einbruch der Nacht, übernachteten auf Bäumen und zogen am nächsten Morgen weiter, den ganzen Tag, und gelangten zu einer Wiese am Strand des Meeres, einer Wiese mit vielen Kräutern und Bäumen; sie ließen sich nieder und sprachen über ihr Unglück und das, was ihnen widerfahren war. Da vernahmen sie einen Ruf mitten vom Meer her und einen gewaltigen Lärm. Sie fürchteten sich und zitterten, denn ihnen kam es vor, als sei der Himmel auf die Erde gestürzt. Dann spaltete sich das Meer und hervor stieg eine schwarze Säule, die immer höher wurde, bis sie an die Wolken des Himmels reichte. Schahriyâr und der junge Mann bekamen Angst; sie flohen, kletterten auf einen hohen Baum, versteckten sich und verbargen sich in seinem Laub. Sie hielten Ausschau nach der schwarzen Säule und da war es jemand, der im Wasser watete, das Meer zerteilte und zu der grünen Wiese am Ufer hinstrebte. Als er an Land stieg und auf die Wiese trat, sahen sie, daß es ein schwarzer Dämon war, der auf seinem Kopf einen großen gläsernen Kasten mit vier stählernen Schlössern trug. Der Dämon stieg aus dem Meer, betrat die Wiese und ging genau auf den Baum zu, auf dem die beiden saßen. Er hockte sich hin, setzte den Kasten auf die Erde, holte vier Schlüssel hervor, öffnete die Schlösser an dem Kasten und holte eine Frau von vollkommener Gestalt hervor, eine Maid von wunderschönem Körperbau, mit süßem Lächeln und einem Antlitz wie der volle Mond. Er setzte sie unter den Baum, blickte sie an und sagte: »O du allerhöchste Herrin, die ich am Abend ihrer Hochzeit entführt habe, ich möchte ein wenig schlafen.« Dann legte der Dämon seinen Kopf in den Schoß der Maid, streckte seine

Beine aus, die bis zum Meer reichten, schlief ein und schnarchte laut. Die Maid hob den Kopf, schaute sich um und erblickte den König und den jungen Mann aus Khorasan. Sie hob den Kopf des Dämons aus ihrem Schoß hoch und legte ihn auf den Erdboden, dann kam sie unter den Baum und machte ihnen Zeichen mit der Hand: »Kommt vorsichtig zu mir herunter!« Als sie erkannten, daß sie sie gesehen hatte, fürchteten sie sich und flehten sie inständig beim Schöpfer des Himmels an, ihnen das Herabsteigen zu erlassen. Aber sie sagte: »Ihr müßt in jedem Fall zu mir herabkommen.« Sie bedeuteten ihr mit Zeichen: »Dieser hier, der da schläft, ist ein Feind der Menschen. Um Gottes willen, laß uns in Frieden.« Sie beharrte: »Ihr müßt herunterkommen; wenn ihr nicht zu mir herabkommt, werde ich den Dämon wecken und ihn veranlassen, euch zu töten.« Dann machte sie ihnen Zeichen und drängte sie, und sie stiegen vorsichtig von dem Baum herunter, bis sie vor ihr standen. Da legte sie sich rücklings auf die Erde, hob die Beine und sagte zu ihnen: »Legt euch zu mir und seid mir zu Willen, sonst wecke ich den Dämon, daß er euch beide tötet.« Da sagten die beiden zu ihr: »O Herrin, wir flehen dich an: tue das nicht. Wir sind jetzt ganz in Angst und Schrecken vor diesem Dämon. Erlaß uns das!« Doch die Maid sagte: »Es muß sein« und drängte sie und drohte ihnen. »Bei Gott, dem Schöpfer des Himmels, wenn ihr es nicht tut, wecke ich den Dämon, meinen Gatten, auf und befehle ihm, euch beide zu töten und in diesem Meer zu ertränken.« Sie bedrängte sie, so daß sie nicht wagten, ihr zu widersprechen, und es lag ihr zuerst der König, dann der junge Khorasanier bei. Als sie fertig waren und sich von ihr erhoben, sagte sie zu ihnen: »Gebt mir jeder seinen Siegelring«, dann holte sie aus ihren Kleidern einen kleinen Beutel hervor, öffnete ihn, schüttete den Inhalt aus und es fielen achtundneunzig Siegelringe von verschiedenster Farbe und Form heraus.

»Wißt ihr, welche Bewandnis es mit diesen Siegelringen hat?« fragte sie, und sie antworteten »nein«. »Die Besitzer dieser Siegelringe haben mir alle beigewohnt«, sagte sie, »von jedem, der bei mir gelegen hat, habe ich einen Siegelring erhalten. Ihr habt mir jetzt beigewohnt, also gebt mir eure Siegelringe, damit ich sie zu den andern hinzufüge und die Zahl von hundert Siegelringen voll werde. Somit haben mich jetzt hundert Männer gehabt, ohne daß dieser eklige, schmutzige Dämon es merkte, der mich in diesem Kasten einsperrte, ihn mit vier Schlössern verschloß und mich mitten in diesem wogenden, tosenden Meer leben ließ. Er behütete mich und wollte, daß ich rein und wohlbehütet bleibe. Aber er weiß nicht, daß die Geschicke durch nichts aufgehalten oder abgewehrt werden können. Wenn die Frau etwas will, kann niemand sie zurückhalten.« Als der König Schahriyâr und der junge Khorasanier die Worte der Maid hörten, waren sie sehr verwundert.[12] Jeder streifte seinen Siegelring vom Finger und reichte ihn ihr, sie nahm sie, tat alle wieder in den Beutel und setzte sich dann neben den Kopf des Dämons hin, hob ihn an und legte ihn, so wie er gelegen hatte, in ihren Schoß. Den beiden aber machte sie ein Zeichen: »Geht eures Weges, sonst wecke ich ihn auf und hetze ihn auf euch.«

Sie machten sich wieder auf den Weg. Schahriyâr wandte sich an den jungen Khorasanier: ›Schau dir dieses Unglück an, Bruder. Das ist, bei Gott, weit schlimmer als das, was uns zugestoßen ist. Hier ist ein mächtiger Dämon; er hat eine Maid am Abend ihrer Hochzeit geraubt, sie in seinem gläsernen Kasten eingesperrt, mit vier Schlössern gesichert und mitten im Meer wohnen lassen, in der Meinung, sie dadurch vor dem vorherbestimmten Schicksal zu bewahren. Und du hast doch gesehen, daß diese hier mit achtundneunzig Männern geschlafen hat, und wir beide haben die Zahl hundert voll gemacht. Laßt uns in unsere Heimat zurückkehren. Wir wollen nie wieder eine Frau heiraten. Aber ich werde dir zeigen, was ich tue.‹

Sie kehrten um und zogen ihres Weges bis zum Abend, und am Morgen des dritten Tages gelangten sie zum Heerlager, sie betraten das Zelt und ließen sich nieder. Die Kämmerer, die Offiziere und die Minister traten zum König Schahriyâr ein, und er fertigte Erlasse und Verbote aus, setzte in Ämter ein und ließ Gelder und Gaben verteilen. Dann gab er den Befehl, wieder in die Stadt zurückzukehren. Er stieg in sein Schloß hinauf und befahl seinem Großwesir[13]: »Nimm hier meine Frau und töte sie.« Dann trat er zu ihr ein, band sie und übergab sie dem Wesir, und der brachte sie hinaus und tötete sie. Der König Schahriyâr nahm sein Schwert, zog es aus der Scheide, drang in sein Schloß und in die einzelnen Gemächer ein und tötete alle Sklavinnen, die er hatte, und nahm andere an ihrer Stelle. Er schwor sich, fortan eine Frau nur noch für eine Nacht zu heiraten und sie am folgenden Morgen zu töten, um so vor ihrer List und Tücke sicher zu sein. »Auf der ganzen Welt gibt es überhaupt keine tugendhafte Frau«, sagte er. Dann versah er den jungen Khorasanier mit allem, was er für die Reise brauchte, schickte ihn in sein Land zurück und sandte mit ihm Geschenke, Kostbarkeiten und Geld, verabschiedete ihn, und er reiste in sein Heimatland zurück.

Schahriyâr setzte sich auf seinen Thron und befahl seinem Wesir, ihn mit einer Emirstochter zu verheiraten. Da hielt der um die Hand einer Emirstochter an, ging in das Brautgemach und stillte sein Verlangen an ihr, und als es Morgen wurde, befahl er dem Wesir, sie zu töten. Dann nahm er eine von den Töchtern seiner Offiziere in der folgenden Nacht, wohnte ihr bei und befahl am nächsten Morgen dem Wesir, sie zu töten. Und der vermochte nicht, ihm zuwiderzuhandeln und tötete sie. Dann nahm er in der dritten Nacht die Tochter von einem der Kaufleute der Stadt, schlief mit ihr bis zum Morgen und befahl dann dem Wesir, daß er sie töte, und der führte den Befehl aus.

So nahm nun der König Schahriyâr jede Nacht eine von den Töchtern der Kaufleute oder des einfachen Volkes, schlief mit ihr und ließ sie am nächsten Morgen töten, bis es keine heiratsfähigen Mädchen mehr gab, die Mütter in Tränen ausbrachen, die Frauen und Männer zu murren begannen, dem König das Verderben wünschten, ihre Klagen zum Schöpfer des Himmels erhoben und ihn, der die Klagen hört und die Bitten erhört, um Hilfe anflehten.

Der Wesir, der die jungen Frauen töten mußte, hatte zwei Töchter, die ältere hieß Schahrazâd, die jüngere Dînârzâd. Schahrazâd, die ältere, hatte Bücher und Abhandlungen studiert, Weisheitssprüche und medizinische Werke, sie kannte Dichtung auswendig, hatte Geschichtswerke gelesen und die Redensarten der einfachen Leute und die Sentenzen der Weisen und Könige gelernt. Sie war klug, scharfsinnig, weise und wohlerzogen; sie hatte ja viel gelesen und gelernt.

Eines Tages sagte sie zu ihrem Vater: »Ich will dir etwas enthüllen, was mich in meinem Inneren bewegt.« »Was ist das?« fragte er. »Ich möchte, daß du mich mit dem König Schahriyâr vermählst«, sagte sie da, »entweder werde ich die Ursache für die Befreiung der Menschen, oder ich sterbe und komme um und mir geht es gleich denen, die gestorben und umgekommen sind.« Als der Wesir die Worte seiner Tochter hörte, wurde er zornig und sagte: »Du Unverständige! Du weißt doch, daß der König Schahriyâr geschworen hat, mit der Neuvermählten nur eine Nacht zu verbringen und sie am nächsten Morgen töten zu lassen. Soll ich dich zu ihm führen, damit er mit dir eine Nacht schläft und am andern Morgen mir befiehlt, dich zu töten? Ich kann ihm nicht zuwiderhandeln.« »Vater«, sagte sie da, »du mußt mich ihm zuführen. Laß ihn mich töten.« – »Was ist in dich gefahren, daß du dein Leben aufs Spiel setzest?» – »Vater, du mußt mich ihm zuführen. Das ist mein fester Entschluß.« Da wurde ihr Vater, der Wesir, zornig und sagte: »Wer sich mutwillig in Gefahr begibt, kommt in ihr um. Und wer nicht die Folgen bedenkt, dem kann niemand helfen. Oder wie es im Sprichwort heißt: ›Ich saß da ganz friedlich, aber meine Neugier ließ mir keine Ruh.‹ Ich fürchte, daß es dir ergehen wird wie Esel und Stier mit dem Bauern.« Da fragte sie: »Vater, wie erging es denn Esel und Stier mit dem Bauern?«

»Wisse«, begann er da, »daß es einst einen reichen Kaufmann gab, der Geld, Sklaven, Vieh und Kamele besaß und Frau und große und kleine Kinder hatte. Er wohnte auf dem Lande und betrieb Landwirtschaft. Er kannte die Sprache der Tiere, doch wenn er dieses Geheimnis jemandem anvertraute, würde er sterben. Er verstand die Sprache jeder Tierart, aber er ließ dies niemanden wissen, aus Furcht, daß er sonst sterben müsse. Er hatte bei sich im Gehöft einen Stier und einen Esel; beide standen nahe beieinander angebunden an ihrer Krippe. Eines Tages saß der Kaufmann da, neben ihm seine Frau, und seine Kinder spielten vor seinen Füßen. Da schaute er auf Stier und Esel und hörte, wie der Stier zu dem Esel sagte: ›Vetter Langohr, wohl bekomm's. Du hast es gut und bequem. Du wirst bedient, und dein Platz wird gefegt und mit Wasser besprengt. Sie füttern dich mit gesiebter Gerste, und geben die kühles klares Wasser zu trinken. Mich aber holen sie schon mitten in der Nacht zum Pflügen. Sie legen mir ein Ding auf den Nacken, das sie Joch nennen, und dazu den Pflug, und ich arbeite den ganzen Tag lang und pflüge den Boden. Mir wird mehr aufgebürdet, als ich vermag, und ich muß die Schläge und die Peitschen der Knechte ertragen. Meine Flanken sind wund und mein Nacken ist zerschunden. Vom frühen Morgen bis zum späten Abend nutzen sie mich aus. Abends bringen sie mich in den Stall für das Rindvieh und werfen mir Bohnen mitsamt Hülsen, Häcksel und Lehm vor; ich liege die ganze Nacht in meinem Mist, aber für dich wird immer wieder gefegt und gewischt und mit Wasser gesprengt, du hast immer eine reine Krippe voll mit Häcksel. Du stehst immer bequem und ausgeruht da, und nur ganz selten einmal bedarf unser Herr deiner, wenn er ein Reittier braucht, aber er kommt unverzüglich zurück. Du hast es bequem, und ich bin müde; du kannst schlafen, und ich muß wachen.‹ Als der Stier mit seinen Worten zu Ende war, wandte sich der Esel ihm zu und sagte: ›Du Anfänger! Wie recht hatte doch der, welcher dir den Namen Rindvieh gegeben hat! Du bist zu keiner List, keinem Schwindel, keiner Gemeinheit fähig. Du gibst gute Ratschläge von dir, rackerst dich ab und bringst dich um, damit es andere bequem haben. Hast du denn noch nie das Sprichwort gehört, das da lautet: ‚Wem es an Glück mangelt, der muß sich früh auf den Weg machen?‘ Du ziehst schon mit dem ersten Gebetsruf[14] aufs Feld, du erduldest die Mühe und Qual mit dem Pflügen und dazu die Schläge, dann kommst du wieder, und wenn der Knecht dich an deine Futterkrippe anbindet, dann stößt du ein wenig mit deinen Hörnern, schlägst mit deinen Beinen aus und brüllst, aber kaum werfen sie dir die Bohnen vor, dann frißt du sie. Wenn man sie dir bringt, dann friß nichts davon, sondern schnüffle nur daran. Tritt davon zurück, koste nichts davon, sondern begnüge dich mit Häcksel und Stroh. Es wäre für dich zuträglicher und passender, wenn du das tätest. Du wirst sehen, wie bequem du es haben wirst.‹ Als der Stier die Worte des Esels hörte, erkannte er, daß der es ehrlich mit ihm meinte, und er dankte ihm und wünschte ihm von Herzen ein Vergelt's Gott. Er beherzigte den Rat und sagte zu ihm: ›Möge es dir mit gleichem gelohnt werden, Langohr!‹ Das alles, meine

Tochter, geschieht, indem der Kaufmann versteht, was sie sagen. Am nächsten Tag kam der Ackerknecht zum Haus des Kaufmanns, nahm den Stier, lud ihm den Pflug auf und trieb ihn zur Arbeit an. Aber der Stier war zum Arbeiten oder Pflügen nicht imstande. Der Knecht schlug ihn, doch der Stier wandte eine List an – er beherzigte die Empfehlung des Esels – und warf sich auf die Erde. Der Knecht schlug ihn, er aber stand immer wieder auf und fiel hin, bis der Abend kam. Der Knecht brachte ihm zum Gehöft zurück und band ihn an die Krippe an. Der Stier unterließ sein Gebrüll und schlug auch nicht aus, sondern strebte von der Krippe weg. Da wunderte sich der Knecht über sein Verhalten. Er brachte ihm die Bohnen und das andere Futter, doch der Stier schnüffelte nur daran, trat zurück, legte sich weit entfernt davon hin und knabberte bis zum Morgen nur an dem Häcksel und Stroh. Als der Ackerknecht kam, fand er die Krippe noch unverändert voll Bohnen und Häcksel. Der Stier verstellte sich, als ob er schliefe und sein Bauch angeschwollen sei; er hielt den Atem an und streckte seine Beine in die Höhe. Da wurde der Knecht traurig und sagte bei sich: ›Bei Gott, er ist doch krank und schwach gewesen.‹ Dann ging er zu dem Kaufmann und sagte: ›Herr, der Stier hat in der vergangenen Nacht sein Futter nicht gefressen und nichts davon angerührt‹, aber der Kaufmann kannte ja die Geschichte und sagte zu dem Knecht: ›Geh zu dem Esel,[15] lade ihm den Pflug auf und laß ihn tüchtig arbeiten, damit er den Platz des Stieres ausfüllt.‹ Da lud er ihm den Pflug auf, zog mit ihm hinaus aufs Feld, schlug ihn und trieb ihn an, bis er an Stelle des Stieres pflügte. Immer wieder schlug er ihn, bis seine Flanke abgewetzt und sein Nacken geschunden waren. Am Abend kam er mit ihm zum Gehöft zurück, der Esel konnte da kaum noch seine Beine bewegen und seine Ohren hingen schlaff herab. Der Stier aber hatte den ganzen Tag geschlafen und sich ausgeruht und wiedergekäut.

Er hatte seine ganze Krippe leer gefressen, sich satt getrunken, sich ausgeruht und er hatte den ganzen Tag lang Gottes Segen auf den Esel herabgerufen und ihn wegen seiner Fürsorglichkeit gepriesen. Als es Abend wurde und der Esel an jenem Abend zu ihm hereinkam, erhob er sich und begrüßte ihn: ›Guten Abend, Langohr. Bei Gott, du hast mit eine Wohltat erwiesen, die ich nicht zu beschreiben vermag. Möge Gott es dir vergelten!‹ Aber der Esel gab ihm aus Ärger über sich selber keine Antwort. Er sprach zu sich: ›Das alles ist mir wegen meines falschen Verhaltens zugestoßen. Ich saß da ganz friedlich, aber meine Neugier ließ mir keine Ruhe. Ich muß eine List finden und ihn wieder dorthin bringen, wo er war, sonst komme ich um‹. Dann ging er an seine Krippe und streckte sich hin, während der Stier Segenswünsche auf ihn herabrief.

Und du, meine Tochter, wirst ebenso umkommen wegen deines falschen Verhaltens. Laß es bleiben und schweige, und stürze dich nicht ins Verderben. Ich meine es gut mit dir und rate dir wohl.« – Doch sie antwortete: »Ich muß zu diesem Sultan hinauf. Du mußt mich ihm zuführen.« – »Tu's nicht!« sagte er. »Doch, es muß so sein.« Da sagte er: »Laß es sein, sonst tue ich mit dir, wie der Kaufmann mit seiner Frau getan hat.« Da fragte sie: »Was hat er denn mit seiner Frau getan?«

Da fuhr der Vater fort: »Wisse, nachdem es dem Esel so mit dem Stier ergangen war, ging der Kaufmann mit seiner Frau im Mondlicht zum Stall und hörte den Esel in seiner Sprache zu dem Stier sagen: ›Stier, hör mal her! Was wirst du morgen früh machen? Wenn der Ackerknecht mit dem Futter kommt, was willst du dann tun?‹ – ›Was soll ich anderes tun als was du mir geraten hast?‹ fragte der Stier. ›Ich werde davon nicht mehr ablassen. Wenn er mir das Futter bringt, werde ich mich verstellen. Ich werde so tun, als sei ich krank, werde mich schlafend stellen und den

Bauch aufblasen.‹ Da schüttelte der Esel seinen Kopf und sagte: ›Tu's nicht. Weißt du, was ich den Kaufmann zum Knecht habe sagen hören?‹ ›Was denn?‹ fragte er. ›Er hat zu ihm gesagt, wenn der Stier sein Futter nicht frißt und nicht aufsteht, dann rufe nach dem Metzger, daß er ihn schlachtet und das Fleisch an die Armen verteilt, und du ziehst ihm die Haut ab, um Leder zu machen.‹ Ich fürchte um dich und dies ist mein wohlgemeinter Rat: Wenn er dir das Futter bringt, dann friß und sei munter. Sonst schlachten sie dich und ziehen dir das Fell ab.‹ Da furzte der Stier und brüllte, und der Kaufmann erhob sich und lachte laut über das, was er bei Esel und Stier gesehen hatte. Da fragte ihn seine Frau: ›Worüber lachst du? Machst du dich über mich lustig?‹ – ›Nein‹, sagte er. Da sagte sie: ›Dann sage mir doch, was der Grund deines Lachens war.‹ Doch er antwortete: ›Ich kann es nicht sagen; ich fürchte um das Geheimnis, wenn ich preisgebe, was die Tiere in ihrer Sprache sagen. Ich kann nicht.‹ Das fragte sie: ›Was hindert dich denn, daß du es mir sagst?‹ – ›Mich hindert daran, daß ich sonst sterbe.‹ – Da sagte seine Frau: ›Bei Gott, du lügst. Das ist nur ein Vorwand von dir. Bei Gott, beim Herrn des Himmels, wenn du mir nicht den Grund deines Lachens sagst und es mir erklärst, bleibe ich nicht länger bei dir. Du mußt es mir sagen.‹ Dann ging sie ins Haus und weinte und hörte nicht auf zu weinen bis zum Morgen. Da sagte der Kaufmann: ›Du, sage mir worüber du weinst. Setze deine Hoffnung auf Gott und höre auf damit. Laß deine Fragerei und quäle mich nicht länger!‹ Doch sie sagte: ›Es muß sein. Ich höre nicht damit auf.‹ Da gab er nach und sagte: ›Muß es wirklich sein? Wenn ich dir sage, was ich von Esel und Stier gehört habe, so daß ich lachen mußte, dann muß ich sterben.‹ – ›Es muß sein‹, sagte sie, ›dann stirbst du eben.‹ Da sagte er: ›Rufe deine Leute herbei!‹ Da rief sie seine beiden Töchter, ihre Angehörigen, ihre Mutter, ihren Vater, und es kamen auch einige

Nachbarn, und der Kaufmann tat ihnen kund, daß seine Todesstunde gekommen sei. Da weinten alle, groß und klein, seine Kinder, der Ackerknecht und die Sklaven; es war eine Trauerversammlung. Dann rief er nach den Zeugen; sie kamen, und dann bestimmte er für seine Frau ihren Anteil, traf seine letzten Verfügungen für seine Kinder, ließ seine Sklavinnen frei und nahm Abschied von seinen Angehörigen. Alle weinten, sogar die Zeugen weinten. Die Eltern wandten sich an die Frau und sagten: ›Hör doch mit dieser Sache auf. Wenn dein Mann nicht ganz sicher wüßte, daß er sterben wird, wenn er das Geheimnis preisgibt, hätte er nicht so gehandelt.‹ Doch sie beharrte: ›Ich höre nicht damit auf.‹ Da weinten alle und bemühten sich, ihn zu trösten. Aber, meine Tochter, sie hatten im Gehöft Geflügel, fünfzig Hennen und einen Hahn. Der Kaufmann saß da, traurig, weil er von der Welt und von Frau und Kindern scheiden mußte. Und wie er so in Gedanken war und sein Geheimnis preisgeben wollte, da hörte er einen der Hunde auf dem Gehöft in seiner Sprache reden und den Hahn ansprechen – der Hahn hatte gerade mit den Flügeln geschlagen, war auf ein Huhn gesprungen, hatte seine Aufgabe erledigt und war schon auf ein anderes Huhn gestiegen. Da merkte der Kaufmann auf und hörte, wie der Hund in seiner Sprache sagte: ›He, du Hahn, du hast ja keine Scham. An dir war alle Erziehung umsonst. Schämst du dich denn nicht, an einem Tag wie diesem solches zu tun?‹ Da fragte der Hahn: ›Was ist das denn für ein besonderer Tag?‹ Da sagte der Hund: ›Weißt du denn nicht, daß unser Herr heute in Trauer ist, da seine Frau von ihm verlangt, daß er ihr sein Geheimnis preisgibt, aber wenn er es ihr sagt, stirbt er. Und jetzt geht er tatsächlich daran und will ihr die Sprache der Tiere deuten. Wir sind alle seinetwegen traurig, aber du schlägst mit den Flügeln und steigst von einem Huhn aufs andere. Schämst du dich nicht!‹ Der Kaufmann hörte, wie da der Hahn sagte: ›Du

Tor, du Narr! Dann besitzt unser Herr eben wenig Klugheit. Er behauptet, klug zu sein, hat nur eine einzige Frau und weiß nicht, wie er mit ihr umgehen muß.‹ Da fragte der Hund: ›Was soll er denn mit ihr tun?‹ – ›Er soll einen Eichenknüppel holen‹, sagte der Hahn, ›mit ihr in die Scheune gehen, die Tür verriegeln und den Knüppel auf sie sausen lassen, sie prügeln und schlagen, bis er ihr Arme und Beine weichgeschlagen hat und sie schreit ‚ich will nie wieder davon reden und will keine Deutung', aber er soll sie weiter prügeln, damit sie ihr Lebtag nie wieder ihm widerspricht. Wenn er das tut, hat er Ruhe; er bleibt am Leben und die Trauerversammlung war umsonst. Aber er versteht ja nichts von richtigem Benehmen.‹ Aber, Schahrazâd, als der Kaufmann hörte, was zwischen Hahn und Hund gesprochen wurde, stand er eilends auf, holte seinen Eichenknüppel, ging mit seiner Frau in die Scheune, verriegelte das Tor und ließ den Knüppel auf ihre Rippen und Schultern sausen und verprügelte sie, während sie um Hilfe schrie und rief: ›Nein, nein! Ich werde dich nie wieder etwas fragen. Laß mich! Ich will dich nie wieder etwas fragen.‹ Schließlich war er ermattet vom Schlagen; er öffnete das Tor und die Frau ging hinaus, bekehrt und voll Reue über das, was sie angestellt hatte. Alle kamen nach draußen und die Trauerversammlung verwandelte sich in ein Fest.

Er hatte gelernt, wie man sich richtig verhält, und auch mit dir, wenn du nicht damit aufhörst, auch mit dir werde ich verfahren, wie der Kaufmann mit seiner Frau verfahren ist.« Doch sie entgegnete: »Ich höre nicht damit auf. Solche Geschichten können mich nicht von meinem Wunsch abbringen. Wenn ich wollte, könnte ich viel von dieser Art erzählen. Zum letzten Mal: Wenn du nicht selber mich zum König Schahriyâr hinaufbringst, gehe ich hinter deinem Rücken hinauf und sage ihm, daß du mir die Heirat mit einem wie ihm nicht erlaubst und deinem Herrn eine wie mich vorenthältst.« Da sagte der Wesir: »Muß es also sein?« und sie antwortete: »Ja.«

Als er gegen sie nichts ausrichten konnte, stieg er zum König Schahriyâr hinauf, trat zu ihm ein, küßte den Boden vor ihm und berichtete ihm vom Wunsch seiner Tochter, und daß sie ihm an jenem Abend zuführen werde. Da wunderte sich der König und sagte: »Wesir, wieso gibst du mir deine Tochter preis? Bei Gott, beim Schöpfer des Himmels, ich sage dir doch am Morgen: ›Töte sie!‹ und wenn du sie nicht tötest, wirst du getötet.« Da sagte er: »Herr, genau das habe ich ihr mitgeteilt und erklärt, aber sie fügte sich nicht, sondern wollte heute abend bei dir sein.« Da freute sich der König und sagte: »Geh hinab, richte alles für sie her und bring sie mir zu Beginn der Nacht.« Der Wesir ging hinab, brachte seiner Tochter die Nachricht und sagte zu ihr: »Wolle Gott uns den Kummer um dich ersparen!« Doch Schahrazâd freute sich sehr, besorgte alles, was sie brauchte, und richtete sich. Sie wandte sich an ihre kleine Schwester Dînârzâd[16] und sagte zu ihr: »Schwester, höre bitte gut zu, was ich dir auftrage. Wenn ich zum Sultan hinaufgegangen bin, werde ich nach dir schicken lassen. Wenn du dann heraufkommst und siehst, daß der König seine Sache erledigt hat, dann sage zu mir ›Schwester, wenn du nicht schläfst, dann erzähle mir doch bitte eine Geschichte!‹ und ich werde euch erzählen, und das wird dann die Ursache sein für meine Errettung und für die Erlösung dieses Volkes; ich werde den König von seiner gewohnten Handlungsweise abbringen.« Da sagte die Schwester: »Ja.«

Als der Abend nahte, nahm sie der Wesir und führte sie zum Großkönig Schahriyâr; der holte sie in sein Bett und tändelte mit ihr, doch sie weinte. Da fragte er sie: »Was soll dein Weinen?« und sie antwortete: »Ich habe eine Schwester, der ich heute abend Lebewohl sagen möchte und die vor dem Morgen von mir Abschied nehmen wird.« Da schickte der König nach ihrer Schwester, und Dînârzâd kam und legte sich unterhalb des Thronbettes nieder.

Als es finstere Nacht geworden war, erwachte Dînârzâd, und sie wartete, bis der König seine Sache mit ihrer Schwester erledigt hatte und sie alle wach waren. Da seufzte Dînârzâd und sagte: »Ach Schwester, wenn du nicht schläfst, dann erzähle mit doch eine von deinen schönen Geschichten, mit der wir die Nacht wachend verbringen wollen; vor dem Morgen werde ich Abschied nehmen, denn ich weiß nicht, was morgen mit mir geschehen wird.« Da fragte Schahrazâd den König Schahriyâr: »Darf ich erzählen?« und der sagte: »Ja.« Schahrazâd freute sich und begann: »Höre!

2.

Die Geschichte vom Kaufmann und vom Dschinni

Die erste Nacht

von den Erzählungen von Tausendundeiner Nacht
vom Genre seltsame Begebenheiten[1]

Man sagt, o glücklicher gottgeleiteter König, daß einmal ein Kaufmann lebte, reich an Geld und Gut und Gottes Gaben, mit Sklaven und Dienern, schwarz und weiß, und zahlreichen Frauen und Kindern, und mit Geschäftsbeziehungen, Forderungen und Verbindlichkeiten in allerlei Ländern. So zog er eines Tages aus, um in eines dieser Länder zu reisen. Er bestieg ein Reittier, nahm in seiner Satteltasche als Reiseproviant Brotfladen und Datteln mit und reiste viele Tage und Nächte. Gott hatte ihm jedoch eine glückliche Reise bestimmt, und so gelangte er in das Land, besorgte seine Geschäfte dort, und machte sich auf die Reise zurück in seine Stadt zu seiner Familie. Er reiste drei Tage, doch am vierten Tag wurde ihm die Hitze unerträglich, denn das Land glühte. Da sah er vor sich einen mit Bäumen bestandenen Garten. Er wandte sich dorthin, um im Schatten Erholung zu finden, und gelangte an den Fuß eines Nußbaumes bei einer Wasserquelle. Er ließ sich bei der Quelle nieder, band sein Reittier an, nahm die Satteltasche herab, holte ein paar von jenen Brotfladen und eine Handvoll Datteln heraus und begann von den Datteln zu essen, wobei er die Kerne nach rechts und links warf. Als er satt war, erhob er sich, vollzog die rituelle Waschung und verrichtete sein Gebet. Als er den Segensgruß[2] sprach, gewahrte er plötzlich einen alten

Dschinni: seine Füße standen auf der Erde, sein Haupt reichte bis in die Wolken und in der Hand hielt er ein gezücktes Schwert. Er kam auf ihn zu, bis er vor ihm stand, und schrie ihn an: ›Erhebe dich, damit ich dich mit diesem Schwert töte, so wie du meinen Sohn getötet hast.‹ Als der Kaufmann den Dschinni sah und seine Worte hörte, erschrak er, und Angst vor ihm durchdrang ihn und er sagte: ›Mein Herr, wegen welchen Vergehens willst du mich töten?‹ – ›Ich will dich töten, weil du meinen Sohn getötet hast.‹ – ›Wer hat deinen Sohn getötet?‹ – ›Du‹, sagte der Dschinni, ›du hast meinen Sohn getötet.‹ – Da sprach der Kaufmann: ›Ich beteure bei Gott, ich habe deinen Sohn nicht getötet. Wann und wie soll das geschehen sein?‹ Der Dschinni sagte da: ›Hast du dich nicht hier niedergelassen, aus deiner Satteltasche Datteln herausgeholt, dann die Datteln gegessen und die Kerne nach rechts und nach links geworfen?‹ – ›Ja‹, sagte der Kaufmann, ›das habe ich getan.‹ Da sagte der Dschinni: ›Dann hast du meinen Sohn getötet. Als du nämlich die Kerne nach rechts und links geworfen hast, da traf ein Kern meinen Sohn, wie er da einherging, und tötete ihn. Und ich muß dich jetzt töten, so wie du ihn getötet hast.‹ Da sagte der Kaufmann: ›Tue es nicht, mein Gebieter.‹ Doch der erwiderte: ›Ich muß dich töten, wie du ihn getötet hast. Ist nicht Tod die Strafe für das Töten?‹ Da sprach der Kaufmann: ›Wir verdanken Gott unser Leben und kehren zu ihm zurück. Es gibt keine Macht und keine Kraft außer durch den allmächtigen Gott.[3] Wenn ich ihn getötet habe, so habe ich das nur aus Unachtsamkeit getan, und ich wünsche, daß du mir vergibst.‹ Doch der Dschinni sagte: ›Nein, ich muß dich töten, wie du meinen Sohn getötet hast.‹ Dann packte er ihn, warf ihn auf die Erde und erhob das Schwert zum Hieb. Da begann der Kaufmann zu weinen und Frau und Kinder zu beklagen. Der Dschinni hob das Schwert zum Hieb, aber der Kaufmann weinte, daß seine Kleider durchnäßt wurden, und sprach: ›Es gibt keine

Kraft und keine Macht außer durch den allmächtigen Gott.‹ Dann sprach er die Verse:

Die Zeit hat zweierlei Tage: froh die einen, die andern
voll Sorgen;
Und zwiegeteilt ist das Leben: das Heute hell, trübe das
Morgen.
Wer uns ob der Zeiten Wechsel schmäht, den sollst du
befragen:
›Ist's nicht der Edelmensch nur, den widrige Zeiten
plagen?‹
Siehst du nicht, wenn des Sturmes Winde mächtig
erbrausen,
Sind es die hohen Bäume allein, um die sie sausen.
Wie viel der Bäume, grüne und dürre, sind auf Erden;
Doch nur die Fruchtbäume sind's, in die Steine
geworfen werden.
Sieh doch: am Himmel stehen der Sterne unzählbare
Scharen;
Doch Sonne und Mond allein sind bedroht durch finstre
Gefahren.
An heiteren Tagen lebtest du nur in Gedanken der
Freuden
Und fürchtetest nicht das böse Geschick der
kommenden Leiden.
Die Nächte schienen dir friedlich und du ließest dich
durch sie blenden,
Doch in heiterer Nacht bricht es herein und du kannst es
nicht wenden.[4]

Als der Kaufmann mit seinem Weinen und seinen Versen zu Ende war, sagte der Dschinni: ›Bei Gott, auch wenn du Blut weinen würdest, ich muß dich töten, wie du meinen Sohn getötet hast.‹ – ›Mußt du?‹ fragte der Kaufmann. ›Ja, ich muß‹, sagte der Dschinni, dann hob er das Schwert zum Hieb.«

Da ereilte Schahrazâd der Morgen und sie hielt inne mit der Erzählung. Der König Schahriyâr war aber in seinem Inneren begierig, den Ausgang der Geschichte zu hören. Als die Morgendämmerung aufkam, sagte Dînârzâd zu ihrer Schwester Schahrazâd: »Wie schön und wundersam ist deine Geschichte!« Und sie antwortete: »Was ist das im Vergleich zu dem, was ich dir in der kommenden Nacht erzählen werde, wenn ich noch lebe und der König mich verschont. Denn es ist noch schöner und wundersamer.« Da sprach der König zu sich selber: »Bei Gott, ich werde sie nicht töten lassen, damit ich den Ausgang der Geschichte höre. Ich werde sie dann morgen früh töten lassen.« Dann wurde es Morgen, der Tag brach an, die Sonne erstrahlte, und der König erhob sich und verließ das Gemach, um zu herrschen und zu richten. Der Wesir, Schahrazâds Vater, staunte darüber und war froh. Der König Schahriyâr sprach Recht bis zum Abend, dann betrat er das Gemach und stieg in sein Lager, und Schahrazâd legte sich zu ihm in das Lager. Dînârzâd sagte zu ihrer Schwester Schahrazâd: »Bei Gott, wenn du nicht schläfst, dann erzähl mir doch bitte eine von deinen schönen Geschichten, damit wir damit die wachen Stunden dieser heutigen Nacht ausfüllen.« – »Aber es soll der Ausgang der Geschichte vom Dschinni und vom Kaufmann sein«, sagte der König, »mein Herz hängt nämlich daran.« – »Aber gern, o König«, sagte sie.

Die zweite Nacht
von den seltsamen Erzählungen von Tausendundeiner Nacht

»Man sagt, o glücklicher rechtmeinender König, als der Dschinni seine Hand mit dem Schwert erhob, da fragte ihn der Kaufmann: ›O Dämon, muß du mich in jedem Fall töten?‹ – ›Ja‹, sagte der. ›Dann gewähre mir Aufschub, damit ich Abschied von meinen Leuten, von meinen Kindern und von meiner Frau nehmen kann, meine Hinterlassenschaft aufteile und meinen letzten Willen verfüge. Dann werde ich zu dir zurückkommen, daß du mich tötest.‹ Da sagte der Geist: ›Ich fürchte, wenn ich dich freilasse und dir Aufschub gewähre, dann tust du, was du willst und kommst nicht mehr.‹ Doch der Kaufmann erwiderte: ›Ich schwöre dir einen Eid; ich verpflichte mich dir gegenüber vertraglich und rufe den Herrn des Himmels und der Erde zum Zeugen an, daß ich zu dir komme.‹ Da fragte er ihn: ›Wie lange soll der Aufschub währen?‹ – ›Ein Jahr‹, sagte der Kaufmann, ›damit ich mich noch einmal voll an meinen Kindern erfreue und Abschied von meiner Frau nehme, und damit ich mich der Verbindlichkeiten gegenüber den Leuten entledige, und dann, nach Ablauf eines Jahres, komme ich.‹ – ›Gott also soll für dein Versprechen bürgen, daß du nach Ablauf eines Jahres kommst, wenn ich dich freilasse?‹ fragte der Dschinni. ›Gott ist mein Bürge‹, beteuerte der Kaufmann. Als er den Schwur abgelegt hatte, ließ der Dschinni ihn frei. Der Kaufmann stieg traurig auf sein Reittier und machte sich auf den Weg. Endlich gelangte er in seine Stadt und trat in sein Haus ein zu seiner Frau und seinen Kindern. Als er sie sah, brach er in Tränen aus und gab seinem Kummer und seiner Trauer Ausdruck. Seine Familie wunderte sich über sein Verhalten und seine Frau fragte: ›Mann, was ist mit dir? Was sollen diese Tränen? Für uns ist das heute ein Freudentag und ein Fest, weil wir wieder mit dir zusammen sind. Was bedeutet diese Trauer?‹ Doch er erwiderte: ›Wie soll es nicht ein Trauertag sein, da mir doch nur noch ein einziges Jahr zu leben bleibt.‹ Dann erzählte er ihr, was ihm auf seiner Reise zugestoßen war mit dem Dschinni und berichtete auch, daß er ihm geschworen habe, nach Ablauf eines Jahres zu ihm zu kommen, damit er ihn töte.

Als sie seine Worte gehört hatten, begannen sie zu weinen; die Frau schlug sich das Gesicht und zerriß sich die Haare; die Töchter wehklagten und die kleinen Kinder weinten; es war wie die Trauerversammlung im Hause eines gerade Verstorbenen. Die Kinder scharten sich weinend um ihren Vater an jenem Tag, und er begann, von ihnen Abschied zu nehmen. Am nächsten Tag machte er sich daran, seine Hinterlassenschaft aufzuteilen und seinen letzten Willen aufzusetzen. Er löste sich aus seinen Verbindlichkeiten gegenüber anderen, verteilte Gaben, Geschenke und Almosen, holte einige Koranrezitierer zu sich, die für ihn den ganzen Koran rezitierten[5], ließ die Zeugen kommen und Sklavinnen und Sklaven ihren Freibrief ausstellen. Er gab den erwachsenen Kindern ihren Anteil an seinem Vermögen, setzte für die unmündigen ihren Anteil im Testament fest, und zahlte seiner Frau aus, was ihr nach dem Gesetz und nach dem Ehevertrag zukam. So ging das Jahr seinem Ende zu und es blieb nur noch die Zeit, die er für die Reise brauchte. Da vollzog er die rituelle Waschung, verrichtete das Gebet, nahm sein Leichentuch mit sich und umarmte seine Familie zum Abschied. Seine Kinder klammerten sich an seinen Hals, die Töchter weinten um ihn herum und seine Frau wehklagte. Ihr Weinen machte ihm das Herz schwer und auch seine Augen begannen, Tränen zu vergießen. Er küßte seine Kinder innig und umarmte sie weinend: ›Ihr Kinder, das ist Gottes Entscheidung, so ist es von ihm beschlossen und vorherbestimmt. Der Mensch ist geschaffen, um wieder zu sterben.‹ Dann umarmte er sie ein letztes Mal, stieg auf sein Reittier und ritt Tag und Nacht, bis er zu dem Baumgarten kam, wo er genau zum Ende des Jahres anlangte. Er setzte sich an die Stelle, an der er die Datteln gegessen hatte und wartete auf den Dschinni, mit Tränen in den Augen und Trauer im Herzen. Wie er so dasaß, da kam ein Scheich heran mit einer in Ketten gefesselten Gazelle. Er trat auf ihn zu und grüßte ihn, und der Kaufmann erwiderte den Gruß. ›Bruder‹, fragte ihn der Scheich, ›was sitzest du hier, da doch an diesem Ort die Dämonen und Kinder der Teufel hausen. Dieser Baumgarten ist verwunschen und von Dschinnen bewohnt, und keinem in ihm war Glück beschieden.‹ Da erzählte ihm der Kaufmann, was ihm mit dem Dschinni widerfahren war, vom Anfang bis zum Ende, und der Scheich wunderte sich darüber, daß der Kaufmann sein Versprechen gehalten hatte: ›Das ist ein ungeheuerlicher Eid, der auf dir liegt.‹ Er setzte sich neben ihn und sagte: ›Bei Gott, ich werde nicht wieder weggehen, bis ich mit meinen Augen sehe, wie es dir mit dem Dschinni ergeht.‹ Er setzte sich also zu ihm und unterhielt sich mit ihm. Und wie sie so im Gespräch waren, da...«

Da ereilte Schahrazâd der Morgen und sie hielt inne mit der Erzählung. Als die Morgendämmerung aufkam, sagte Dînârzâd zu ihrer Schwester Schahrazâd: »Wie schön und wundersam ist deine Geschichte!« Und sie antwortete: »In der kommenden Nacht werde ich euch noch seltsameres und wunderbareres als dies erzählen.«

Als die nächste Nacht kam, sagte Dînârzâd zu ihrer Schwester Schahrazâd, als sie mit dem König Schahriyâr ins Bett gegangen war: »Bei Gott, wenn du nicht schläfst, dann erzähl mir doch bitte eine von deinen schönen Geschichten, damit wir damit die wachen Stunden dieser heutigen Nacht ausfüllen.« – »Aber es soll der Ausgang der Geschichte vom Kaufmann sein«, sagte der König. »Ja«, sagte sie.

Die dritte Nacht
von den seltsamen Erzählungen von Tausendundeiner Nacht

»Mir ist berichtet worden, o glücklicher König, daß der Kaufmann und der Scheich mit der Gazelle dasaßen und sich unterhielten. Da nahte ein zweiter Scheich, der zwei schwarze Windhunde bei sich hatte. Als er herangekommen war, grüßte er sie, und sie erwiderten seinen Gruß. Er fragte sie nach ihrem Befinden, und der Scheich mit der Gazelle berichtete ihm die Geschichte des Kaufmanns mit dem Dschinni und was zwischen ihnen vereinbart worden war. ›Und der Kaufmann schwor dem Dschinni einen Eid, daß er nach Ablauf eines Jahres zu ihm kommen werde, damit er ihn töten kann, und jetzt wartet er auf ihn, daß er ihn tötet. Da kam ich zu ihm, hörte seine Geschichte und schwor dann, daß ich nicht von diesem Ort weggehen werde, damit ich sehe, was zwischen ihm und dem Dschinni geschieht.‹

Als der Scheich mit den zwei Hunden[6] das hörte, wunderte er sich und schwor, daß er nicht mehr von ihnen weggehen werde, ›damit ich sehe, was zwischen ihnen geschieht‹. Er setzte sich zu ihnen und begann mit dem Kaufmann ein Gespräch über sein Erlebnis mit dem Dschinni. Wie sie so im Gespräch miteinander waren, nahte ein Scheich; er grüßte sie und sie erwiderten seinen Gruß. ›Was sehe ich euch beide, ehrwürdige Scheichs, hier sitzen?‹ fragte er, ›und warum sehe ich diesen Kaufmann hier zwischen euch so traurig, bekümmert und niedergeschlagen?‹ Da erzählten sie ihm seine Geschichte und daß sie dasäßen, um zu sehen, wie es diesem Mann mit dem Dschinni ergehen werde. Als er die Geschichte hörte, setzte er sich zu ihnen und sagte: ›Auch ich will nicht weggehen, bis ich sehe, was diesem hier mit dem Dschinni widerfährt. Ich halte mich an euer Beispiel.‹ Sie begannen eine Unterhaltung, aber es dauerte nicht lange, da sahen sie eine Staubwolke von weit hinten aus der Wüste herannahen. Sie legte sich, und da stand der Dschinni vor ihnen, in der Hand ein blankes, stählerndes Schwert. Ohne zu grüßen, trat er auf sie zu, packte mit der linken Hand den Kaufmann und stellte ihn vor sich hin, wobei er sagte: ›Steh auf, daß ich dich töte.‹ Da fing der Kaufmann an zu weinen, auch die drei Scheichs weinten und wehklagten laut...«

Da zeigte sich der erste Streifen der Dämmerung und der Morgen brach an; Schahrazâd verstummte und unterbrach die Erzählung. Ihre Schwester Dînârzâd sagte: »Wie schön und wundersam ist deine Geschichte!« Und sie antwortete: »Was ist das im Vergleich zu dem, was ich dir in der kommenden Nacht erzählen werde, wenn der König mein Leben schont und mich nicht töten läßt; es ist noch schöner als diese Geschichte und wundersamer, ergötzlicher und unterhaltsamer, vergnüglicher und süßer.« Der König war in seinem Innern begierig, diese Geschichte weiter zu hören, und er sagte bei sich: »Bei Gott, ich werde sie nicht töten lassen, bis ich den Ausgang der Geschichte, was dem Kaufmann von dem Dschinni widerfahren ist, gehört habe. Ich werde sie dann in der Nacht darauf töten lassen, wie ich es mit den andern gehalten habe.« Dann verließ er das Gemach, um sein Amt als Herrscher und Richter auszuüben. Er wandte sich an ihren Vater und winkte ihn zu sich in seine Nähe, so daß er sich wunderte. Als es Abend wurde, betrat er das Gemach, legte sich auf sein Lager und Schahrazâd legte sich zu ihm. Da sagte Dînârzâd: »Schwester, wenn du nicht schläfst, dann erzähl mir doch bitte eine von deinen schönen Geschichten, damit wir damit die wachen Stunden dieser heutigen Nacht ausfüllen.« – »Gern«, sagte sie.

Die vierte Nacht
von den Erzählungen von Tausendundeiner Nacht
Die Geschichte des ersten Scheichs

»Man sagt, o glücklicher König, als der Dschinni auf den Kaufmann zutrat, da trat der erste Scheich, der mit der Gazelle gekommen war, vor, küßte dem Dschinni Hände und Füße und sprach: ›Mächtiger Satan, du Krone der Könige des Dschinnenvolkes, wenn ich dir meine Geschichte erzähle und was ich mit dieser Gazelle erlebt habe, und du es wundersam und merkwürdig findest, wundersamer als das, was du mit diesem Kaufmann erlebt hast, schenkst du mir dann ein Drittel seiner Schuld und ein Drittel seiner Strafe?‹ – Da sagte der Dschinni ›ja‹ und der Scheich mit der Gazelle begann:

›Wisse, o Dschinni, daß diese Gazelle meine Base ist, von meinem Fleisch und Blut, und meine Frau seit meiner frühesten Jugend. Sie war damals zwölf Jahre alt und ist erst bei mir eine erwachsene Frau geworden. Ich habe dreißig Jahre mit ihr zusammen gelebt, aber mir wurden keine Kinder durch sie beschert, kein Knabe, kein Mädchen, sie wurde nicht einmal schwanger. Diese dreißig Jahre über war ich gut zu ihr, habe ihr alles getan und sie ehrenvoll behandelt. Dann nahm ich eine Nebenfrau[7] und durch die Nebenfrau wurde mir ein Knabe, schön wie die Mondsichel, beschert. Meine Base wurde eifersüchtig auf sie und ihr Kind. Mein Sohn wuchs heran, und als er zehn Jahre alt war, mußte ich eine Reise antreten. Vor der Abreise trug ich dieser hier, meiner Base, auf, für meine

Sklavin und meinen Sohn zu sorgen; ich schärfte ihr diesen Auftrag ein und blieb ein ganzes Jahr in der Fremde. Während meiner Abwesenheit erlernte diese meine Base Wahrsagen und Zauberei. Sie nahm meinen Sohn, verzauberte ihn in ein Kalb, rief den Hirten, der bei mir arbeitete, übergab es ihm und sagte: ›Laß es mit den Kühen weiden.‹ Der Hirt nahm es in seine Obhut und es blieb eine Zeitlang bei ihm. Dann verzauberte sie auch seine Mutter in eine Kuh und übergab sie dem Hirten. Als ich danach kam und nach meiner Frau und meinem Sohn fragte, antwortete sie mir: ›Deine Frau ist gestorben. Dein Sohn aber ist vor zwei Monaten von zu Hause weggelaufen und ich habe seither nichts mehr von ihm gehört.‹ Als ich das hörte, loderte mein Herz vor Schmerz um meinen Sohn, und ich war tieftraurig um meine Frau, und ich trauerte um meinen Sohn fast ein Jahr. Da kam die Zeit des Großen Festes;[8] ich schickte nach dem Hirten und befahl ihm, mir eine fette Kuh zu bringen, damit ich an ihr den Opferritus vollziehen könne. Da brachte er mir eine Kuh, und das war meine verzauberte Frau. Als ich sie gebunden hatte und über ihr gebeugt stand, um ihr die Kehle durchzuschneiden, fing sie an zu weinen und zu brüllen ›muh muh‹, und die Tränen flossen ihr über die Wangen. Ich wunderte mich darüber, Mitleid mit ihr ergriff mich, ich ließ von ihr ab und sagte zu dem Hirten: ›Bring mir eine andere!‹ Da rief meine Base: ›Schlachte sie, den er hat keine schönere und fettere als sie. Laß uns zum diesjährigen Fest von ihrem Fleisch essen.‹ Ich trat wieder an sie heran, um sie zu schlachten, aber sie schrie wieder ›muh muh‹. Ich ließ von ihr ab und sagte zu dem Hirten: ›Schlachte du sie stellvertretend für mich!‹ Der Hirt schlachtete sie, häutete sie, aber er fand kein Fleisch und kein Fett, nur Haut und Knochen. Da reute es mich, daß ich sie hatte schlachten lassen, und sagte zu dem Hirten: ›Nimm alles für dich oder gibt es als Almosen, an wen du möchtest. Suche mir unter den Rindern ein fettes Kalb aus.‹ Der Hirt nahm die Kuh und entfernte sich, und ich weiß nicht, was er damit gemacht hat. Dann brachte er meinen Sohn, mein Herzblut, in Gestalt eines fetten Kalbes. Als mein Sohn mich sah, zerriß er den Strick, der um seinen Hals war, lief auf mich zu, warf sich vor mich hin und rieb seinen Kopf an meinen Füßen. Ich wunderte mich darüber, Mitleid packte mich, Erbarmen und Zuneigung; Blut ward hingezogen zu Blut, zu dem geheimen von Gott gefügten Urgrund, und mein Herz pochte, als ich die Tränen des Kalbes, meines Sohnes, sah, wie sie auf seinen Wangen herabflossen. Das Kalb scharrte mit seinen Vorderhufen in der Erde, da ließ ich von ihm ab und sagte zu dem Hirten: ›Laß dieses Kalb bei den Schafen und behandle es gut. Ich lasse es frei. Bringe ein anderes!‹ Da schrie meine Base, diese Gazelle hier: ›Wir wollen aber dieses Kalb schlachten.‹ Da wurde ich zornig und sagte zu ihr: ›Ich habe auf dich gehört bei der Kuh und sie schlachten lassen, aber wir haben keinen Nutzen davon gehabt. Aber ich höre nicht auf dich, wo es darum geht, dieses Kalb zu schlachten. Ich lasse es frei, es wird nicht geschlachtet.‹ Doch sie drängte weiter: ›Dieses Kalb muß geschlachtet werden.‹ Ich nahm das Messer und fesselte das Kalb ...«

Da ereilte Schahrazâd der Morgen, die Dämmerung brach an, und sie hielt inne mit ihrer Erzählung. Der König war in seiem Inneren begierig, den Ausgang der Geschichte zu erfahren, ihre Schwester Dînârzâd sagte: »Wie schön und wundersam ist deine Geschichte!« Und sie antwortete: »In der kommenden Nacht werde ich euch etwas erzählen, was noch besser, wundersamer und merkwürdiger ist, wenn ich noch lebe, wenn der König mich schont und mich nicht töten läßt.«

Die fünfte Nacht
von den Erzählungen von Tausendundeiner Nacht

Als es Nacht geworden war, sagte Dînârzâd zu ihrer Schwester Schahrazâd: »Schwester, wenn du nicht schläfst, dann erzähle mir doch bitte eine von deinen schönen Geschichten.« – »Gern«, sagte sie.

»Mir ist berichtet worden, o mächtiger König, daß der erste Scheich, der mit der Gazelle, dem Dschinni und den anderen erzählte: ›Ich nahm das Messer und wollte das Kalb schlachten, aber es schrie und weinte, rieb sich an meinem Fuß und machte mir Zeichen mit seiner Zunge. Sein Verhalten beunruhigte mich, mein Herz bebte, und mein Inneres fühlte sich zu ihm hingezogen, so ließ ich es frei und sagte zu meiner Frau: ›Es ist deiner besonderen Obhut anvertraut, denn es ist freigelassen.‹ Dann versuchte ich meine Frau, diese Gazelle bei mir, zu begütigen und zu besänftigen. Schließlich schlachtete ich ein anderes Kalb und versprach ihr, dieses zum Fest im kommenden Jahr zu schlachten. Dann verbrachten wir die Nacht, und als Gott es Morgen werden ließ, kam der Hirt unbemerkt von meiner Frau zu mir und sagte: ›Herr, ich bringe dir eine frohe Nachricht, für die ich ein Geschenk verdiene.‹ – ›Sprich‹, sagte ich, ›das Geschenk ist dir sicher.‹ Da berichtete er: ›Herr, ich habe eine Tochter, die sich der Kunst des Wahrsagens und der Zauberei, der Amulettanfertigung und der Beschwörung ergeben hat. Als ich gestern abend das Kalb, das du freigelassen hast, mit mir ins Haus brachte, um es heute früh mit den Kühen auf die Weide zu lassen, schaute meine Tochter es an und begann zu lachen und zu weinen. Ich fragte sie: ›Warum lachst du und warum weinst du?‹ Da sagte sie: ›Ich lache, weil dieses Kalb der Sohn unseres Herrn ist, dem alles Vieh hier gehört; er ist von der Frau seines Vaters verzaubert worden. Deswegen lache ich. Und ich weine wegen seiner Mutter, weil sein Vater sie hat schlachten lassen.‹ Kaum war die Morgendämmerung angebrochen, da kam ich zu dir, um dir die Nachricht von deinem Sohn zu bringen.‹ Als ich seine Worte hörte, o Dschinni, schrie ich auf und wurde ohnmächtig. Dann kam ich wieder zu mir und machte mich mit ihm zusammen auf den Weg; endlich gelangte ich zu seinem Haus, trat ein zu meinem Sohn, warf mich auf ihn und küßte ihn unter Tränen. Er wandte den Kopf nach mir, Tränen flossen seine Wangen herab, und er machte mir ein Zeichen mit der Zunge: ›Sieh, wie es mit mir steht!‹ Ich wandte mich an die Tochter des Hirten und fragte sie: ›Kannst du ihn erlösen, dann sollst du alles haben, was ich an Vieh und Geld besitze.‹ Da lächelte sie und antwortete: ›Herr, ich habe kein Verlangen nach deinem Geld und Gut oder deinen Schafen, aber ich erlöse ihn, doch nur unter zwei Bedingungen. Die eine ist, daß du mich mit ihm verheiratest, und die andere, daß ich diejenige, die ihn verzaubert hat, zum Gespött machen[9] und bannen darf, denn vor ihrer Bosheit ist niemand sicher.› Da sagte ich: ›Ja, und noch mehr. Geld und Gut sollen dir und meinem Sohn gehören. Meine Base aber, die das meinem Sohn angetan und mich dazu gebracht hat, seine Mutter, meine Frau, zu schlachten, deren Blut sei dir erlaubt.‹ Aber sie sagte: ›Nein, doch will ich sie das kosten lassen, was sie andere hat kosten lassen.‹ Dann füllte die Tochter des Hirten eine Schale mit Wasser, sprach Beschwörungen und Zaubersprüche darüber und sagte dann zu meinem Sohn: ›O Kalb, wenn du in dieser Gestalt vom Allmächtigen erschaffen wurdest, so bleibe in dieser Gestalt; wenn du verzaubert und verwunschen bist, dann verlaß diese Gestalt und nimm mit Erlaubnis des Herrn der Schöpfung wieder deine menschliche Gestalt an.‹ Dann besprengte sie ihn aus der Schale mit Wasser, da erschauerte er und wurde wieder ein Mensch, nachdem er ein Kalb gewesen war. Ich hatte mich nicht in der Gewalt, so daß ich ohnmächtig auf ihn fiel. Ich kam wieder zu mir, und er erzählte, was meine Base – das ist diese Gazelle hier bei mir – mit ihm und mit seiner Mutter getan hatte. ›Mein Sohn‹, sagte ich, ›Gott hat uns jemanden gesandt, der dir, deiner Mutter und mir Genugtuung verschaffen wird ihr gegenüber.‹ Dann, o Dschinni, verheiratete ich ihn mit der Tochter des Hirten. Bei einer günstigen Gelegenheit verzauberte sie meine Base in eine Gazelle und sagte zu mir: ›Das ist eine schöne Gestalt. Sie wird ständig, morgens und abends, um uns herum sein, und da ist es am passendsten, wenn es eine schöne Gestalt ist, damit wir es nicht als böses Omen deuten, wenn wir sie erblicken.‹ Und sie blieb bei uns Tag und Nacht, Monat um Monat, Jahr um Jahr. Dann starb die Tochter des Hirten und mein Sohn reiste in die Stadt dieses Mannes, mit dem es dir so und so ergangen ist. Ich zog aus, um zu sehen, wie es meinem Sohn geht, und nahm meine Base, und das ist diese Gazelle, mit mir. So gelangte ich zu euch. Das ist meine Geschichte. Ist es nicht eine wunderliche, seltsame Geschichte?‹ Da sagte der Dschinni: ›Ich schenke dir ein Drittel seines Lebens.‹ Und da, o König Schahriyâr, trat der zweite Scheich, der mit den zwei schwarzen Hunden, zu dem Dschinni vor und sprach: ›Ich will nun meinerseits erzählen, was ich mit diesen hier, diesen beiden Hunden, erlebt habe. Meine Geschichte ist wunderlicher und seltsamer als die Geschichte dieses Scheichs. Wenn ich sie dir erzähle, schenkst du mir dann ein Drittel seines Lebens?‹ – ›Ja‹, sagte der Dschinni. Er trat also vor und wollte reden...«

Da zeigte sich der erste Streifen der Morgendämmerung, der Morgen ereilte Schahrazâd und sie brach die Erzählung ab. Ihre Schwester sagte: »Wie schön und wundersam ist deine Geschichte!« Und sie antwortete: »Was ist das im Vergleich zu dem, was ich dir in der kommenden Nacht erzählen werde, wenn ich noch lebe und der König mein Leben schont.« Der König aber sagte bei sich: »Bei Gott, ich werde sie nicht töten lassen, bis ich gehört habe, was der Mann mit den beiden Hunden erlebt hat. Ich kann sie immer noch töten lassen und werde sie nicht schonen, so Gott will.«

Die sechste Nacht

von den seltsamen Erzählungen von Tausendundeiner Nacht

Die Geschichte des zweiten Scheichs

Als es Abend geworden war, ging Schahrazâd mit dem König Schahriyâr ins Bett. Ihre Schwester Dînârzâd sagte: »Schwester, wenn du nicht schläfst, dann erzähle mir doch bitte eine von deinen schönen Geschichten.« – »Gern«, sagte sie.

»Mir ist berichtet worden, o glücklicher König, daß der zweite Scheich, der mit den beiden Hunden, sprach: ›Was meine Geschichte betrifft, o Dschinni, meine Erlebnisse, nun, diese beiden Hunde sind zwei meiner Brüder. Wir waren drei Brüder, unser Vater starb und hinterließ uns dreitausend Dinare. Ich eröffnete einen Laden und trieb Handel; ebenso meine Brüder, jeder eröffnete einen Laden. Aber schon bald verkaufte mein ältester Bruder – das ist einer von diesen beiden Hunden – alles, was er in seinem Laden hatte, für tausend Dinare, kaufte Waren und Handelsgut, rüstete sich zur Reise und blieb ein ganzes Jahr in der Ferne. Nach einem Jahr, als ich in meinem Laden war, trat ein Bettler auf mich zu, aber ich wies ihn ab. Da fragte er weinend: ›Kennst du mich denn nicht mehr?‹ Ich schaute ihn prüfend an und da war es mein Bruder. Ich stand auf, umarmte ihn, holte ihn in den Laden und fragte, wie es ihm ergangen war. Da sagte er: ›Frag nicht! Du siehst es ja; ich habe alles verloren!‹ Da führte ich ihn in das Bad, gab ihm eines von meinen Gewändern zum Anziehen und nahm ihn mit zu mir nach Hause. Dann prüfte ich meine Rechnungsführung für den Haushalt und für den Laden, fand, daß ich tausend Dinare hinzuerworben hatte und daß mein Vermögen nun zweitausend Dinare betrug. Ich teilte es auf zwischen mir und meinem Bruder und sagte: ›Halte es so, als ob du nie fort und in der Fremde gewesen wärest.‹ Er nahm es mit Freuden und eröffnete wieder einen Laden. Nach einiger Zeit verkaufte mein anderer Bruder – das ist der andere Hund hier – all seinen Besitz, nahm all sein Geld und wollte auf Kauffahrt gehen. Wir versuchten ihn zu halten, aber vergeblich. Er versah sich mit Waren, kaufte viele Handelsgüter ein, brach mit den anderen Reisenden auf und blieb ein ganzes Jahr fern von uns. Dann kehrte er zu uns zurück, genau wie sein großer Bruder zurückgekommen war. Ich sagte zu ihm: ›Bruder, habe ich dir nicht von der Reise abgeraten?‹ Da weinte er und sagte: ›Bruder, so war es vorherbestimmt. Da bin ich nun, arm und nackt, besitze keinen einzigen Dirham und habe kein Hemd anzuziehen.‹ Da nahm ich ihn, o Dschinni, brachte ihn ins Bad und kleidete ihn völlig neu ein. Wir gingen zusammen zurück in meinen Laden und aßen etwas, dann sagte ich zu ihm: ›Bruder, ich werde die Jahresabrechnung für meinen Laden und für mein Vermögen machen. Was davon Kapital ist, trennen wir ab, aber den Überschuß teile ich zwischen uns beiden.‹ Dann holte ich das Rechnungsbuch für den Laden hervor, rechnete mein Vermögen aus und fand, daß es zweitausend Dinare betrug. Ich pries Gott und freute mich außerordentlich. Ich teilte das Geld zwischen uns auf, gab ihm tausend Dinare und behielt tausend Dinare für mich.[10] Er eröffnete einen Laden, und wir blieben einige Zeit beieinander. Dann kamen meine beiden Brüder zu mir und wünschten, daß ich mit ihnen zusammen fortreisen solle, doch ich wollte davon nichts wissen. ›Was habt ihr auf eurer Reise gewonnen, daß auch ich es gewinnen müßte?‹ fragte ich und hörte nicht auf sie. Wir blieben in unseren Läden und trieben Handel, aber jedes Jahr kamen sie wieder mit ihrem Vorschlag, eine Reise zu unternehmen, doch ich stimmte nicht zu. Als schließlich sechs Jahre vergangen waren, gab ich meine Zustimmung. ›Ich werde mit euch reisen‹, sagte ich zu ihnen, ›wieviel Geld habt ihr?‹ Da mußte ich feststellen, daß sie gut gelebt und alle Habe vergeudet hatten, doch ich sprach nicht darüber und machte ihnen keine Vorhaltungen. Ich machte die Rechnung für mein Vermögen, nahm auch alles Vermögen, das ich in den Laden gesteckt hatte, verkaufte es und brachte zu meiner Freude sechstausend Dinare zusammen. Ich teilte die Summe in zwei gleiche Teile und sagte: ›Diese dreitausend Dinare sind für euch beide und für mich, daß wir drei damit auf Kauffahrt gehen und Handel treiben, und diese dreitausend vergrabe ich in der Erde‹ – für den Fall, daß es mir wie ihnen ergehen werde und wir dann dreitausend Dinare fänden, mit denen wir wieder unsere Läden eröffnen könnten. Sie sagten: ›Ein guter Gedanke!‹ Da teilte ich mein Geld auf, nahm dreitausend beiseite und vergrub sie, und von den anderen dreitausend gab ich jedem meiner Brüder tausend Dinare und behielt selber tausend. Ich verriegelte den Laden, wir versorgten uns mit Waren und Handelsgut, mieteten ein großes Schiff, ließen unsere Sachen zum Meer bringen, luden Proviant ein und fuhren ab, Tage und Nächte, einen ganzen Monat lang...«

Da ereilte der Morgen Schahrazâd, und sie brach die Erzählung ab. Ihre Schwester Dînârzâd sagte: »Ach Schwester, wie schön ist deine Erzählung!« Da antwortete sie: »In der kommenden Nacht werde ich euch etwas erzählen, was noch schöner und seltsamer ist, wenn ich noch am Leben bin.«

Die siebente Nacht

von den seltsamen Erzählungen von Tausendundeiner Nacht

Als es Abend war, sagte Dînârzâd zu ihrer Schwester Schahrazâd: »Bei Gott, Schwester, wenn du nicht schläfst, dann erzähle mir doch bitte eine von deinen schönen Geschichten.« Und der König fügte hinzu: »Es soll der Ausgang der Geschichte vom Kaufmann und Dschinni sein.« – »Gern«, sagte sie, »euch zu Gefallen.

Mir ist berichtet worden, daß der zweite Scheich zu dem Dschinni sagte: ›Ich reiste mit meinen Brüdern – diesen beiden Hunden – auf dem Meer ungefähr einen Monat lang, dann fuhren wir auf eine Insel zu, gingen an Land und verkauften unsere Waren; dabei erlösten wir zehn Dinare für jeden eingesetzten Dinar. Dann kauften wir Waren und andere Dinge ein, und ich wollte abreisen. Da traf ich am Meeresstrand eine junge Frau, die mit Lumpen bekleidet war. Sie küßte meine Hand und sagte: ›Herr, wärest du zu einer Gefälligkeit und Wohltat bereit, die ich dir später, denke ich, vergelten kann.‹ Ich antwortete: ›Ja, ich bin dazu bereit, auch wenn du es mir nicht entgelten wirst.‹ – ›Heirate mich‹, sagte sie da, ›kleide mich und nimm mich mit dir auf diesem Schiff in deine Heimat. Ich werde deine Frau sein – ich schenke mich dir. Du vollbringst an mir eine gute Tat, und ich werde, so Gott will, es dir vergelten. Laß dich nicht durch mein Aussehen und meine Armut irreführen.‹ Als ich diese Worte von ihr vernahm, ward mein Herz durch Gottes Fügung zu ihr hingezogen, und ich sagte zu ihr: ›Ja.‹ Ich nahm sie mit, kleidete sie in ein kostbares Gewand, ließ den Ehevertrag ausfertigen, brachte sie auf das Schiff, bereitete ihr einen Platz zum Aufenthalt und Schlafen und nahte ihr. Wir fuhren dann viele Tage und Nächte, ich hatte sie liebgewonnen und befand mich Tag und Nacht bei ihr und kümmerte mich nicht um meine Brüder. Meine beiden Brüder aber, diese beiden Hunde, waren eifersüchtig auf mich. Sie neideten mir mein Geld und meine vielen Waren, ihre Augen schauten gierig auf mein ganzes Hab und Gut und sie unterhielten sich darüber, wie sie mich töten könnten. Der Teufel gab ihnen ein, mich zu töten und sie wurden zum Verräter an mir. Sie warteten, bis ich nachts neben meiner Frau eingeschlafen war, hoben mich mit meiner Frau hoch und warfen uns ins Meer. Wir erwachten, meine Frau wurde eine Dämonin, eine Dschinnenfrau, sie holte mich aus dem Meer heraus und brachte mich auf eine Insel. Als es Morgen wurde, sagte sie: ›Jetzt habe ich es dir vergolten und dich vor dem Ertrinken gerettet. Wisse, ich gehörte zu den gläubigen Dschinnen; ich habe dich am Meeresstrand gesehen, und mein Herz fühlte sich zu dir hingezogen. So kam ich in der Tracht, in der du mich gesehen hast, zu dir und tat dir meine Liebe kund, und du hast mich angenommen. Aber jetzt muß ich deine Brüder töten.‹ Als ich das hörte, wunderte ich mich über ihre Geschichte, ich dankte ihr und sagte dann: ›Den Tod meiner Brüder wünsche ich nicht. Ich will nicht so sein wie sie.‹ Dann erzählte ich ihr, was ich mit ihnen erlebt hatte, vom Anfang bis zum Ende. Als sie meine Geschichte mit ihnen erfuhr, erzürnte sie und sagte: ›Jetzt fliege ich zu ihnen, versenke das Schiff und bringe alle um.‹ Da sagte ich: ›Um Gottes Willen, tue das nicht. Das Sprichwort sagt doch ›wer Böses mit Guten vergilt ...‹ Es sind immerhin meine Brüder.‹ Ich flehte sie an und versuchte, ihren Zorn zu besänftigen. Dann lud sie mich auf und flog mit mir so hoch, daß sie dem Auge entschwand, und setzte mich auf dem Dach meines Hauses ab. Ich stieg hinab, öffnete die Türen, holte das Gold hervor, das ich in der Erde vergraben hatte, und öffnete wieder meinen Laden, nachdem ich die Nachbarn im Bazar alle begrüßt hatte. Am Abend ging ich nach Haus und fand diese beiden Hunde im Haus angebunden. Als sie mich sahen, kamen sie zu mir, weinten und hängten sich an mich, so daß ich darüber bestürzt war. Plötzlich stand meine Frau neben mir und sagte: ›Herr, das sind deine Brüder.‹ Ich fragte, wer ihnen das angetan habe. Da sagte sie: ›Ich habe nach meiner Schwester geschickt, und die hat ihnen dies angetan. Erst nach zehn Jahren können sie erlöst werden.‹ Dann verließ sie mich, zeigte mir aber den Weg zu ihrem Aufenthalt. Jetzt sind diese zehn Jahre vergangen, und ich bin mit ihnen auf dem Weg zu ihr, damit sie sie erlöst, und ich traf diesen Mann und den Scheich mit der Gazelle und fragte sie, was mit ihm sei, und er berichtete mir sein Erlebnis mit dir, und ich wollte nicht weitergehen, bis ich erfahren hätte, was zwischen dir und ihm geschehen wird. Das ist meine Geschichte. Ist sie nicht wundersam?‹ Da sagte der Dschinni: ›Wahrlich, sie ist wundersam und merkwürdig. Ich schenke dir ein Drittel seiner Buße.‹

Da trat der dritte Scheich vor und sagte: ›O Dschinni, enttäusche mich nicht. Wenn ich dir eine wundersame und seltsame Geschichte erzähle, noch wundersamer und merkwürdiger als diese beiden Geschichten, schenkst du mir dann das letzte Drittel?‹ Da sagte der Dschinni ›ja‹ und der Scheich trat vor und sprach ...«

Da ereilte der Morgen Schahrazâd, und sie brach die Erzählung ab. Ihre Schwester Dînârzâd sagte: »Ach Schwester, wie wundersam ist deine Erzählung!« Da antwortete sie: »Was noch bleibt, ist noch wundersamer.« Der König aber sagte: »Bei Gott, ich will sie nicht töten lassen, bis ich gehört habe, wie das mit dem Scheich und dem Dschinni ausgegangen ist. Dann lasse ich sie töten wie die anderen.«

Die achte Nacht

von den seltsamen Erzählungen von Tausendundeiner Nacht

Die Geschichte des dritten Scheichs

Als es Abend geworden war, sagte Dînârzâd zu ihrer Schwester Schahrazâd: »Schwester, wenn du nicht schläfst, dann erzähl mir doch bitte eine von deinen schönen Geschichten, damit wir damit die wachen Stunden dieser heutigen Nacht ausfüllen.« – »Gern«, sagte sie.

»Mir ist berichtet worden, daß der dritte Scheich vortrat[11] und sprach: ›Ich hatte mir fünfzehn Sklavinnen genommen und mir wurden von allen Kinder geschenkt, Knaben und Mädchen, doch sie starben alle. Da hörte ich, daß in der Gegend von Basra ein Mann war, der mit Sandschlagen wahrsagte. Ich reiste nach Basra, fragte dort nach diesem Mann und man wies mir den Weg zu ihm. Ich berichtete ihm meine Geschichte, daß keines meiner Kinder am Leben bleibe. Da schlug er eine Sandtafel; er schaute hinein und begann zu weinen. ›Was veranlaßt dich zu weinen?‹ fragte ich ihn, und da sagte er: ›Mir hat sich gezeigt, daß dir keine Kinder von abessinischen Sklavinnen am Leben bleiben. Aber nimm dir zwei weiße Sklavinnen als Konkubinen.‹ Ich begab mich in die Länder der Türken und kaufte zwei Sklavinnen. Ich ließ den Ehevertrag ausfertigen, kleidete sie, und behandelte sie genau gleich, im Lebensunterhalt, in der Kleidung und im Beilager. Ich lebte einige Zeit mit ihnen zusammen und Gott schenkte mir durch sie zwei schöne Knaben. Sie wuchsen und gediehen, aber als der ältere drei Jahre alt war, und der jüngere zwei Jahre, starb der jüngere und der ältere blieb allein am Leben. Die Mutter des Knaben, der gestorben war, wurde von Eifersucht gepackt, so daß sie vor Eifersucht und Neid fast gestorben wäre. Da starb die Mutter des älteren Knaben, und eines Tages packte die andere Sklavin den Sohn derjenigen, die gestorben war, stieg mit ihm auf das Dach unseres Hauses und rief mir zu: ›Hebe deinen Kopf und schau her auf deinen Sohn. Ich werde ihn hinabwerfen, daß er zerschellt.‹ Ich hob meinen Kopf und erblickte mein Kind in ihrer Hand. Mein Herz erbebte und ich flehte sie inständig an, versprach ihr alles, was sie wollte, aus Angst um mein Kind. ›Möchtest du, daß dein Kind heil bleibt?‹ fragte sie. ›Ja‹, rief ich. ›Dann schwöre mir, daß du mir keine Vorwürfe machen wirst, weil ich keine Kinder habe, daß du nicht wegen deines Kindes anders zu mir bist und keine weitere Nebenfrau neben mir heiratest.‹ Ich gelobte ihr das alles und schwor ihr bindende Eide für das, was sie verlangte, doch sie sagte: ›Ich will das nicht, auf dich ist kein Verlaß, denn du kümmerst dich weder um Gott noch um seine Gebote. Wenn du willst, daß dein Sohn heil bleibt, dann hole ein Rasiermesser und schneide hier vor meinen Augen dein Glied ab.‹ Ich flehte sie viele Male an, aber sie gab nicht nach. Ich fürchtete um mein Kind und nahm das Rasiermesser in die Hand. Ich befand mich in der entsetzlichen Zwangslage, mein Glied abzuschneiden, sonst würde mein Sohn sterben. Aber jedesmal, wenn ich mich anschickte, es abzuschneiden, schauderte mein Leib und ich vermochte es nicht zu tun. Da sagte sie: ›Es kommt mir so vor, als wolltest du es dran lassen. Aber ich werde dir zeigen, wie dein Sohn zerschellt.‹ Sie hob ihn auf ihren Arm, und schaute zu ihm hin; sie schickte sich an, ihn herunterzuwerfen, ich flehte sie, doch sie gab nicht nach. Da nahm ich das Rasiermesser und wollte mein Glied abschneiden. Ich richtete mich auf, hielt das Messer aufgeklappt über meiner Scham, da fiel es herab und schnitt mir mein Glied ab, und ich fiel ohnmächtig hin, blutüberströmt. Als ich in meinem Blut lag, eilten meine Nachbarn herbei, hoben mich auf und trugen mich ins Haus. Sie holten einen

Wundarzt, der mich behandelte, denn ich wurde so krank, daß ich dem Tode nahe war. Dann genas ich und wurde wieder gesund. Ich hörte dann erzählen von einem Zauberer in dieser Gegend, begab mich zu ihm, berichtete ihm, was diese Sklavin mir angetan hatte und sagte zu ihm: ›Ich möchte, daß du sie in eine Mauleselin verzauberst‹ und bezahlte ihm eine hübsche Summe Geld. Da nahm er eine Messingschale, schrieb magische Zeichen darauf und sagte zu mir: ›Fülle die Schale mit Wasser, wenn du nach Hause kommst, besprenge sie damit und sprich: ›Werde mit Gottes Erlaubnis eine Mauleselin!‹ Da nahm ich die Schale, ging nach Hause, füllte die Schale die Wasser, besprengte sie damit und sagte: ›Sei mit Gottes Erlaubnis eine Mauleselin.‹ Da wurde sie eine Mauleselin, und das ist diese Mauleselin hier bei mir, auf der ich reite und die ich allerlei Qualen auskosten lasse zur Strafe für das, was sie mir angetan hat. Ich zog mit ihr in die Wüsten und Einöden, um sie Qualen ausstehen zu lassen, bis ich schließlich zu euch kam und schwor, nicht wegzugehen, bis ich sähe, was mit dem Kaufmann und dem Dschinni geschehen werde.‹ Dann wandte er sich zu der Mauleselin und sagte: ›Ist es nicht so, wie ich gesagt habe?‹ und sie nickte mit dem Kopf.

›Ist meine Geschichte nicht seltsam?‹ fragte er den Dschinni. ›Ja‹, sagte der. Da bat er: ›Gib mir den Kaufmann frei, daß er zu seiner Frau und seinen Kindern gehen kann.‹

Und der Dschinni gab ihn frei[12] und entfernte sich. Der Kaufmann trat auf die Scheiche zu, sie beglückwünschten ihn zum guten Ausgang, dann nahmen sie voneinander Abschied, trennten sich und jeder zog seines Weges weiter. Der Kaufmann kehrte in seine Stadt zurück, trat zu seinen Leuten, seiner Frau und seinen Kindern ein und lebte mit ihnen, bis ihn der Tod ereilte.

Aber das ist nicht wundersamer und merkwürdiger als

die Geschichte vom Fischer.« Da fragte Dînârzâd: »Bei Gott, wie ist denn die Geschichte vom Fischer?« Da sagte sie: »Mir ist berichtet worden, daß ein Fischer...«

3.

Die Geschichte des Lastträgers und der drei Damen

Es war einmal ein Lastträger in der Stadt Baghdad; der war unverheiratet. Nun geschah es, als er eines Tages müßig auf der Straße stand und sich auf seinen Lastkorb stützte, da, siehe, vor ihn eine Dame trat, bekleidet mit einem Mantel aus Musselin, einem Seidengewand, mit Schuhen aus Brokat, einem goldgewirkten Saum und einer herunterfallenden Schärpe. Sie lüftete ihren Schleier, und darunter zeigten sich zwei schwarze Augen, mit zierlichen Wimpern auf den Lidern, mit weichen Blicken und von vollkommener Schönheit. Und sie wandte sich an den Lastträger und sagte in lieblicher und gewählter Sprache: ›Nimm deinen Korb und folge mir!‹ Kaum hatte der Träger die Worte gehört, da nahm er in aller Eile den Korb auf den Kopf und sprach bei sich selber: ›O Tag des Glücks! O Tag der göttlichen Gnade!‹ Und er ging ihr nach, bis sie vor der Tür eines Hauses stehenblieb. Sie pochte an die Tür, und alsbald kam ein Christ zu ihr herunter; dem gab sie ein Goldstück und erhielt von ihm dafür eine dunkelgrüne Flasche; sie setzte diese in den Korb und sagte: ›Heb auf und folge mir!‹ Der Träger aber sprach: ›Dies ist, bei Allah, ein gesegneter Tag, ein Tag glücklich durch den Erfolg!‹ und hob den Korb auf den Kopf und folgte ihr, bis sie vor dem Laden eines Fruchthändlers stehenblieb, von dem sie syrische Äpfel kaufte, osmanische Quitten und Pfirsiche aus Oman, Jasmin und Wasserlilien aus Syrien, zarte kleine Herbstgurken, Zitronen, Sultansorangen, duftende Myrten, Tamarinden, Chrysanthemen, rote Anemonen, Veilchen, Granatapfelblüten und weiße Heckenrosen; all das tat sie in den Korb des Lastträgers und sagte: ›Trag es!‹ So trug er es und folgte ihr, bis sie bei einem Schlächter stehenblieb und zu ihm sagte: ›Schneid mir zehn Pfund Fleisch ab!‹ Der Schlächter schnitt es ab, und sie zahlte den Preis, wickelte das Fleisch in ein Bananenblatt und legte es in den Korb, indem sie sprach: ›Trag es, o Träger!‹ Er hob den Korb und folgte ihr. Sie ging weiter und blieb bei dem Zukosthändler stehen; von ihm kaufte sie, was zum Nachtisch gehört, Pistazienkerne, arabische Rosinen und Mandeln. Dann sprach sie zu dem Träger: ›Trag es und folge mir!‹ So nahm er seinen Korb und folgte ihr, bis sie haltmachte bei dem Laden des Zukkerbäckers; und sie kaufte eine Schüssel und häufte darauf allerlei Süßigkeiten aus dem Laden, Waffeln, Törtchen mit Moschus zubereitet, Mandelkuchen, Zitronenfondants von mancherlei Art, Kämme der Zainab aus Zuckerwerk, Fingergebäck und Spritzkuchen; kurz, sie nahm von allen Arten der Süßigkeiten auf die Schüssel und stellte sie in den Korb. Da sprach der Träger zu ihr: ›Das hättest du mich wissen lassen sollen; dann hätte ich mein Packpferd mitgebracht, dem du all diese guten Sachen aufladen könntest.‹ Sie lächelte und schlug ihm leicht mit ihrer Hand auf den Nacken, indem sie sprach: ›Spute dich zu gehen und laß das viele Reden; dein Lohn ist dir sicher, so Gott der Erhabene will!‹ Dann machte sie halt bei einem Händler von Spezereien; und sie nahm von ihm zehn verschiedene Wasser, darunter Rosenwasser, Orangenblütenwasser, Lilienwasser und Weidenblütenwasser. Und sie kaufte auch zwei Zuckerlaibe, eine Flasche Rosenwasser mit Moschus, einige Stückchen Weihrauch, Aloeholz, Ambra, Moschus und alexandrinische Kerzen; und das Ganze legte sie in den Korb und sagte: ›Nimm deinen Korb und folge mir!‹ Da hob er den Korb und ging ihr nach, bis sie zu einem schönen Haus kam, vor dem ein geräumiger Hof lag, einem hohen Bau mit ragenden Säulen; sein Tor hatte zwei Flügel aus Ebenholz, eingelegt mit Platten roten

Goldes. Die Dame blieb am Tore stehen, hob den Schleier von ihrem Antlitz und klopfte leise an; der Träger aber stand hinter ihr und dachte unaufhörlich an ihre Schönheit und Anmut. Die Tür ward geöffnet, und die beiden Flügel schlugen zurück. Da schaute der Träger hin, wer sie geöffnet hatte; und siehe, es war eine Dame von stattlichem Wuchs, etwa fünf Fuß hoch, mit schwellendem Busen, von Schönheit und Anmut, vollkommenem Liebreiz und ebenmäßiger Gestalt. Ihre Stirn war blütenweiß, ihre Wangen hellrot wie die Anemone, ihre Augen wie die der wilden Färse oder der Gazelle, und ihre Brauen wie der Neumond des gesegneten Fastenmonats; ihr Mund war wie der Ring Salomos, ihre Lippen korallenrot und ihre Zähnchen wie eine Schnur von Perlen oder wie Blätter der Chrysanthemumblüte. Ihr Hals glich dem der Antilope, ihr Busen einem Marmorbecken, und ihre Brüste glichen zwei Granatäpfeln; ihr Leib war weich wie Samt, und die Höhle ihres Nabels hätte eine Unze Benzoesalbe gefaßt. Kurz, jener glich sie, von der der Dichter sagt:

Schau sie an, die Sonne und Mond erbleichen macht,
Sie, die Hyazinthe in strahlender Blütenpracht.
Nie sah dein Auge Schwarz und Weiß so schön im
Verein
Wie ihre dunklen Haare über dem Antlitz so rein.
Rosig sind ihre Wangen; und ihre Schönheit erzählt
Immer von ihrem Namen, wenn ihr auch der Reichtum
fehlt.
Ich lächle ob ihrer Hüften, wenn sie im Gange sich
wiegt;
O Wunder, und wein' um den Leib, den schlanken, der
fast zerbiegt.

Und als der Träger sie sah, war sein Verstand und sein Sinn gefangen, so daß ihm der Korb fast vom Kopfe fiel; dann sprach er bei sich selber: ›Nie sah ich in meinem Leben einen gesegneteren Tag als diesen!‹ Und die Pförtnerin sprach zu der Wirtschafterin: ›Tritt ein in das Tor und befreie den armen Träger von seiner Last!‹ Da trat die Wirtschafterin ein, und die Pförtnerin folgte ihr, und der Träger auch; und sie gingen weiter, bis sie zu einer schönen, geräumigen Halle kamen, die mit wunderbarer Geschicklichkeit erbaut war, mit allerlei Verzierungen, mit Arkaden, Erkern, Estraden, Nischen und Schränken, vor denen Vorhänge hingen. Und in der Mitte der Halle war ein großes Bassin voll Wasser, und darin war ein Bootshäuschen; an der Rückseite der Halle aber stand ein Lager aus Wacholderholz, mit Edelsteinen besetzt, über dem ein Baldachin schwebte aus rotem Atlas, der mit Perlen aufgesteckt war, so groß wie Haselnüsse und größer noch. Darinnen zeigte sich eine Dame, von erlesener Schönheit, mit herrlichem Antlitz, bezaubernden Augen und weisen Mienen, von Aussehen so lieblich wie der Mond; und ihre Brauen waren gewölbt wie Bogen, ihr Wuchs war aufrecht wie ein I, ihr Atem hauchte Ambra, und ihre Lippen waren rot wie Karneole und süß wie Zucker. Ihres Gesichtes Glanz beschämte die strahlende Sonne; sie war wie einer der himmlichen Planeten, oder wie eine vergoldete Kuppel, oder wie eine Braut in erlesenstem Schmuck oder ein edles Mädchen Arabiens. So sang von ihr der Dichter:

Es ist, als zeigte ihr Lächeln schneeweiße Perlenreihn,
Wie Chrysanthemumblüten oder wie Hagelstein'.
Locken hat sie, die fallen herab wie die schwarze Nacht,
Sie, deren Schönheit das Licht des Morgens erbleichen
macht.

Da stand die dritte Dame auf von dem Lager und trat langsam vor mit wiegendem Gang, bis sie in die Mitte des Saales zu ihren Schwestern kam; und sie sprach: ›Was steht ihr da? Nehmt die Last von dem Haupte des armen Trägers!‹ Alsbald trat die Wirtschafterin vor ihn hin, und die

Pförtnerin trat hinter ihn, und die dritte half ihnen beiden, und sie hoben den Korb von des Trägers Kopf, leerten ihn und legten alles an seinen Ort. Und schließlich gaben sie dem Träger zwei Goldstücke und sagten: ›Zieh deines Weges, o Träger!‹ Aber er blickte die Damen an und ihre große Schönheit und feinen Züge; denn er hatte noch nie etwas Schöneres gesehen als sie – doch es fand sich kein Mann bei ihnen. Und ferner blickte er auf den Wein, die Früchte, die Blumen und alle anderen guten Dinge, die bei ihnen waren. So geriet er in höchstes Erstaunen und zögerte mit dem Gehen; da sprach die eine der Damen: ›Was ist dir? Warum gehst du nicht? Hältst du vielleicht den Lohn für zu gering?‹ Dann wandte sie sich zu ihrer Schwester und sprach: ›Gib ihm noch einen Dinar!‹ Doch der Träger erwiderte: ›Bei Allah, Herrin, ich halte den Lohn nicht für zu gering; mein Lohn beträgt kaum zwei Dirhems; nein, mein Herz und meine Seele denken nur an euch. Wie kommt es, daß ihr so allein seid, ohne einen Mann bei euch zu haben oder irgend jemand, der euch Gesellschaft leistet? Ihr wißt doch, daß der Turm der Moschee nur auf vier Grundmauern stehen kann; aber euch fehlt die vierte! Das Vergnügen der Frauen wird doch erst durch die Männer vollkommen, wie es im Liede heißt:

> Siehst du nicht, zur Lust sind vier vonnöten:
> Harfe, Laute, Zither und die Flöten!
> Und vier Düfte müssen sie umkosen:
> Myrten, Levkojen, Anemonen und Rosen.
> All dies wird nur durch vier andre hold:
> Wein und Jugend, Liebe und Gold.

›Ihr seid drei und entbehret eines vierten, der ein verständiger und kluger Mann sein muß, scharf von Witz und fähig, Geheimnisse zu bewahren.‹ Als sie seine Worte hörten, hatten sie ihre Freude daran, und sie lachten über ihn und sagten: ›Und wer ist das für uns? Wir sind Jungfrauen, und wir fürchten uns, unser Geheimnis jemandem zu vertrauen, der es nicht bewahrt, denn wir haben in einer Erzählung gelesen, was der Dichter Ibn eth-Thumâm gesagt hat:

Bewahr dein Geheimnis mit Eifer! Tu es niemandem kund!
Denn wer sein Geheimnis verrät, verliert es zur selbigen Stund.
Und wenn deine eigene Brust dein Geheimnis nicht fassen kann,
Wie kann dessen Brust es fassen, dem du es kundgetan?

Und auch Abu Nuwâs sagte vortrefflich:

Wer den Menschen sein Geheimnis berichtet,
Verdient, daß der Brand ihm die Stirne vernichtet.‹

Aber als der Träger ihre Worte hörte, erwiderte er: ›Bei eurem Leben! Ich bin ein verständiger und zuverlässiger Mann, ich habe die Bücher gelesen und die Chroniken studiert; ich zeige das Schöne und verberge das Häßliche, wie es im Dichterwort heißt‹, und er sprach die Verse:

Es bewahrt das Geheimnis nur der verläßliche Mann;
Und das Geheimnis ist bei dem besten Menschen versiegelt.
Bei mir ist das Geheimnis in einem verschlossenen Haus;
Die Schlüssel dazu sind verloren, und das Tor ist verriegelt.

Als die Damen die Verse, und was er ihnen kundtat, gehörte hatten, da sagten sie: ›Du weißt, wir haben für diesen Bau eine große Summe Geldes verbraucht. Hast du etwas für uns zum Entgelt dafür? Denn wir werden dir nicht gestatten, daß du bei uns sitzest als unser Tischgenosse und in unsere reizenden, schönen Gesichter blikkest, ohne daß du uns eine Summe Geldes zahlst. Kennst du nicht das Sprichwort: Liebe ohne einen Deut nützt keinen Deut?‹ Und die Pförtnerin fügte hinzu: ›Bringst du etwas, mein Freund, so bist du etwas; bringst du nichts, zieh ab mit nichts!‹ Da aber sagte die Wirtschafterin: ›Schwestern, laßt doch ab von ihm; denn, bei Allah, er hat uns heute nicht im Stich gelassen, und wäre er anders gewesen, er hätte nie mit uns Geduld gehabt. Was für Verpflichtungen ihn auch treffen mögen, ich nehme sie auf mich.‹ Da freute sich der Träger, küßte den Boden, dankte ihr und sprach: ›Bei Allah, mein erstes Geld erhielt ich heute von dir aus.‹ Nun sagten sie: ›Setze dich und sei uns willkommen!‹ und die Dame vom Thronsessel fügte hinzu: ›Bei Allah, wir können dich nur unter einer Bedingung bei uns sitzen lassen, und die ist, daß du keine Frage stellst über Dinge, die dich nichts angehen; und wenn du dich doch einmischest, so bekommst du Prügel.‹ Da rief der Träger: ›Einverstanden, o meine Herrin, mit der größten Freude. Sehet da, ich habe keine Zunge mehr!‹ Dann erhob sich die Wirtschafterin, schürzte ihr Kleid auf, ordnete die Flaschen in Reihen, klärte den Wein vor sich und legte das Grün um den Krug und machte alles bereit, was sie brauchten. Darauf stellte sie den Wein vor sie und setzte sich, sie mit ihren Schwestern; auch der Träger setzte sich zu ihnen, aber er wähnte sich im Traum. Nun nahm die Wirtschafterin die Weinkaraffe und schenkte den ersten Becher voll und trank ihn aus, und ebenso einen zweiten und dritten. Dann füllte sie wiederum und reichte einer ihrer Schwestern, und schließlich füllte sie und reichte dem Träger mit den Worten:

Trinke zum Wohle, zur Freude, zum Heile!
Dieser Trank macht, daß die Krankheit enteile.

Und er nahm den Becher in die Hand und dankte mit tiefer Verbeugung und sprach aus dem Stegreif die Verse:

Der Becher wird nun getrunken mit dem vertrauten Freund,
Dem Manne von edler Abkunft und altem Geschlechte, vereint.
Der Wein ist wie der Wind: wenn der über Düfte weht,
So duftet er; doch er stinkt, wenn er über Leichen geht.

Und er fügte hinzu:

Trinke den Wein nie anders als aus den Händen des Schönen,
Der zu dir spricht mit Feinheit der Rede und der ihr gleicht.

Nachdem er diesen Vers gesprochen hatte, küßte er ihnen die Hände und trank und ward trunken, und wankend fuhr er fort, Verse zu sprechen:

Alle Dinge, darinnen Blut ist, sind verboten
Zu trinken, außer allein dem Blute der Reben.
Tränkt mich, ich will für deine Augen, Gazelle,
Mein Hab, mein Gut, mich selbst als Lösegeld geben!

Da füllte die Wirtschafterin einen Becher und gab ihn der Pförtnerin, die ihn ihr aus der Hand nahm, dankte und trank. Dann schenkte sie wiederum ein und reichte der Dame des Thronsessels, und füllte wieder einen Becher und reichte ihn dem Träger. Der küßte den Boden vor ihr, dankte und trank und sprach die Verse:

Bring ihn, bei Allah, bringe – aus vollen Bechern, schnell!
Gib mir einen Becher zu trinken; – das ist des Lebens Quell.

Nun trat der Träger vor die Herrin des Hauses und sagte: ›O Herrin, ich bin dein Sklave, dein Mamluk, dein Diener‹, und er begann:

Am Tor steht einer von deinen Sklaven und preist
Allzeit, was deine Gnade an Gaben ihm lieh.
Darf er, o Herrin der Gaben, eintreten und schaun
Deine Schönheit? Denn ich und die Liebe, wir trennen uns nie.

Sie aber sagte: ›Tu dir gütlich, trinke zum Wohle, und Gesundheit fließe in den Adern des Wohlseins!‹ Da nahm er den Becher, küßte ihr die Hand und sprach in singendem Tonfall diese Verse:

Ich gab ihr der Wangen Ebenbild, den Wein, so klar,
Den alten, dessen Licht wie Flammen des Feuers war.
Sie berührte ihn mit den Lippen, und lächelnd sprach sie dann:
Wie bietest du Wangen der Menschen den Menschen zu trinken an?
Ich sprach: Trink doch! Dies sind meine Tränen, mein Herzblut auch,
Davon sie rot geworden; die mischen im Becher mein Hauch.

Und sie erwiderte mit diesem Verse:

Hast du um meinetwillen Blut geweint,
So bring und tränk mich, herzlich gern, o Freund!

Da nahm die Dame den Becher und leerte ihn auf ihrer Schwester Wohl. So hörten sie nicht auf zu trinken mit dem Träger in ihrer Mitten; dabei tanzten sie und lachten und sangen Lieder, Verse und Strophengedichte. Der Träger aber begann mit ihnen zu tändeln; er küßte, biß, streichelte, befühlte, betastete sie und trieb allerlei Kurzweil. Und die eine schob ihm einen Leckerbissen in den Mund, und die andere streichelte ihn; und diese schlug ihn auf die Wange, und jene warf Blumen nach ihm; und er war bei ihnen in höchster Wonne, wie wenn er im Paradiese bei den schwarzäugigen Jungfrauen säße. Das trieben sie so weiter, bis ihnen der Wein zu Kopfe stieg und ihnen die Sinne verdunkelte; und als die Trunkenheit über sie herrschte, stand die Pförtnerin auf und zog ihre Kleider aus, bis sie ganz nackt war. Und sie ließ ihr Haar um ihren Leib herabfallen wie einen Vorhang und warf sich in das Bassin und spielte im Wasser, tauchte wie eine Ente und prustete, nahm Wasser in ihren Mund und spritzte es über den Träger; dann wusch sie sich die Glieder und zwischen den Schenkeln. Nun sprang sie heraus aus dem Wasser und warf sich dem Träger auf den Schoß und sagte: ›O mein Herr, wie heißt dies?‹, indem sie auf ihren Schoß zeigte. Er antwortete: ›Deine *rahim*.‹ Doch sie rief: ›Wie? Schämst du dich nicht?‹ und sie faßte ihn am Hals und schlug ihn. Dann sagte er: ›Deine *fardsch*‹; und sie schlug ihn nochmals und rief: ›Pfui, pfui, wie häßlich! Schämst du dich noch nicht?‹ Er aber sagte: ›Deine *kuss*‹; und sie rief: ›Wie? Schämst du dich nicht aus Ehrgefühl?‹; und sie stieß ihn mit der Hand und schlug ihn. Da rief der Träger: ›Dein *zunbûr*‹; jetzt aber fiel die älteste Dame mit Schlägen über ihn her und rief: ›So darfst du nicht sagen!‹ Aber welchen Namen nur immer er nannte, sie schlugen ihn immer mehr, bis ihm der Hals anschwoll von all den Prügeln; und so machten sie ihn zum Ziel des Gelächters untereinander. Schließlich aber fragte er: ›Und wie heißt es bei euch?‹ Und die Dame erwiderte: ›Die Krauseminze des Kühnen!‹ Da rief der Träger: ›Allah sei Dank für die Rettung; gut, o Krauseminze des Kühnen!‹ Dann ließen sie den Becher und die Schale kreisen, und die zweite der Damen stand auf, legte ihre Kleider ab, warf sich in das Bassin und tat, wie die erste getan hatte; und sie kam aus dem Wasser heraus und warf sich in des Trägers Schoß, wies auf ihr Gemächt und fragte: ›O Licht meiner Augen, wie heißt dies?‹ Er erwiderte: ›Deine *fardsch*‹; und sie versetzte: ›Ist das nicht häßlich von dir?‹ und sie schlug so, daß der Saal von dem Schlage widerhallte. Dabei rief sie: ›Pfui, pfui, schämst du dich denn nicht?‹ Er darauf: ›Krauseminze des Kühnen‹, und alle drei lachten, bis sie auf den Rücken fielen, und sie schlugen ihn und sagten: ›Nein, so heißt es nicht.‹ Er aber rief: ›O meine Schwestern, wie heißt es denn?‹ und sie erwiderten: ›Der enthülste Sesam!‹ Darauf legte die Wirtschafterin ihre Kleider wieder an, und sie begannen von neuem zu trinken. Aber der Träger stöhnte fortwährend ob seines Nackens und seiner Schulter. Und der Becher kreiste bei ihnen wieder eine Weile. Dann aber stand die älteste und schönste der Damen auf und zog sich ihre Gewänder aus; und der Träger faßte mit der Hand nach seinem Nacken und rieb ihn und sprach: ›Mein Nakken und meine Schultern seien Allah anbefohlen!‹ Als dann die Dame entkleidet war, warf sie sich in das Bassin, tauchte unter, spielte und wusch sich. Der Träger blickte auf ihren nackten Leib; der war wie ein Stück des Mondes, und ihr Antlitz glich dem vollen Monde oder der aufgehenden Morgenröte. Und er blickte auf ihre Gestalt und ihren Busen und jene runden Backen, die da bebten; denn sie war nackt, wie der Herr sie geschaffen hatte. Und er rief: ›Ah! Ah!‹ und redete sie in Versen an:

Wenn ich deinen Leib mit einem grünen Zweige
  vergleiche,
Belade ich mich selbst mit Schuld und schwerem
  Vergehen;
Der Zweig ist am schönsten, wenn wir im Kleide ihn
  finden,
Du aber bist am schönsten, wenn wir dich nackend
  sehen.

Als nun die Dame die Verse hörte, stieg sie heraus aus dem Bassin, kam und setzte sich auf seinen Schoß und zeigte auf ihr Ding und sagte: ›O mein Herrchen, was ist das?‹ Er antwortete: ›Die Krauseminze des Kühnen‹, da rief sie:

›Ach, geh!‹ Er darauf: ›Der enthülste Sesam‹; sie aber: ›O nein!‹ Dann sagte er: ›Deine *rahim*!‹ Nun schalt sie ihn: ›Pfui, pfui! Schämst du dich nicht?‹ und sie schlug ihn auf den Nacken. Und welchen Namen er immer nannte, sie schlug ihn und rief: ›Nein, nein!‹ bis er schließlich sagte: ›Ihr Schwestern, wie heißt es denn?‹ Und sie erwiderte: ›Die Herberge des Abu Mansûr!‹

Und die Dame ging hin und zog ihre Kleider an. Nun kehrten sie zu ihrem Tun zurück, und der Becher kreiste unter ihnen eine Weile. Schließlich aber stand der Träger auf, zog seine Kleider aus, sprang in das Bassin, und sie sahen, wie er im Wasser schwamm; und er wusch sich unter dem bärtigen Kinn und unter den Armhöhlen, wie ja auch sie sich gewaschen hatten. Dann stieg er heraus und warf sich der ersten Dame in den Schoß, stützte die Arme auf den Schoß der Pförtnerin und legte seine Füße und Schenkel auf den Schoß der Wirtschafterin. Dann zeigte er auf sein Glied und sagte: ›O meine Herrinnen, wie heißt dies?‹ Alle lachten über seine Worte, bis sie auf den Rükken fielen, und eine sagte: ›Dein *zubb*!‹ Aber er erwiderte: ›Nein!‹ und biß zur Strafe eine jede. Dann sagten sie: ›Dein *air*, dein *chazûk!*‹ Er aber rief: ›Nein!‹ und umarmte eine nach der andern, bis sein Herz sich an ihnen Genüge getan hatte, und sie lachten alle miteinander. Schließlich sagten sie: ›O unser Bruder, wie heißt es denn?‹ Und er fragte: ›Wißt ihr nicht, wie es heißt?‹ und sie sagten: ›Nein!‹ Er antwortete: ›Dies ist das Maultier, das durch alles dringt, dem die Krauseminze des Kühnen als Weide winkt, das den enthülsten Sesam als Nahrung verschlingt und in der Herberge des Abu Mansûr die Nacht verbringt.‹ Alle lachten sie, bis sie auf den Rücken fielen; und sie kehrten zum Gelage zurück und hörten nicht auf, bis die Nacht über sie hereinbrach.

Nun sagten sie zu dem Träger: ›Gott befohlen, Freundchen, erheb dich und lege deine Sandalen an; zieh ab und zeige uns die Breite deiner Schultern!‹ Doch er sprach: ›Bei Allah, ich könnte mich leichter von meiner Seele trennen als von euch; kommt, laßt uns die Nacht an den Tag anknüpfen, und morgen ziehe ein jeder von uns seines eigenen Weges!‹ ›Bei meinem Leben‹, sagte die Wirtschafterin, ›laßt ihn bei uns bleiben, damit wir über ihn lachen können: wer wird so lange am Leben bleiben, bis wir seinesgleichen wieder treffen? Fürwahr, er ist ein lustiger und witziger Gesellschafter.‹ Darauf sagten sie: ›Du darfst die Nacht nur unter der Bedingung bei uns bleiben, daß du dich unseren Befehlen fügst und daß du, was du auch sehest, nicht danach fragst, noch nach den Gründen forschest.‹ ›Gut‹, erwiderte er, und sie geboten: ›Geh hin und lies die Inschrift über der Tür.‹ Da ging er hin zur Tür und fand dort in Gold gemalt die Worte geschrieben: *Wer da redet von dem, was ihn nichts angeht, wird hören, was ihm nicht angenehm ist*! Und der Träger sagte: ›Ihr sollt des Zeugen sein, daß ich nicht reden will über das, was mich nichts angeht.‹ Nun stand die Wirtschafterin auf und setzte ihnen zu essen vor, und sie aßen. Dann zündeten sie die Kerzen und die Lampen an und legten an die Kerzen Amber und Aloeholz; und nachdem sie jenen Saal mit einem anderen vertauscht und frische Früchte und Getränke aufgetragen hatten, setzten sie sich nieder zum Trinken und zum Liebesgespräch. Und sie hörten nicht auf, zu essen und zu trinken und zu plaudern und trockene Früchte zu knabbern und zu lachen und zu scherzen, eine volle Stunde lang. Da aber, siehe, ertönte ein Klopfen an der Tür. Doch das störte ihre Geselligkeit in keiner Weise; nur stand eine auf und ging zur Tür hin. Alsbald kehrte sie zurück und sagte: ›Wahrlich, unser Vergnügen soll heute nacht vollkommen werden.‹ ›Was gibt's denn?‹ fragten sie; und sie erwiderte: ›Am Tore stehen drei persische Bettelmönche, deren Bart und Haupthaar und Augenbrauen abrasiert sind, alle drei blind auf dem linken Auge – und das ist wahrlich ein seltsamer Zufall. Sie sind gerade jetzt von der Reise angekommen und tragen sichtlich die Spuren der Reise an sich; sie haben eben erst Baghdad erreicht, und dies ist ihr erster Besuch in unserer Stadt; und daß sie an unserer Tür klopften, geschah nur, weil sie keine Stätte zum Übernachten fanden. Sie sagten sogar: Vielleicht wird uns der Besitzer dieses Hauses den Schlüssel zu seinem Stalle geben, oder eine Hütte, darinnen wir die Nacht verbringen können – denn der Abend hatte sie überrascht, und da sie Fremdlinge waren, so wußten sie niemanden, bei dem sie Obdach finden würden, und, o meine Schwestern, ein jeder von ihnen hat auf seine Art eine komische Gestalt.‹ Und sie ließ nicht ab zu bitten, bis sie zu ihr sagten: ›Laß sie eintreten und erlege ihnen die Bedingung auf, daß sie nicht reden von dem, was sie nichts angeht, damit sie nicht hören, was ihnen nicht angenehm ist!‹ Da freute sie sich, ging hin und kehrte alsbald mit den drei Einäugigen zurück, deren Bärte und Schnurrbärte abrasiert waren. Die sprachen den Gruß der Muslime, bezeigten ihre Ehrfurcht und traten zurück; aber die Damen standen auf und hießen sie willkommen und wünschten ihnen Glück zu der sicheren Ankunft und hießen sie sich setzen. Nun erst sahen die Möche vor sich eine schöne Stätte, einen sauberen Saal, mit Blumen geschmückt; sie sahen brennende Kerzen, aufsteigenden Weihrauch und Naschwerk, Früchte, Wein und drei jungfräuliche Damen, und da riefen sie wie mit einer Stimme: ›Bei Allah, hier ist es schön!‹ Dann wandten sie sich zu dem Träger und sahen, daß er in vergnügter Stimmung, aber ermattet und trunken war. Und sie dachten, er sei einer von den Ihren, und riefen: ›Das ist ein Bettelmönch wie wir! Ein Araber oder ein Fremder.‹ Wie aber der Träger diese Worte hörte, blickte er sie mit weitgeöffneten Augen an und sprach zu ihnen: ›Sitzet still und macht kein neugieriges Geschwätz! Habt ihr nicht gelesen, was über der Tür geschrieben steht? Das gibt's nicht, daß Bettler wie ihr, die zu uns kommen, auch noch ihre Zunge gegen uns loslassen.‹ ›Wir bitten dich um Verzeihung, o Fakir‹, erwiderten sie; ›unser Kopf liegt in deiner Hand.‹ Die Damen aber lachten und stifteten Frieden zwischen den Bettelmönchen und dem Träger und setzten den Bettlern Speise vor, und diese aßen. Und so saßen sie beisammen, und die Pförtnerin gab ihnen zu trinken; wie nun der Becher bei ihnen kreiste, sagte der Träger zu den Bettlern: ›Und ihr, meine Brüder, habt ihr denn keine Geschichte oder eine Anekdote, die ihr uns erzählen könnt?‹ Da ihnen aber bereits der Wein zu Kopfe gestiegen war, so riefen sie nach Musikinstrumenten; und die Pförtnerin brachte ihnen ein Tamburin, eine Laute und eine persische Harfe. Und jeder der Bettler nahm eines der Instrumente und stimmte es, der eine das Tamburin, der andere die Laute und der dritte die Harfe; sie griffen in die Saiten und sangen, und die Damen begleiteten sie mit kräftiger Stimme, so daß es laut bei ihnen herging. Wie sie so ihr Wesen trieben, siehe, da pochte es abermals an der Tür, und die Pförtnerin ging hin, um nachzusehen, was es gäbe.

Nun, o König«, so sprach Schehrezâd, »war der Anlaß dieses Klopfens dieser: Der Kalif Harûn er-Raschîd war aus seinem Palast herabgekommen, Umschau zu halten und zu hören, was es Neues gäbe. Bei ihm waren Dscha'far, sein Wesir, und Masrûr, der Träger des Schwertes seiner Rache; doch er selbst pflegte sich bei solchen Gelegenheiten als Kaufmann zu verkleiden. Als er nun in jener Nacht hinunterging und die Stadt durchzog, führte ihr Weg sie auch zu jenem Hause, wo sie die Musik und den Gesang hörten. Da sprach der Kalif zu Dscha'far: ›Ich wünsche, daß wir in dies Haus eintreten und diese Lieder hören, und sehen, wer sie singt.‹ Dscha'far erwiderte: ›O Beherrscher der Gläubigen, das sind Leute, über die schon die Trunkenheit gekommen ist, und ich fürchte, daß uns von ihnen ein Unheil widerfährt.‹ ›Ich will unbedingt hineingehen‹, versetzte der Kalif, ›und ich wünsche, daß du einen Vorwand findest, so daß wir hineinkommen.‹ Dscha'far antwortete: ›Ich höre und gehorche!‹; dann trat er vor und pochte an die Tür: Da kam die Pförtnerin heraus und öffnete. Dscha'far aber trat hervor, küßte den Boden und sagte: ›O meine Herrin, wir sind Kaufleute aus Tiberias, wie sind in Baghdad vor zehn Tagen angekommen, und während wir im Chân der Kaufleute wohnten, haben wir unsere Waren verkauft. Nun hatte uns heute abend ein Kaufmann zu einem Gastmahl eingeladen; wir kamen in sein Haus, und er setzte uns Speise vor, und wir aßen; dann saßen wir noch eine Weile mit ihm zusammen und tranken, bis wir uns verabschiedeten; so zogen wir hinaus in die Nacht, und da wir Fremde sind, so verloren wir den Weg zu dem Chân, in dem wir wohnten. Vielleicht werdet ihr so gütig sein, uns diese Nacht bei euch aufzunehmen, damit wir ein Obdach haben; der Himmel vergelt's euch!‹ Da blickte die Pförtnerin sie an und sah, daß sie wie Kaufleute gekleidet waren und ein gesittetes Benehmen hatten. Sie kehrte zu ihren Schwestern zurück und erzählte ihnen Dscha'fars Geschichte; da hatten sie Mitleid mit den Fremden und sagten zu ihr: ›Laß sie herein!‹ Sie öffnete ihnen die Tür wiederum, und jene fragten: ›Dürfen wir mit deiner Erlaubnis eintreten?‹ ›Kommt herein!‹ erwiderte sie; und der Kalif trat ein mit Dscha'far und Masrûr. Als die Mädchen sie sahen, standen sie auf, hießen sie sich setzen und bedienten sie, indem sie sprachen: ›Ein herzliches Willkommen den Gästen, doch nur unter einer Bedingung.‹ ›Wie ist die?‹ fragten sie, und jene erwiderten: ›Redet von dem nicht, was euch nichts angeht; sonst höret ihr, was euch nicht angenehm ist!‹ ›Gut‹, sagten sie; dann setzten sie sich zum gemeinsamen Trunk. Da erblickte der Kalif die drei Bettelmönche, und als er sah, daß sie alle blind auf dem linken Auge waren, erstaunte er darüber. Dann sah er die Mädchen an, wie schön und anmutig sie waren, und geriet in Verwirrung und Verwunderung. Und jene fuhren fort zu zechen und sich zu unterhalten, und sie sagten zu dem Kalifen: ›Trink!‹ doch der erwiderte: ›Ich bin zur Pilgerfahrt entschlossen.‹ Da stand die Pförtnerin auf und breitete vor ihm ein Tischtuch aus, gewirkt mit Silber, und stellte darauf eine Schale aus Porzellan, in die sie Weidenblütenwasser goß, und tat hinein ein Häufchen Schnee und einen kleinen Laib Zucker. Und der Kalif dankte ihr und sprach zu sich selber: ›Bei Allah, ich will ihr die gute Tat, die sie getan hat, morgen vergelten.‹ Die anderen aber begannen wieder ihren Umtrunk zu halten; und als der Wein Gewalt gewann über sie, stand die Hausherrin auf, verbeugte sich vor ihnen, nahm die Wirtschafterin bei der Hand und sagte: ›Steh auf, meine Schwester, wir wollen unsere Pflicht erfüllen.‹ Und die beiden Schwestern versetzten: ›Jawohl!‹ Sofort deckte die Pförtnerin den Tisch ab, warf Stückchen zur Erneuerung des Weihrauchs hin und räumte die Mitte des Saals. Danach ging sie voran und führte die Bettelmönche auf eine Estrade zur Seite der Halle, und den Kalifen und Dscha'far und Masrûr führte sie zu einer Estrade auf der anderen Seite; und sie rief den Träger und sagte: ›Wie gering ist deine Anhänglichkeit! Du bist doch kein Fremder! Du gehörst zum Hause.‹ Da erhob er sich und gürtete sich und fragte: ›Was befiehlst du?‹ Und sie erwiderte: ›Bleib stehen auf deinem Platz!‹ Dann stand die Wirtschafterin auf und setzte mitten in den Saal einen niedrigen Stuhl, öffnete eine Kammer und rief dem Träger zu: ›Komm, hilf mir!‹ Da sah er zwei schwarze Hündinnen mit Ketten um den Hals; und sie sagte zu ihm: ›Die halte!‹ Und der Lastträger hielt sie und führte sie mitten in den Saal. Da stand die Herrin des Hauses auf und schob sich die Ärmel bis über die Handgelenke empor, ergriff eine Geißel und sprach zu dem Träger: ›Bringe eine der Hündinnen her!‹ Und er brachte sie, indem er sie an der Kette schleppte; aber die Hündin weinte und schüttelte gegen die Dame den Kopf. Da begann die Dame sie auf den Kopf zu schlagen, und obgleich die Hündin heulte, hörte sie nicht auf zu schlagen, bis ihr der Arm versagte. Dann warf sie die Geißel aus der Hand, drückte die Hündin an ihre Brust, wischte ihr mit eigener Hand die Tränen ab und küßte ihr den Kopf. Dann sprach sie zu dem Träger: ›Nimm sie weg und bringe die zweite‹; und als er die gebracht hatte, tat sie mit ihr wie mit der ersten. Als der Kalif das sah, rührte sich ihm das Herz, und die Brust ward ihm beklommen, und voll Ungeduld verlangte ihn danach, zu erfahren, was es mit diesen beiden Hündinnen auf sich habe. Und er warf Dscha'far einen Blick zu, aber der wandte sich herum und sagte durch Zeichen: ›Schweig!‹ Dann wandte sich die Dame zu der Pförtnerin und sprach zu ihr: ›Auf, tu auch du deine Pflicht!‹ und die erwiderte: ›Jawohl!‹ Nun setzte die Dame sich auf das Lager aus Wacholderholz, das mit Plättchen aus Gold und Silber belegt war und sagte zu der Pförtnerin und der Wirtschafterin: ›Bringt eure Sachen!‹ Da setzte die Pförtnerin sich auf einen niedrigen Schemel zu ihrer Seite; aber die Wirtschafterin trat in eine Kammer und holte einen Beutel hervor aus Atlas, mit grünen Bändern und zwei kleinen goldenen Sonnen. Und sie trat vor die Hausherrin, schüttelte den Beutel und zog eine Laute daraus hervor; sie stimmte die Saiten und drehte die Wirbel; und als sie gut gestimmt war, sang sie zu ihr diese Verse:

Du bist mein Wunsch, du bist mein Ziel;
O du mein Liebster, seh ich dich,
So ist es ewige Seligkeit,
Doch fern von dir ist Hölle für mich.
Durch dich kommt mein Wahnsinn und durch dich
Mein tiefer Schmerz für lange Zeit.

Und welcher Tadel ruht auf mir,
Wenn ich meine Liebe dir geweiht?
Zerrissen ward der Schleier mein,
Als ich dir meine Liebe lieh:
Ja, immerdar zerreißt die Lieb
Die Ehre und häuft Schmach auf sie.
Das Kleid der Krankheit legt' ich an:
Klar zeigt sich's, wie ich gefehlt.
So hat in meiner Sehnsucht denn
Mein Herze dich sich auserwählt.
Es rannen meine Zähren herab;
Da ward mein Geheimnis offen und klar.
So ward mein Inneres offenbart
Durch die Träne mein, die vergossen war.
Heil' du das schwere Leiden mein:
Denn du bist Krankheit und Arzenei.
Doch wessen Arzenei bei dir ist,
Der wird doch nicht von Leiden frei.
Das Licht deiner Augen ist mir Qual.
Mein Tod kommt durch meiner Liebe Schwert.
Wie viele sind durch der Liebe Schwert
Gestorben, die einst hochgeehrt!
Ich lasse von meiner Sehnsucht nicht,
Noch wende ich zur Zerstreuung mich.
Die Liebe heilt mich, ist Gesetz,
Mein Schmuck geheim und öffentlich.
O selig ist das Auge, das lang
Dich anschaut und deinen Blick genießt.
Und ach, es ist das Herze mein,
Das doch in Angst und Not zerfließt.

Als die Pförtnerin dies Lied gehört hatte, rief sie: ›Ach! Ach! Ach!‹ Dann zerriß sie ihr Gewand und fiel in Ohnmacht zu Boden und der Kalif sah Wunden von Rutenhieben an ihr und Striemen, und geriet in höchstes Erstaunen.

Da stand die Wirtschafterin auf und sprengte Wasser über sie und brachte ihr ein schönes Gewand und legte es ihr an. Als aber die Gäste all das sahen, wurde ihnen wirr zu Sinn; denn sie ahnten nicht, wie das anging und zusammenhing. So sagte der Kalif zu Dscha'far: ›Sahst du nicht das Mädchen mit den Wunden auf dem Leibe? Ich kann keine Ruhe finden, bis ich die Wahrheit erfahren habe über die Geschichte dieses Mädchens und die Geschichte der beiden schwarzen Hündinnen.‹ Aber Dscha'far erwiderte: ›O unser Herr, sie haben es zur Bedingung gemacht, daß wir nicht fragen sollten nach dem, was uns nichts angeht; sonst werden wir hören, was uns nicht angenehm ist.‹ Dann sagte die Pförtnerin: ›Bei Allah, meine Schwester, erfülle an mir deine Pflicht und komme zu mir!‹ Darauf sprach die Wirtschafterin: ›Mit größter Freude‹; und sie nahm die Laute und lehnte sie an ihren Busen, strich mit den Fingerspitzen über die Saiten und sang:

Wenn wir klagen ob Trennung, was sollen wir sagen?
Oder quält uns die Sehnsucht, wohin uns wagen?
Oder senden wir Boten als Dolmetscher für uns,
Nicht bringen die Boten des Liebenden Klagen.
Oder bin ich geduldig, der Liebende schwindet
Nach Verlust des Geliebten gar bald von hinnen.
Ihm blühet nichts als Leiden und Schmerzen
Und Tränen, die ihm auf die Wangen rinnen.
O der da fern ist dem Blick meines Auges
Und der doch immer im Herzen mir weilet –
Wird es dich sehen? Gedenkst du des Bundes?
Ach, er dauert wie Wasser, das rasch enteilet.
Oder hast du der Sklavin die Liebe vergessen,
Deren Tränen und Seufzer alle dir gelten?
Wenn mich die Liebe mit dir noch vereinet,
Will ich lange an dir deine Härte schelten.

Als die Pförtnerin dies zweite Lied gehört hatte, schrie sie laut auf und sagte: ›Bei Allah, wie schön!‹ Und sie legte die Hand an ihre Gewänder und zerriß sie wie das erste Mal; dann fiel sie ohnmächtig zu Boden. Die Wirtschafterin aber legte ihr wieder ein neues Gewand an, nachdem sie sie mit Wasser besprengt hatte. Da erholte sie sich und setzte sich aufrecht. Dann sagte sie zu ihrer Schwester, der Wirtschafterin: ›Fahre fort und erfülle deine Pflicht gegen mich; denn jetzt bleibt nur noch dieser eine Gesang.‹ Und von neuem nahm die Wirtschafterin die Laute zur Hand und begann diese Verse zu singen:

Wie lange noch soll diese Härte und diese Grausamkeit dauern?
Genügen die Tränen dir nicht, von denen mein Aug überquillt?
Wie lange noch willst du mir die Trennung mit Fleiß hinziehen?
War deine Absicht die meines Neiders, so ist sie erfüllt.
Wäre dem Liebenden gerecht das grausame Schicksal,
Brauchte er nicht zu wachen, krank von der Liebe zu ihr.
Habe Mitleid mit mir! Die Grausamkeit will mich erdrücken,
O mein Herrscher, es ward Zeit zum Erbarmen mit mir.
Wem soll ich meine Liebe verkünden, o der du mich tötest,
Der du die Klagen nicht achtest, wenn so die Treue verweht?
Es mehrt sich meine Liebe zu dir mit meinen Tränen,
Und lang wird mir die Zeit der Härte, bis sie vergeht.
O Muslime, erfüllt die Rache der Liebessklavin,
Der Schlaflosen, der die Stätte ihrer Geduld zerstört!
Ist's nach dem Rechte der Liebe erlaubt, o du meine Sehnsucht,

Daß ich fern bin und daß eine andere die Gunst erfährt?
Und welche Freude könnte ich denn bei ihm genießen?
Wie müht er sich doch ab, er, der Verschwendung ehrt!

Als aber die Pförtnerin dies dritte Lied hörte, schrie sie laut; und sie legte Hand an ihre Kleider und zerriß sie bis hinab zum Saum; und zum dritten Mal fiel sie ohnmächtig zu Boden, und wieder zeigte sie die Narben der Geißel. Da sprachen die Bettelmönche untereinander: ›Wollte der Himmel, wir hätten dies Haus nie betreten und lieber auf den Schutthaufen genächtigt! Denn wahrlich, unser Aufenthalt wird durch Dinge getrübt, die das Herz zerreißen.‹ Und der Kalif wandte sich zu ihnen und fragte: ›Weshalb?‹ und sie erwiderten: ›Unser Inneres wird beunruhigt durch diese Dinge.‹ Wie dann der Kalif fragte: ›Seid ihr denn nicht vom Hause?‹ antworteten sie: ›Nein; wir haben auch diese Stätte nie gesehen vor dieser Stunde.‹ Da staunte der Kalif und fragte: ›Der Mann, der dort bei euch sitzt, kennt vielleicht der das Geheimnis?‹ Nun winkte er den Träger heran, und sie fragten ihn nach diesen Dingen; der erwiderte: ›Bei Allah dem Allmächtigen, in der Liebe sind wir alle gleich! Ich bin in Baghdad groß geworden; doch nie in meinem Leben habe ich dies Haus betreten bis zum heutigen Tage. Und wie ich zu ihnen kam, das ist eine seltsame Geschichte.‹ ›Bei Allah‹, versetzten sie, ›wir hielten dich für einen von ihnen; und jetzt sehen wir, du bist wie wir.‹ Dann sprach der Kalif: ›Wir sind sieben Männer, und sie nur drei Frauen und sie haben keinen vierten; darum fragt sie nach ihrem Schicksal; und geben sie uns gutwillig keine Antwort, so werden sie wider Willen antworten müssen.‹ Alle stimmten ihm bei, nur Dscha'far sagte: ›Das ist nicht meine Ansicht, laßt sie! Wir sind ihre Gäste, und sie haben uns ihre Bedingung auferlegt, und wir haben ihre Bedingung angenommen, wie ihr wißt. Darum ist es besser, wir schweigen von dieser Sache; und da nur noch wenig von der Nacht verbleibt, so mag ein jeder von uns seines eigenen Weges ziehen.‹ Dann winkte er dem Kalifen und flüsterte ihm zu: ›Es ist ja nur noch eine Stunde. Morgen kann ich sie vor dich bringen; da kannst du sie nach ihrer Geschichte befragen.‹ Aber der Kalif erhob sein Haupt und rief erzürnt: ›Ich habe keine Geduld mehr, auf die Kunde von ihnen zu warten; laß die Mönche sie alsbald befragen!‹ Dennoch sprach Dscha'far: ›Dies ist nicht mein Rat.‹ Darauf stritten sie und redeten hin und her, wer sie zuerst fragen sollte; und sie einigten sich auf den Träger. Doch die Dame frage sie: ›Ihr Leute, worüber redet ihr so laut?‹ Da erhob sich der Träger vor der Herrin des Hauses und sprach zu ihr: ›O meine Herrin, diese Leute hier wünschen sehr, daß du ihnen von den beiden Hündinnen und ihrer Geschichte erzählst, und weshalb du sie so grausam züchtigst und dann weinest und sie küssest; ferner, daß du ihnen von deiner Schwester berichtest und davon, weshalb sie wie ein Mann mit Palmenruten gegeißelt wurde. Das sind ihre Fragen an dich; und damit basta!‹ Da sprach die Dame, die die Herrin des Hauses war, zu den Gästen: ›Ist dies wahr, was er über euch sagt?‹ und alle erwiderten: ›Ja‹; nur Dscha'far bewahrte Schweigen. Als die Dame ihre Antwort vernahm, rief sie: ›Bei Allah, o unsere Gäste, ihr habt uns die ärgste Kränkung angetan; denn wir haben euch zur Bedingung gemacht, wer immer rede von dem, was ihn nichts angeht, der solle hören, was ihm nicht angenehm ist. Genügt es euch nicht, daß wir euch in unser Haus aufnahmen und euch mit unserer Speise bewirteten? Aber die Schuld ist nicht so sehr euer wie dessen, der euch zu uns geführt hat.‹ Dann schob sie sich die Ärmel bis über die Handgelenke hinauf, schlug dreimal auf den Boden und rief: ›Kommt schnell herbei!‹ Und siehe, eine Kammertür tat sich auf, und heraus traten sieben Negersklaven mit gezücktem Schwert in der Hand; und sie sagte zu ihnen: ›Fesselt diese Schwätzer und bindet sie Rücken an Rücken!‹ Sie taten es und sagten: ›O wohlbehütete Dame, befehl uns, daß wir ihre Köpfe abschlagen!‹ Doch sie sprach: ›Wartet noch eine Weile mit ihnen, daß ich sie frage, wer sie sind, ehe ihre Köpfe abgeschlagen werden!‹ ›Allah schütze mich, o Herrin‹, rief da der Träger, ›töte mich nicht für anderer Sünde; all diese haben gefehlt und Schuld auf sich geladen, nur ich nicht. Denn, bei Allah, unsere Nacht wäre schön gewesen, wären wir nur von diesen Bettlern bewahrt geblieben! Wenn die in eine volkreiche Stadt einzögen, so würden sie sie zur Ruine machen.‹ Dann sprach er diese Verse:

Wie schön ist Verzeihung des Mächtigen doch,
Zumal wenn sie dem gilt, dem Hilfe gebricht!
Beim Bande der Liebe, das uns hier umschlingt,
Verderbet den Anfang durchs Ende doch nicht!

Als der Träger seine Verse geendet hatte, mußte das Mädchen lachen, wandte sich der Gesellschaft zu und sagte: ›Erzählt mir, wer ihr seid; denn ihr habt nur noch eine Stunde zu leben! Wäret ihr nicht Männer von Rang und Vornehme oder Herrscher eures Volks, so hättet ihr nicht so dreist geredet.‹ Da rief der Kalif: ›Du da, Dscha'far, sage ihr, wer wir sind; sonst tötet sie uns aus Versehen. Doch rede gütlich mit ihr, ehe uns das Unheil befällt!‹ ›Es ist, was du verdienst‹, erwiderte der Wesir; doch der Kalif schrie ihn an: ›Der Scherz hat seine Zeit, und der Ernst hat seine Zeit; und die ist jetzt.‹ Die Herrin des Hauses aber trat auf die drei Mönche zu und fragte sie: ›Seid ihr Brüder?‹ und sie erwiderten: ›Nein, bei Allah, wir sind nur Fakire und Fremde.‹ Dann sprach sie zu einem von ihnen: ›Wurdest du blind geboren auf einem Auge?‹ und er sagte: ›Nein, bei Allah, es war eine sonderbare Begebenheit und ein merkwürdiges Geschick, da mir das Auge ausgestoßen wurde; und meine Geschichte ist so, daß, würde sie mit Sticheln in die Augenwinkel gestichelt, sie eine Warnung wäre für jeden, der sich warnen ließe.‹ Sie befragte auch den zweiten und den dritten Mönch, und beide antworteten wie der erste. Dann fuhren sie fort: ›Bei Allah, o Herrin, wir kommen ein jeder aus einem anderen Lande, und wir waren alle drei Söhne von Königen, die über Länder und Untertanen herrschten.‹ Da schaute die Dame sie an und sprach: ›Ein jeder von euch erzähle seine Geschichte und den Grund, weswegen er hierhergekommen ist; dann mag er zum Abschied die Hand zur Stirne heben und seines Weges ziehen!‹ Aber zuerst trat der Lastträger vor und sagte: ›O meine Herrin, ich bin ein einfacher Lastträger. Diese Wirtschafterin gab mir eine Last zu tragen; sie führte mich erst zum Hause eines Weinhändlers; dann zu dem Laden eines Schlächters; und von dem Schlächterladen zum Fruchthändler; und von ihm zum Krämer; und von dem Krämer zum Zuckerbäcker und zum Spezereienhändler; und von dem hierher, und da habe ich mit euch erlebt, was ich erlebt habe. Das ist meine Geschichte, und damit basta!‹ Da lachte die Dame und sprach zu ihm: ›Heb deine Hand zur Stirne und geh fort!‹ Er aber rief: ›Bei Allah, ich gehe nicht fort, ehe ich die Geschichte meiner Gefährten gehört habe.‹ Nun trat einer der Mönche vor und begann

Die Geschichte des ersten Bettelmönches

›Wisse, o Herrin, die Ursache, weshalb ich meinen Bart abrasierte und das Auge ausgestoßen wurde, ist diese: Mein Vater war König, und er hatte einen Bruder. Dieser sein Bruder war König in einer anderen Stadt; und es traf sich, daß meine Mutter mich gebar am selben Tage, an dem mein Vetter geboren wurde, der Sohn meines Vatersbruders. Die Zeiten vergingen mit Jahr und Tag, bis wir aufgewachsen waren. Dann pflegte ich meinen Oheim von

Zeit zu Zeit zu besuchen und eine bestimmte Anzahl von Monaten bei ihm zu bleiben. Mein Vetter empfing mich stets mit großen Ehren; er ließ Schafe für mich schlachten, klärte den Wein für mich, und wir saßen beim Trinken zusammen. Als nun einmal der Wein Gewalt über uns gewonnen hatte, sprach meines Oheims Sohn zu mir: ›Mein Vetter, ich habe eine wichtige Bitte an dich, und ich möchte, daß du mich nicht hinderst in dem, was ich zu tun gedenke.‹ Ich erwiderte: ›Mit größer Freude will ich dir zu Diensten sein.‹ Da ließ er mich die heiligsten Eide schwören und verließ mich zur selbigen Stunde; nachdem er eine kleine Weile fortgeblieben war, kehrte er zurück mit einer verschleierten Dame hinter sich, die von Wohlgerüchen duftete und die kostbarsten Seidenkleider trug. Er wandte sich zu mir, während die Dame hinter ihm stand, und sagte: ›Nimm diese Dame mit dir und gehe mir voraus zu dem und dem Totenacker!‹ Und er beschrieb ihn mir so, daß ich ihn kannte. Dann fuhr er fort: ›Tritt mit ihr in das Grabgewölbe und warte dort auf mich!‹ Ich konnte mich ihm nicht widersetzen, noch ihm seine Bitte abschlagen wegen des Eides, den ich geschworen hatte. So nahm ich denn die Frau mit mir und ging fort, bis ich mit ihr in das Grabgewölbe eingetreten war; kaum hatten wir uns gesetzt, so kam meines Oheims Sohn mit einer Schale Wasser, einem Sack voll Mörtel und einer Axthacke. Mit der Axt in der Hand ging er zu dem Grabe in der Mitte des Gewölbes, brach es auf und legte die Steine auf die Seite des Gewölbes; dann begann er mit der Hacke in das Erdreich des Grabes zu graben, bis eine eherne Platte von der Größe einer kleinen Tür in der Erde bloßgelegt war; und als er sie aufhob, zeigte sich darunter eine Wendeltreppe. Da wandte er sich zu der Dame um und sprach zu ihr: ›Jetzt triff deine letzte Wahl!‹ Da stieg die Dame jene Treppe hinunter. Er aber wandte sich zu mir mit den Worten: ›O Sohn meines Oheims, um deine Güte vollkommen zu machen, so schließe, wenn ich hinabgestiegen bin, die Falltür und häufe das Erdreich darauf genauso, wie es zuvor auf der Tür war; und um deine Güte ganz zu vollenden, mische den ungelöschten Kalk, der in diesem Sack ist, mit dem Wasser, das in der Schale ist; dann verkleide das Grab, wie es früher war, mit einer Steinwandung, so daß niemand, der sie sieht, sage: Dies ist eine neue Öffnung, doch das Innere ist alt. Ein ganzes Jahr lang habe ich mich hier mit etwas abgemüht, davon nur Allah weiß. Dies ist meine Bitte an dich.‹ Und er fügte noch hinzu: ›Möge Allah uns deiner nicht lange berauben, o Vetter!‹ Darauf stieg er die Treppe hinab. Als er nun meinen Blikken entschwunden war, schloß ich die Falltür wieder und tat, was er von mir gewünscht hatte, bis das Grab wieder war wie zuvor; während alledem aber war ich noch unter dem Einfluß des Weines und trunken. Darauf kehrte ich in den Palast meines Oheims zurück; doch mein Oheim war zur Jagd ausgeritten. Ich schlief jene Nacht hindurch; aber als der Morgen dämmerte, dachte ich an den Abend vorher und was an ihm mit meinem Vetter geschehen war. Und als die Reue nichts mehr fruchtete, da bereute ich, was ich zusammen mit ihm getan hatte. Und ich wollte mir einbilden, es sei nur ein Traum gewesen, und begann nach dem Sohn meines Oheims zu fragen; aber niemand vermochte mir Auskunft zu geben. Dann ging ich hinaus zu den Gräbern auf dem Totenacker und suchte nach jenem Grabgewölbe, aber ich konnte es nicht wiedererkennen. Unaufhörlich wanderte ich von Gewölbe zu Gewölbe und von Grab zu Grab, bis die Nacht anbrach, ohne daß ich es gefunden hätte. Dann kehrte ich zum Schlosse zurück; doch konnte ich weder essen noch trinken, denn meine Gedanken waren immer bei meinem Vetter, da ich nicht wußte, was aus ihm geworden war; und ich war sehr um ihn besorgt. Dann legte ich mich nieder; aber ich verbrachte die Nacht in Kummer bis zum Morgen. Da ging ich wieder auf den Totenacker, grübelnd über das, was mein Vetter getan hatte, und ich bereute, auf ihn gehört zu haben; und schon war ich wieder bei allen Gewölben umhergegangen, aber jenes Gewölbe und jenes Grab hatte ich nicht wiedererkannt. Wieder befiel mich Reue über alles; und in dieser Weise vergingen sieben Tage, ohne daß ich den Weg zum Grabe gefunden hätte. Dann überwältigten mich die trüben Gedanken, bis ich fast wahnsinnig wurde; und ich konnte mich nicht anders vor ihnen retten als dadurch, daß ich abreiste, um zu meinem Vater zurückzukehren. Aber in dem Augenblick, als ich bei der Hauptstadt meines Vaters ankam, erhob sich beim Stadttor eine Schar wider mich und fesselte mich. Ich geriet darüber in höchstes Erstaunen, da ich doch der Sohn des Sultans dieser Stadt war und diese Leute meines Vaters Diener und meine eigenen Sklaven waren. Und mich befiel große Furcht vor ihnen, und ich sprach in meiner Seele: ›Was mag wohl meinem Vater geschehen sein?‹ Als ich nun die, so mich ergriffen hatten, fragte, weshalb sie also taten, gaben sie mir keine Antwort. Nach einer Weile jedoch sagte einer von ihnen zu mir, und zwar einer, der bei mir Diener gewesen war: ›Siehe, das Glück ist deinem Vater untreu geworden; die Truppen haben ihn verraten, der Wesir hat ihn töten lassen und herrscht jetzt an seiner Statt; wir aber mußten dir auf seinen Befehl auflauern.‹ Dann schleppten sie mich fort, während ich fast von Sinnen war wegen der Trauerbotschaft, die ich über meinen Vater gehört hatte. Und nun stand ich vor dem Wesir.

Zwischen dem Wesir und mir aber herrschte eine alte Feindschaft, und der Grund jener Feindschaft war dieser: Ich liebte es sehr, mit der Armbrust zu schießen, und es geschah eines Tages, als ich auf dem Terrassendach des Palastes stand, daß sich auf das Dach des Hauses des Wesirs, während er dort stand, ein Vogel niederließ. Ich wollte nach dem Vogel schießen; aber da verfehlte das

Geschoß sein Ziel, drang dem Wesir ins Auge und riß es ihm aus, wie es vom Schicksal bestimmt war. So heißt es in einem der alten Sprüche:

Wir gehen einen Pfad, der für uns vorgesehen;
Und wem ein Pfad ist vorgeschrieben, der muß ihn
gehen.
Und wem an einer Stätte zuteil werden soll sein
Verderben,
Der wird an keiner Stätte als gerade an dieser sterben.

Als nun dem Wesir das Auge ausgerissen war‹ – so fuhr der Bettelmönch fort – ›konnte er mir kein Wort sagen, da mein Vater der König der Stadt war; so war es gekommen, daß Feindschaft zwischen ihm und mir herrschte. Wie ich aber mit gebundenen Händen vor ihm stand, befahl er, mir das Haupt abzuschlagen. Da fragte ich ihn: ›Für welches Verbrechen lässest du mich töten?‹ und er zeigte auf seine leere Augenhöhle. Ich entgegnete: ›Das habe ich aus Versehen getan‹; doch er versetzte: ›Wenn du es aus Versehen getan hast, so will ich es mit Absicht tun.‹ Dann rief er: ›Führt ihn herbei!‹ Und sie führten mich dicht vor ihn hin, und er stieß mir den Finger ins linke Auge und drückte es aus; seit jener Zeit bin ich einäugig, wie ihr mich seht. Darauf ließ er mich gefesselt in eine Kiste legen und sprach zum Träger des Schwertes: ›Nimm diesen da und zieh dein Schwert; nimm ihn und bringe ihn vor die Stadt hinaus. Dort töte ihn und laß ihn liegen, den wilden Tieren und Raubvögeln zum Fraß!‹ So zog der Schwertträger mit mir hinaus. Als er draußen vor der Stadt mitten auf freiem Felde war, nahm er mich aus der Kiste, an den Händen gefesselt und an den Füßen gebunden, wie ich war, und wollte mir die Augen verbinden, um mich erst dann zu töten. Aber ich weinte bitterlich, bis er mit mir weinen mußte; und ich sah ihn an und sprach diese Verse:

Ich hielt euch für einen festen Panzer, um abzuwehren der Feinde Pfeile von mir; doch ihr wart die Spitzen von ihnen.
Ich pflegte auf euch zu hoffen einstmals in allen Gefahren,
Wenn meine rechte Hand auch der linken sich mußte bedienen.
Haltet euch doch weit ab von dem Gerede der Tadler
Und lasset die Feinde allein ihre Pfeile auf mich anlegen!
Wollet ihr denn nicht selbst mich vor den Feinden beschützen,
So handelt doch weder für sie noch meinem Wohle entgegen.

Und ich fuhr fort:

Brüder, die ich für Panzer hielt!
Sie waren's – doch für die Feinde mein!
Ich glaubte, sie seien treffsichre Pfeile.
Sie waren's – doch trafen ins Herz mir hinein.

Als der Schwertträger, der schon der Schwertträger meines Vaters gewesen war und dem ich Wohltaten erwiesen hatte, meine Verse hörte, rief er: ›Ach, Herr, was kann ich tun, da ich doch nur ein Sklave bin, der einen Befehl erhalten hat?‹ Und er fügte hinzu: ›Flieh um dein Leben, und kehre nie wieder in dieses Land zurück; sonst wirst du zugrunde gehen und mich mit dir zugrunde richten, so wie ein Dichter sagt:

Rette dein Leben, wenn dir vor Unheil graut!
Lasse das Haus beklagen den, der es erbaut!
Du findest schon eine Stätte an anderem Platz:
Für dein Leben findest du keinen Ersatz.
Mich wundert, wen es im Hause der Schmach noch hält –

So weit und frei ist doch die Gotteswelt!
Laß dich in wichtiger Sache auf Boten nicht ein;
In Wahrheit hilft die Seele sich selbst allein.
Des Löwen Nacken ist so kräftig nicht,
solang es ihm an Selbstvertrauen gebricht.

Da küßte ich ihm die Hände; denn ich hatte kaum noch an meine Rettung geglaubt. Und der Verlust meines Auges ward mir leicht, da ich dem Tode entronnen war. Ich zog aber fort, bis ich in meines Oheims Hauptstadt kam, trat zu ihm ein und erzählte ihm, was meinem Vater widerfahren war und wie mir das Auge ausgeschlagen ward. Da weinte er bitterlich und sprach: ›Wahrlich, du hast mir Gram auf meinen Gram gehäuft und Kummer auf meinen Kummer; denn dein Vetter ist seit vielen Tagen verschwunden, und ich weiß nicht, was ihm begegnet ist, und niemand kann mir von ihm Nachricht geben.‹ Und er weinte, bis er ohnmächtig ward; ich aber trauerte schmerzlich um ihn. Und er wollte ein Heilmittel auf mein Auge legen; aber er sah, daß es wie eine leere Walnuß war. Da sprach er: ›O mein Sohn, besser das Auge verloren als das Leben!‹

Jetzt aber‹ – so fuhr der Bettelmönch fort – ›konnte ich nicht mehr über meinen Vetter schweigen, der doch sein Sohn war; und so erzählte ich ihm alles, was geschehen war. Da freute mein Oheim sich gar sehr, als er hörte, was ich ihm von seinem Sohn erzählte, und er sagte ›Komm, zeige mir das Grabgewölbe‹; ich aber erwiderte: ›Bei Allah, mein Oheim, ich weiß seinen Ort nicht; ich bin zwar damals viele Male gegangen und habe danach gesucht, aber ich konnte seinen Ort nicht erkennen.‹ Dennoch gingen ich und mein Oheim auf den Totenacker, und ich spähte nach rechts und links; schließlich erkannte ich die Stätte wieder, und wir freuten uns beide gar sehr. Ich trat mit ihm in das Gewölbe, wir nahmen den Mörtel weg am Grabe und hoben die Falltür auf; dann stiegen wir etwa fünfzig Stufen hinunter, und als wir zum Fuße der Treppe kamen, siehe, da stieg ein Rauch vor uns auf, der unsere Blicke verdunkelte. Nun sprach mein Oheim den Spruch, der niemanden, der ihn ausspricht, zuschanden werden läßt: ›Es gibt keine Majestät und es gibt keine Macht außer bei Allah, dem Erhabenen und Allmächtigen!‹ Darauf drangen wir vor, bis wir plötzlich in einen Saal kamen, der voll war von Mehl, Korn und Lebensmitteln aller Art; und in der Mitte sahen wir einen Thronhimmel, unter dem sich ein Lager befand. Mein Oheim blickte auf das Lager und fand seinen Sohn und die Dame, die mit ihm hinabgestiegen war, einander in den Armen liegend; aber sie waren schwarz geworden wie verkohltes Holz, als hätte man sie in eine Feuergrube geworfen. Und als nun mein Oheim dies sah, spie er seinem Sohn ins Gesicht und rief: ›Das verdienst du, du Ekel! Dies ist die Strafe in dieser Welt; aber es bleibt noch die Strafe in jener, eine härtere und schwerere.‹ Er schlug ihn mit dem Schuh, als er so dalag wie ein Haufen schwarzer Kohle. Und ich staunte über sein Tun und war traurig über meinen Vetter und darüber, daß er und die Dame zu schwarzen Kohlen geworden waren; und ich sprach: ›Bei Allah, o mein Oheim, mache dein Herz frei von Zorn! Mein Inneres und meine Gedanken sind nur von Trauer erfüllt um das, was deinem Sohne widerfahren ist, wie er und diese Dame zu einem Haufen schwarzer Kohle geworden sind. Ist dies alles noch nicht genug für sie, so daß du ihn noch mit dem Schuh schlagen mußtest?‹ Er antwortete: ›O Sohn meines Bruders, dieser mein Sohn war seit seiner Jugend von Liebe zu seiner eigenen Schwester entbrannt; und immer hielt ich ihn fern von ihr, obwohl ich mir sagte: sie sind noch Kinder. Als sie jedoch herangewachsen waren, begann zwischen ihnen die Sünde, und ich hörte davon; und ob ich es gleich kaum zu glauben vermochte, ergriff ich ihn und schalt ihn, indem auch die Diener auf ihn einredeten, mit heftigen Worten: Hüte dich vor so sündhaften Taten, die vor dir noch keiner beging und keiner nach dir begehen wird; sonst wird dein Name unter denen der Fürsten mit Schmach und Schande bedeckt sein bis ans Ende der Zeiten, und die Kunde von uns wird durch die Karawanen überall ruchbar werden. Darum hüte dich, daß solches Tun von dir ausgeht! Sonst fluche ich dir und lasse dich töten! Und hinfort schloß ich sie getrennt voneinander ein; aber das verruchte Mädchen liebte ihn mit leidenschaftlicher Liebe, und Satan hatte über die beiden Gewalt gewonnen und hatte ihnen ihr Tun in schönen Farben gezeigt. Und als mein Sohn nun sah, daß ich sie getrennt hatte, baute er diese Höhle unter der Erde, richtete sie ein und schaffte Lebensmittel dorthin, wie du siehest; und er benutzte meine Abwesenheit, als ich zur Jagd ausgezogen war, und kam mit seiner Schwester hierher. Aber ein Gottesgericht hat ihn und sie ereilt und sie beide verbrannt, und die Strafe im Jenseits wird noch härter und schwerer sein!‹ Dann weinte er, und ich weinte mit ihm; und er sah mich an und sprach: ›Du bist mein Sohn an seiner Statt.‹ Ich sann eine Weile über die Welt und ihre Wechselfälle nach: wie der Wesir mir den Vater erschlagen und sich auf seinen Thron gesetzt und mir das Auge ausgestoßen hatte; und wie mein Vetter durch das seltsamste Schicksal den Tod finden mußte. Und wiederum weinte ich, und mit mir weinte mein Oheim. Darauf stiegen wir hinauf, legten die eherne Platte wieder an ihre Stelle und häuften das Erdreich darüber; und als wir das Grab wiederhergestellt hatten, kehrten wir in unseren Palast zurück. Kaum aber hatten wir uns gesetzt, so hörten wir den Lärm von Trommeln, Trompeten und Zimbeln; und Lanzen von Kriegern schwirrten, Männer schrien, und Zäume klirrten, Rosse wieherten, und die Welt war bedeckt mit Staub und Sand, die von den Hufen der Pferde aufgewirbelt waren. Unser Verstand geriet in Verwirrung, und wir wußten nicht, um was es sich handelte. So fragten wir, und es ward uns gesagt, der Wesir, der meines Vaters Herrschaft an sich gerissen hatte, habe die eigene Kriegsmacht gerüstet und noch dazu wilde Beduinen in Dienst genommen, und er sei mit Heeren unterwegs, so zahlreich wie der Sand am Meere; ihre Menge konnte nicht gezählt werden, und vor ihnen konnte niemand standhalten. Die stürmten nun plötzlich auf die Stadt ein, und da die Bürger nicht imstande waren, sich ihnen zu widersetzen, so übergaben sie ihm die Stadt; mein Oheim fiel, und ich floh außerhalb der Stadt, da ich mir sagte: wenn du in seine Hände fällst, so wird er dich gewißlich töten. So begann mein Trauern von neuem. Ich grübelte nach über die Dinge, die meinem Vater und meinem Oheim widerfahren waren, und darüber, was ich tun sollte; denn wenn ich mich zeigte, so würden die Leute der Stadt und die Soldaten meines Vaters mich erkennen, und mein elender Tod wäre sicher; und ich fand keinen anderen Weg der Rettung als den, daß ich mir Kinn und Lippen glatt rasierte. Das tat ich also, zog auch andere Kleider an und verließ die Stadt. Und ich zog nach dieser Stadt, in der Hoffnung, es werde mir vielleicht einer zu dem Beherrscher der Gläubigen, dem Stellvertreter des Herrn der Welten, Eingang verschaffen, und ich würde ihm meine Geschichte, und was mir widerfahren ist, erzählen und berichten können. Erst gestern abend bin ich in dieser Stadt eingetroffen, und da stand ich nun ratlos, wohin ich mich wenden sollte, als plötzlich dieser zweite Bettelmönch dastand. Den grüßte ich und sprach zu ihm: ›Ich bin ein Fremder‹, und er erwiderte: ›Auch ich bin ein Fremder.‹ Während wir noch so sprachen, siehe, da kam dieser unser dritter Gefährte zu uns und grüßte uns und sagte: ›Ich bin ein Fremder‹, und wir erwiderten: ›Auch wir sind Fremde.‹ Dann gingen wir weiter, bis uns das Dunkel überfiel und uns das Schicksal zu euch führte. Das also ist der Grund, weshalb mein Kinn und meine Lippen rasiert sind und weshalb ich mein linkes Auge verlor.‹ Da sprach die Herrin des Hauses: ›Führe deine Hand zum Kopf und geh fort!‹; er sagte jedoch: ›Ich gehe nicht fort, bis ich die Geschichte der anderen gehört habe.‹ Alle aber waren erstaunt über seine Erzählung, und der Kalif sprach zu Dscha'far: ›Bei Allah, dergleichen, wie es diesem Betteldenwisch widerfahren ist, habe ich nie gehört noch gesehen.‹ Nun trat der zweite Bettelmönch vor; und er küßte den Boden und begann

Die Geschichte des zweiten Bettelmönches

›O Herrin, auch ich wurde nicht mit einem Auge geboren, und auch meine Geschichte ist seltsam; würde sie mit Sticheln in die Augenwinkel gestichelt, sie wäre eine Warnung für einen jeden, der sich warnen ließe. Und dies ist sie: Ich bin ein König, der Sohn eines Königs. Ich las den Koran nach sieben Traditionen, und ich las die gelehrten Bücher und trug sie den Männern der Wissenschaft vor; ich studierte die Sternenkunde und die Werke der Dichter, und ich übte mich auf allen Gebieten der Gelehrsamkeit, bis ich die Menschen meiner Zeit weit hinter mir ließ; die Schönheit meiner Schrift übertraf die aller Schreiber, und mein Ruhm verbreitete sich in allen Ländern und Reichen und bei allen Königen. So hörte auch der König von Indien von mir, und er schickte zu meinem Vater, um mich an seinen Hof zu laden; zugleich sandte er meinem Vater Geschenke und Kostbarkeiten, wie sie sich für Könige geziemen. Da rüstete mein Vater sechs Schiffe für mich; und wir fuhren einen ganzen Monat lang auf dem Meere und kamen dann ans Festland. Dort schifften wir Pferde aus, die wir bei uns auf den Schiffen hatten, und beluden zehn Kamele mit den Geschenken. Wir waren nur eine kleine Strecke weitergezogen: siehe, da wirbelte eine

Staubwolke empor, bis das Auge den Blick in die Ferne verlor. Aber nach einer kurzen Spanne Zeit ward die Erde von der Staubwolke befreit, und unter ihr erschienen fünfzig Reiter, wie Löwen, deren Blick erschreckt, und mit schimmerndem Stahle bedeckt. Wir schauten nach ihnen aus, und siehe, es waren Beduinen, Wegelagerer. Als die sahen, daß wir nur wenige Leute waren und zehn Kamele mit den Geschenken für den König von Indien bei uns hatten, da stürmten sie mit eingelegter Lanze auf uns ein. Wir aber machten ihnen mit den Händen ein Zeichen, das besagen sollte: ›Wir sind Boten des großen Königs von Indien, drum tut uns nichts zuleide!‹ Sie jedoch bedeuteten uns: ›Wir sind nicht auf seinem Gebiet, noch sind wir unter seiner Herrschaft.‹ Dann erschlugen sie einige von den Sklaven; die anderen flohen, und so auch ich, nachdem ich schwer verwundet war. Die Beduinen aber achteten meiner nicht, da sie mit den Schätzen und den Geschenken, die wir mitgebracht hatten, beschäftigt waren. Nun wußte ich nicht, wohin ich mich wenden sollte; einst war ich mächtig gewesen, jetzt war ich machtlos geworden. So wanderte ich weiter, bis ich zum Gipfel eines Berges kam; dort fand ich Obdach in einer Höhle, bis daß der Tag anbrach. Dann zog ich immer weiter, bis ich zu einer sicheren, wohlbefestigten Stadt kam. Gerade hatte der Winter sich dort mit seiner Kälte von dannen gemacht, und der Frühling war eingezogen mit seiner Rosenpracht. Die Blumen dort begannen zu sprießen, und die Bächlein dort begannen zu fließen, während die Vögel ihr Lied erschallen ließen, wie der Dichter bei der Beschreibung einer Stadt gesagt hat:

Ein Ort, in dem es Furcht nicht gibt,
Dem Sicherheit als Freund sich eint,
Der, seinem Volk ein schöner Schutz,
Mit seiner Wunderwelt erscheint.

Ich freute mich, daß ich dort angekommen war; denn ich war müde vom Wege, und mein Gesicht war bleich von dem Kummer. Doch meine Lage war verzweifelt, und ich wußte nicht, wohin ich mich begeben sollte. So trat ich an einen Schneider heran, der in seinem Laden saß, und grüßte ihn; der erwiderte meinen Gruß, hieß mich mit Freuden willkommen, war freundlich zu mir und fragte mich nach dem Anlaß meiner Reise in die Fremde. Ich erzählte ihm alles, was mir widerfahren war, von Anfang bis zu Ende; da ward er traurig um meinetwillen und sagte: ›O Jüngling, enthülle niemandem dein Geheimnis; denn ich fürchte für dich Gefahr von seiten des Königs dieser Stadt. Der ist der größte Feind deines Vaters, und es schwebt Blutrache zwischen ihnen.‹ Dann setzte er mir Speise und Trank vor, und wir aßen zusammen; und ich unterhielt mich mit ihm den Abend hindurch. Da räumte er mir willig einen Platz auf einer Seite seines Ladens ein und brachte mir, was ich nötig hatte: Teppich und Decke. Und ich blieb drei Tage lang bei ihm, bis er zu mir sagte: ›Kennst du keinen Beruf, damit du dir den Unterhalt verdienen kannst?‹ ›Ich bin gelehrt im Gesetz‹, erwiderte ich, ›und ein Schriftgelehrter, ein Schreibkundiger, Rechenmeister und Kalligraph.‹ Er aber versetzte: ›Deine Künste bringen hierzulande nichts ein; in unserer Stadt ist niemand, der etwas weiß von den Wissenschaften oder auch nur vom Schreiben, außer dem Geldverdienen.‹ Da sagte ich: ›Bei Allah, ich weiß sonst nichts, als was ich dir nannte‹; und er erwiderte: ›Gürte dich, nimm eine Axt und einen Strick, und schlage Brennholz in der Steppe, damit du dich ernähren kannst, bis Allah dir Errettung sendet; und sage niemandem, wer du bist, sonst wird man dich totschlagen.‹ Dann kaufte er mir eine Axt und einen Strick, brachte mich zu den Holzhackern und empfahl mich ihnen. So zog ich mit diesen hinaus und schlug Brennholz, den ganzen Tag hindurch, und kam zurück mit meinem

Bündel auf dem Kopfe. Das verkaufte ich um einen halben Dinar; für einen Teil davon besorgte ich mir mein Essen, und den Rest legte ich beiseite. Mit solcher Arbeit verbrachte ich ein volles Jahr, und als es zu Ende war, ging ich eines Tages wie gewöhnlich in die Steppe hinaus; und da ich meine Gefährten verließ, kam ich an eine dicht bewachsene Niederung, in der viel Holz wuchs. Ich ging in die Niederung hinein und fand den Stamm eines dicken Baumes; da grub ich rings um ihn herum und schaffte das Erdreich weg. Plötzlich aber stieß die Axt auf einen kupfernen Ring. Den reinigte ich von der Erde, und siehe, der Ring war an einer hölzernen Falltür befestigt. Die hob ich auf und erblickte darunter eine Treppe. Nun stieg ich hinab bis zum Fuß der Treppe und erblickte dort eine Tür. Durch die ging ich und sah ein Schloß, in schönstem Bau aufgeführt und mit ragenden Säulen verziert. Und drinnen fand ich eine Maid, gleich einer kostbaren Perle, die erlöste das Herz von Kummer und Gram und Leid; ihre Stimme heilte alles Bangen und nahm den Klugen und Weisen gefangen; ihr Wuchs war von zierlicher Art, fest standen die Brüste gepaart, ihre Wangen waren zart, von Farben glänzend rein und Haut so wunderbar fein; ihr Antlitz erstrahlte durch der Locken Nacht, und über den herrlichen Schultern glitzerte ihrer Zähne Pracht. So wie der Dichter von ihresgleichen sagt:

Mit schwarzen Locken und mit schlankem Leibe,
Auf Dünen ragend wie ein Weidenzweig.

Und ein anderer:

Noch nie war viererlei vereint so wie bei ihr,
Für die ich all mein Herzblut gern vergießen würde:
Der helle Glanz der Stirne und der Locken Nacht,
Der Wangen Rosen und des Leibes schlanke Zierde.

Als ich sie erblickte, warf ich mich nieder in Anbetung vor ihrem Schöpfer, weil er sie in solcher Schönheit und Anmut gebildet hatte; und sie schaute mich an und sagte: ›Bist du ein Mensch oder einer aus der Geisterwelt?‹ ›Ich bin ein Mensch‹, erwiderte ich. Da fragte sie: ›Wer führte dich an diesen Ort, an dem ich seit fünfundzwanzig Jahren lebe, ohne je einen Menschen gesehen zu haben?‹ Ich fand ihre Stimme wundersüß, und sie drang mir tief bis ins innerste Herz, und so sprach ich: ›O meine Herrin, mich führten meine Glückssterne, um mir Sorge und Gram zu vertreiben.‹ Und ich erzählte ihr, was mir widerfahren war, von Anfang bis zu Ende, und mein Geschick stimmte sie traurig. Sie weinte und sprach: ›So will auch ich dir meine Geschichte erzählen. Ich bin die Tochter des Königs Ifitamûs, des Herrn der Ebenholzinseln. Er hatte mich mit meinem Vetter vermählt; aber in meiner Hochzeitsnacht ergriff mich ein Dämon namens Dschardscharîs ibn Radschmûs, der Sohn der Mutterschwester des Iblîs, des Teufels, und er flog mit mir davon und setzte mich nieder an dieser Stätte, und brachte hierher alles, was ich brauchte: Seidengewänder, Schmucksachen, feines Linnen, Vorräte an Speise und Trank und vieles andere. Alle zehn Tage kommt er einmal zu mir und schläft eine Nacht hier; dann geht er wieder seines Weges. Er hat mich nämlich ohne die Einwilligung der Seinen genommen; und er hat mit mir vereinbart, wenn ich je etwas nötig habe, bei Tag oder bei Nacht, so solle ich nur mit der Hand über jene zwei Zeilen streichen, die dort über der Nische eingegraben sind, und noch ehe ich die Finger wieder höbe, würde ich ihn bei mir sehen. Vier Tage sind jetzt verstrichen, seit er hier war; und da es noch sechs Tage sind, bis er kommt, so sage, willst du fünf Tage bei mir bleiben und am Tage vor seiner Ankunft davongehen?‹ Ich antwortete: ›Ja, wie gern! Wenn die Träume zur Wahrheit werden.‹ Da freute sie sich und sprang auf und faßte mich bei meiner Hand, führte mich durch einen Torbogen und trat mit mir in ein schönes, prächtiges Bad. Als ich das sah, legte ich die Kleider ab. Und auch sie legte ihre Kleider ab, ging ins Bad, kam wieder heraus und setzte sich auf einen Diwan. Sie hieß mich aber an ihrer Seite sitzen und brachte Scherbett mit Moschus und gab mir zu trinken. Dann setzte sie mir Speise vor, und wir aßen und unterhielten uns; darauf sagte sie zu mir: ›Jetzt lege dich hin und ruhe dich aus; denn wahrlich, du mußt müde sein!‹ Ich hatte schon ganz vergessen, was mir widerfahren war, o Herrin; und ich dankte ihr und legte mich nieder. Als ich erwachte, fühlte ich, wie sie mir die Füße rieb und knetete; da flehte ich Gottes Segen auf sie herab, und wir setzten uns nieder, um uns eine Weile zu unterhalten. Sie sprach: ›Bei Allah, mir war die Brust so eng während der fünfundzwanzig Jahre, in denen ich allein hier unter der Erde gewesen bin, ohne jemanden zu finden, der mit mir spräche; doch Preis sei Allah, der dich zu mir gesandt hat!‹ Dann fragte sie: ›O Jüngling, hast du Begehr nach Wein?‹ und ich erwiderte: ›Tu, wie du willst!‹ Da trat sie zu einem Wandschrank und nahm eine versiegelte Flasche alten Weines heraus, schmückte den Tisch mit Grün und sang:

Hätten wir dein Kommen geahnt, wir hätten das Blut des Herzens
Und das Schwarze der Augen freudig hingebreitet;
Wir hätten auch unsere Wangen für deinen Empfang gerüstet,
Damit dein Weg dich über die Augenlider geleitet.

Als sie ihr Lied geendet hatte, dankte ich ihr; und schon faßte die Liebe zu ihr Wurzeln in meinem Herzen, und vergangen waren mir Sorge und Gram. Nun saßen wir beisammen beim Wein bis zum Abend; und die Nacht verbrachte ich mit ihr – nie erlebte ich je solch eine Nacht! Und am folgenden Tage knüpften wir Freude an Freude bis zum Mittag. Da aber war ich so trunken, daß ich nicht Herr meiner Sinne mehr war; und ich stand auf, schwankte nach rechts und nach links und sprach zu ihr: ›Komm, meine Schöne, ich will dich hinauftragen aus diesem unterirdischen Gefängnis und dich von dem Dämonen befreien!‹ Sie aber lachte und sagte: ›Sei genügsam und schweig; von zehn Tagen gehört dem Dämonen nur ein Tag, und dir gehören neun Tage.‹ Da rief ich – denn die Trunkenheit hatte mich ganz überwältigt: ›Noch diesen Augenblick will ich die Nische da zertrümmern, über die jene Schrift eingegraben ist, und ich will den Dämon herbeirufen, daß ich ihn töte, denn ich bin es gewohnt, Dämonen zu töten!‹ Als sie aber meine Worte hörte, wurde sie bleich und sagte: ›Bei Allah, tu das nicht!‹ und sprach den Vers:

Vor einer Tat, die dich selbst vernichtet,
Mußt du dich selbst immerdar behüten.

Darauf sprach sie diese Verse:

Du, der die Trennung sucht, halt ein
Das Roß, das allzu schnell will rennen!
Geduld! Das Schicksal übt Verrat:
Zum Schlusse müssen die Freunde sich trennen.

Als sie diese Verse gesprochen hatte, achtete ich ihrer Worte doch nicht; ja, ich hob den Fuß und stieß gewaltig gegen die Nische, da wurde die Luft plötzlich dunkel, es donnerte und blitzte; die Erde bebte, und alles wurde unsichtbar. Alsbald verflog die Trunkenheit aus meinem Kopf, und ich rief ihr zu: ›Was ist?‹ Sie antwortete: ›Der Dämon ist bei uns! Habe ich dich nicht davor gewarnt? Bei Allah, du hast mich ins Verderben gestürzt! Rette du dein Leben und eile dort wieder hinaus, wo du hereingekommen bist!‹ Doch im Übermaß meiner Angst ließ ich meinen Schuh und meine Axt liegen. Und als ich zwei Stufen hinaufgestiegen war, wandte ich mich um und wollte nach ihnen schauen; aber siehe, die Erde spaltete sich, und heraus stieg ein Dämon von scheußlichem Anblick und rief: ›Was soll dieser Lärm, mit dem du mich störst? Was ist dir widerfahren?‹ ›Mir ist nichts widerfahren‹, versetzte sie, ›nur wurde mir die Brust so eng, und da wollte ich etwas Wein trinken, um mir die Brust zu weiten. So nahm ich denn ein wenig zu mir; aber als ich aufstand, um ein Geschäft zu verrichten, war mir der Kopf schwer geworden, und ich fiel gegen die Nische.‹ ›Du lügst, du Buhldirne‹, schrie der Dämon; und er blickte sich in dem Schlosse um, nach rechts und nach links. Da sah er den Schuh und die Axt und sagte: ›Was sind diese Dinge anderes als Sachen von Menschen? Wer ist bei dir gewesen?‹ Sie erwiderte: ›Nie habe ich sie bis zu diesem Augenblick gesehen; die sind wohl mit dir heraufgekommen.‹ Aber der Dämon schrie: ›Das ist eine törichte Ausrede, die auf mich keinen Eindruck macht, du Dirne!‹ Dann zog er sie nackt aus, band sie mit Händen und Füßen an vier eiserne Pflöcke; dann folterte er sie und suchte sie zum Geständnis zu bringen. Doch es war mir nicht möglich noch erträglich, ihr Weinen anzuhören; daher stieg ich, bebend vor Furcht, die Treppen hinauf, und als ich oben ankam, legte ich die Falltür wieder hin, wie sie gewesen war, und deckte sie mit Erde zu. Ich bereute aber bitterlich, was ich getan hatte. Ich dachte an das Mädchen und an ihre Schönheit und daran, wie dieser Verfluchte sie folterte, auch daran, daß sie fünfundzwanzig Jahre so allein gewesen war; und alles, was ihr geschah, war um meinetwillen. Ich dachte an meinen Vater und sein Königtum und daran, daß ich ein Holzhacker geworden war; und wie mein Leben, nachdem mir das Glück gelächelt hatte, nun wieder trübe geworden war. Da weinte ich und sprach den Vers:

Wenn das Geschick dir eines Tages Unheil bringt,
Bedenk, ein Tag bringt Freude dir, der andre Leid.

Dann ging ich hin, bis ich zu meinem Freunde, dem Schneider, kam; und ich fand ihn um meinetwillen wie auf glühenden Kohlen sitzend, da er mich ängstlich erwartete. Er rief: ›Die ganze Nacht hindurch war mein Herz bei dir; denn ich war besorgt um dich wegen irgendeines wilden Tieres oder eines anderen Unheils. Jetzt aber – Preis sei Allah für deine Rettung!‹ Ich dankte ihm für seine freundliche Sorge um mich und zog mich in meinen Winkel zurück und begann über das nachzusinnen, was mir begegnet war; und ich schalt mich um der großen Torheit willen, daß ich nach jener Nische getreten hatte. Während ich mich noch so zur Rechenschaft zog, siehe, da trat mein Freund, der Schneider, an mich heran und sprach zu mir: ›O Jüngling, draußen steht ein Greis, ein Perser, der dich sucht; er hat deine Axt und deinen Schuh, die er zu den Holzhackern gebracht hat, indem er ihnen sagte: Ich ging aus um die Zeit, da der Muezzin zum Morgengebet zu rufen begann, und da fand ich diese beiden Dinge; nun weiß ich nicht, wem sie gehören: zeigt mir also ihren Eigentümer! Die Holzfäller erkannten deine Axt und wiesen ihn an dich; er sitzt im Laden, so geh und danke ihm und nimm deine Axt und deinen Schuh.‹ Als ich aber diese Worte hörte, wurde ich vor Schrecken bleich und ward wie von Sinnen; und wie ich so dasaß, siehe, da tat sich der Boden meines Zimmers auf, und empor stieg der Perser, das war der Dämon. Er hatte das Mädchen mit den schlimmsten Foltern gequält, aber sie hatte ihm nichts gestanden; da hatte er die Axt genommen und den Schuh und zu ihr gesagt: ›Bin ich Dschardscharîs, aus dem Samen des Iblîs, so werde ich dir den hierherbringen, dem diese Axt und dieser Schuh gehören!‹ Dann war er in der genannten Verkleidung zu den Holzfällern gegangen und zu mir gekommen. Er gab mir keinen Aufschub, sondern ergriff mich und flog mit mir empor; darauf senkte er sich wieder und drang mit mir bis unter die Erde hinab, während ich immer ohne Besinnung war, und schließlich brachte er mich in den unterirdischen Palast, in dem ich gewesen war. Dort sah ich das Mädchen, nackt, die Glieder gefesselt an vier Pflöcke, und von ihren Seiten tropfte das Blut. Da liefen mir die Augen von Tränen über; der Dämon aber packte sie an und sagte: ›Nun, Dirne, ist dies nicht dein Geliebter?‹ Sie sah mich an und sagte: ›Ich kenne diesen nicht und habe ihn nie gesehen bis zu dieser Stunde!‹ Da rief der Dämon: ›Was! Diese Folter und noch kein Geständnis?‹ ruhig sagte sie: ›Ich habe diesen Mann niemals in meinem Leben gesehen; und es ist vor Allahs Augen unrecht, Lügen über ihn zu sagen.‹ ›Wenn du ihn nicht kennst‹, erwiderte der Dämon, ›so nimm dies Schwert und schlag ihm den Hals durch.‹ Sie nahm das Schwert in die Hand, kam und trat dicht zu mir heran; und ich gab ihr ein Zeichen mit den Augenbrauen, während die Tränen mir auf die Wange herabströmten. Sie aber verstand mein Zeichen und winkte mir mit den Augen, als ob sie sagen wollte: ›Wie konntest du all dies über uns bringen?‹ Da gab ich ihr zu verstehen: ›Dies ist die Stunde der Verzeihung.‹ Und es war, als ob meine Zunge spräche:

Mein Blick ist für meine Zunge ein Dolmetsch; du weißt
es wohl.
Er kündet die Liebe, die ich im Herzen verbergen soll.
Und als wir einander begegneten und die Tränen
rannen,
Da schwieg ich, während die Blicke von dir zu reden
begannen.
Sie winkt mir, und ich weiß, was sie sagt mit ihrem
Blick;

Ich mache ihr mit den Fingern ein Zeichen, sie gibt es zurück.
Wenn unsere Augenbrauen das, was wir wünschen, erfüllen,
So schweigen wir still, und die Liebe redet nach unserem Willen.

Und da, o Herrin, warf das Mädchen das Schwert aus der Hand und rief: ›Wie soll ich jemandem den Hals durchschlagen, den ich nicht kenne und der mir kein Übel angetan hat? Das ist nach meiner Religion nicht erlaubt.‹ Dann trat sie zurück. Der Dämon sprach: ›Es wird dir schwer, den Geliebten zu töten; und nur weil er eine Nacht bei dir zugebracht hat, erduldest du diese Folter und machst kein Geständnis über ihn. Jetzt ist es mir klar, daß nur Gleiches mit Gleichem Mitgefühl hat.‹ Dann wandte der Dämon sich zu mir und sagte: ›O Menschlein, kennst du diese hier nicht?‹ worauf ich fragte: ›Wer mag sie wohl sein? Ich habe sie nie gesehen bis zu diesem Augenblick.‹ ›Dann‹, sprach er, ›nimm dies Schwert und schlag ihr den Hals durch, so will ich dich gehen lassen und dir nichts antun; denn dann bin ich sicher, daß du sie gar nicht kennst.‹ Ich erwiderte: ›Jawohl!‹ und ich nahm das Schwert, ging rasch auf sie zu und hob die Hand. Sie aber winkte mir zu mit den Brauen, als ob sie sagte: ›Ich habe dich nicht im Stiche gelassen. Und vergiltst du sie mir so?‹ Da verstand ich ihre Blicke, und ich deutete ihr mit den Augen an: ›Ich opfere meine Seele für dich.‹ Und es war, als ob unsere Zunge diese Verse des Dichters gesprochen hätte:

Wie mancher Liebende kündet mit seinen Augenbrauen
Seiner Geliebten alles, was ihm auf dem Herzen liegt.
Offen spricht zu ihr ein Blick aus seinem Auge:
Siehe, ich weiß jetzt alles, wie es das Schicksal gefügt.

Ach, wie schön ist es doch, nur in ihr Antlitz zu
schauen!
Und wie herrlich glänzet der Blick, wenn er verstand!
Während der eine mit seinen Augenlidern noch
schreibet,
Hat der andre bereits mit seinem Augapfel erkannt.

Und meine Augen quollen über von Tränen, und ich warf das Schwert aus der Hand und sagte: ›O du mächtiger Dämon, o du Recke und Heldensohn, wenn eine Frau, die wenig Verstand und Religion besitzt, es schon für unrecht hält, mir den Hals durchzuschlagen, wie sollte es für mich da recht sein, ihr den Hals durchzuschlagen, da ich sie doch nie in meinem Leben gesehen habe? Nein, das werde ich nie tun, wenn du mir auch den Becher des Todes und des Verderbens zu trinken gibst.‹ Da sprach der Dämon: ›Ihr beide zeigt ein Einverständnis untereinander; doch ich will euch zeigen, wie euer Tun bestraft wird.‹ Und er nahm das Schwert, hieb auf die Hand des Mädchens und schlug sie ab; dann hieb er auf die andere Hand und schlug sie ab, und er schlug ihr mit vier Hieben Hände und Füße ab. Während alledem sah ich zu und war des Todes gewiß, nachdem sie mir mit sterbendem Auge ein Zeichen des Lebewohls gegeben hatte. Der Dämon aber schrie sie an: ›Du hast mit deinem Auge gebuhlt!‹ Und er traf sie so, daß ihr Kopf davonflog. Dann aber wandte er sich zu mir und sagte: ›O Menschlein, es ist gerecht nach unserer Satzung, wenn eine Frau die Ehe bricht, sie zu töten. Dieses Mädchen entführte ich in ihrer Brautnacht, als sie erst zwölf Jahre alt war; und sie hat niemanden kennengelernt als mich allein. Alle zehn Tage kam ich zu ihr auf eine Nacht in der Gestalt eines persischen Mannes. Als ich nun aber sicher war, daß sie mich betrogen hatte, da erschlug ich sie. Ich bin nicht ganz sicher, ob du mich mit ihr betrogen hast; aber es geht nicht an, daß ich dich ohne Strafe ziehen lasse; also erbitte von mir eine Gnade.‹ Da war ich, o Herrin, höchlichst erfreut und fragte: ›Welche Gnade soll ich mir von dir erbitten?‹ Er antwortete: ›Wünsche dir, in welche Gestalt ich dich verwandeln soll! In die Gestalt eines Hundes oder eines Esels oder eines Affen.‹ Da ich hoffte, er würde mir verzeihen, erwiderte ich: ›Bei Allah, schone mich, auf daß Allah dich verschone, weil du einen muslimischen Mann schontest, der dir niemals Unrecht tat!‹ Und ich flehte ihn demütig an, blieb vor ihm stehen und sagte: ›Mir geschieht unrecht.‹ Er aber rief: ›Mach jetzt keine langen Reden vor mir! Es ist mir ein leichtes, dich zu töten; doch ich gebe dir die Wahl.‹ Da sagte ich: ›O Dämon, mir zu verzeihen würde dir besser anstehen; drum verzeih mir; wie der Beneidete dem Neider verzieh.‹ Er fragte: ›Wie war denn das?‹ Da begann ich

Die Geschichte vom Neider und vom Beneideten

Man erzählt, o'Ifrît, daß in einer Stadt zwei Menschen lebten, die benachbarte Häuser mit einer gemeinsamen Mauer bewohnten; einer von den beiden beneidete den anderen und traf ihn mit bösem Blick und tat sein Äußerstes, um ihm zu schaden. Immerdar beneidete er ihn, und sein Neid nahm so zu, daß er wenig Speise nahm und der süße Schlaf kaum mehr zu ihm kam. Aber dem Beneideten ward das Glück immer holder; und je mehr der andere ihm zu schaden strebte, um so mehr gewann er, wuchs und gedieh. Doch er erfuhr von der Bosheit seines Nachbarn gegen ihn und von seinem Streben, ihm Schaden zu tun; so ging er fort aus dessen Nähe und verließ sein Land, indem er sprach: ›Bei Allah, ich muß seinetwegen der Welt entsagen!‹ Er ließ sich in einer anderen Stadt nieder und kaufte sich dort ein Stück Landes, auf dem ein alter Ziehbrunnen stand. Dann baute er sich ein Bethaus, kaufte sich alles Notwendige und widmete sich in seiner Klause nur dem

Gebet und dem Dienste Allahs des Erhabenen. Bald kamen Fakire und Arme zu ihm aus allen Ländern; und sein Ruhm verbreitete sich in jenem Lande. Auch seinen früheren Nachbar, den Neider, erreichte die Nachricht, welches Glück ihm zuteil geworden und wie die Großen des Landes zu ihm wallfahrteten. So ging er hin und trat in das Kloster ein; jener, der Beneidete, empfing ihn mit Willkommensgruß und mit Freundlichkeit und erwies ihm alle Ehren. Da sprach der Neider: ›Ich habe dir ein Wort zu sagen, und das ist der Grund meiner Reise hierher; denn ich möchte dir gute Nachricht bringen, also komm und geh mit mir in dein Kloster.‹ Der Beneidete nun nahm den Neider bei der Hand, und sie gingen hinein in das Innerste des Klosters; aber der Neider sagte: ›Sage deinen Fakiren, daß sie sich in ihre Zellen zurückziehen; denn ich möchte nur im geheimen mit dir sprechen, wo niemand uns hören kann.‹ Da sprach der Beneidete zu seinen Fakiren: ›Zieht euch in eure Zellen zurück!‹ Und als alle getan, was er ihnen befohlen hatte, ging er mit seinem Gaste noch ein wenig weiter, bis sie zu dem alten Brunnen kamen. Dort stieß der Neider den Beneideten, von niemandem gesehen, in den Brunnen hinab; dann ging er hinaus und zog seiner Wege und glaubte, er habe ihn getötet. Nun aber war der Brunnen bewohnt von guten Geistern; die ließen ihn ganz allmählich niedergleiten und lagerten ihn auf dem Felsboden. Und die einen von ihnen fragten die anderen: ›Wißt ihr, wer er ist?‹ und die erwiderten: ›Nein.‹ Da sprach einer von ihnen: ›Dieser Mensch ist der Beneidete, der vor seinem Neider floh, sich in unserer Stadt ansiedelte und dies Kloster begründete; und er erfreute uns durch seine Litaneien und durch sein Vorlesen aus dem Koran. Aber der Neider machte sich auf den Weg zu ihm, bis er bei ihm war; da überlistete er ihn und warf ihn zu euch hinab. Doch sein Ruhm ist heute abend zum Sultan dieser Stadt gedrungen, der beschlossen hat, ihn morgen um seiner

Tochter willen zu besuchen.‹ ›Was fehlt seiner Tochter denn?‹ fragte einer von ihnen, und ein anderer versetzte: ›Sie ist besessen von einem Geist; denn der Dämon Maimûn, der Sohn des Damdam, ist in sie verliebt. Wenn aber dieser Fromme das Mittel wüßte, so wäre es das Allerleichteste, sie zu befreien und zu heilen.‹ ›Was ist das für ein Mittel?‹ fragte einer von ihnen und jener erwiderte: ›Der schwarze Kater, der bei ihm in seinem Bethaus ist, hat am Ende seines Schwanzes einen weißen Fleck von der Größe eines Dirhems; daraus muß er sieben weiße Haare reißen, und die muß er über der Kranken verbrennen. Dann wird der Mârid von ihr weichen und nie wieder zu ihr zurückkehren; sie wird zur selbigen Zeit gesund werden.‹ Diese ganze Unterhaltung, o Dämon, wurde geführt, während der Beneidete zuhörte. Als es nun Morgen ward und die Dämmerung emporstieg und heller ward, da kamen die Fakire, um den Scheich zu suchen, und trafen ihn, wie er aus dem Brunnen heraufstieg; und er wurde noch größer in ihren Augen. Weil nun allein der schwarze Kater das Heilmittel hatte, so zog er ihm die sieben Haare aus dem weißen Fleck am Schwanz und nahm sie mit sich. Und kaum war die Sonne aufgegangen, da kam der König mit seinem Gefolge; er selbst und die Großen seines Reiches gingen hinein, aber dem übrigen Gefolge befahl er, draußen stehenzubleiben. Und als der König zu dem Beneideten eintrat, bot dieser ihm den Willkommensgruß und bat ihn, an seiner Seite Platz zu nehmen, und fragte: ›Soll ich dir sagen, weshalb du kommst?‹ Jener erwiderte: ›Ja.‹ Da fuhr er fort: ›Du kommst mit dem Vorwand, mich zu besuchen; aber es ist der Wunsch deines Herzens, mich über deine Tochter zu befragen.‹ Der König antwortete: ›So ist es, heiliger Scheich‹, und der Beneidete fuhr fort: ›Schicke jemanden, sie zu holen; und ich hoffe, so Gott der Erhabene will, wird sie noch in dieser Stunde gesund werden.‹ Da freute sich der König und sandte nach seiner

Tochter; und man brachte sie gebunden und gefesselt. Der Beneidete aber ließ sie sich niedersetzen, zog einen Vorhang vor sie, nahm die Haare und verbrannte sie über ihr; und der, so in ihr war, schrie auf und wich von ihr. Da war das Mädchen sofort bei Sinnen, verschleierte sich das Gesicht und sagte: ›Was bedeutet dies alles, und wer hat mich hierher gebracht?‹ Da überkam den König eine Freude, wie es keine höhere geben kann, und er küßte der Tochter die Augen und dem heiligen Mann die Hände. Dann wandte er sich zu den Großen seines Reiches und sprach: ›Was meint ihr? Was verdienet der, der meine Tochter heilte?‹ und die erwiderten: ›Er verdient sie zum Weibe.‹ Der König sagte darauf: ›Ihr habt recht!‹ Dann vermählte er sie mit ihm, und so wurde der Beneidete der Eidam des Königs. Nach einer Weile starb der Wesir; da fragte der König: ›Wen soll ich an seiner Stelle zum Wesir machen?‹ ›Deinen Eidam‹, antworteten die Großen. Nun ward der Beneidete zum Wesir. Und wieder nach einer Weile starb der König; da fragten die Großen: ›Wen sollen wir zum König machen?‹ und alle riefen: ›Den Wesir.‹ So wurde der Wesir zum Sultan und zum herrschenden König. Eines Tages nun bestieg der König sein Roß, gerade als der Neider auf dem Wege vorbeikam. Wie der Beneidete so in der Herrlichkeit seiner Königswürde einherritt inmitten seiner Emire und Wesire und der Großen seines Reiches, da fiel sein Blick auf seinen Neider. Und er wandte sich zu einem der Minister und sagte: ›Bringe jenen Mann herbei; doch ängstige ihn nicht!‹ Der ging hin und brachte den neidischen Nachbarn. Da sprach der König: ›Gebt ihm tausend Goldstücke aus meinem Schatz, beladet ihm zwanzig Kamele mit Waren zum Handel und schickt einen Wächter mit ihm, der ihn bis zu seiner Stadt geleite.‹ Darauf bot er dem Neider Lebewohl und wandte sich ab von ihm, ohne ihn zu bestrafen für alles, was er ihm angetan hatte. Siehe, o Dämon, wie der Beneidete dem

Neider verzieh, der ihn von Anfang an beneidet hatte! Der hatte ihm doch viel Schaden getan, war zu ihm gereist und vollendete sein Werk an ihm, indem er ihn in den Brunnen warf und töten wollte. Und doch vergalt jener ihm sein schlimmes Handeln nicht, sondern vergab und verzieh ihm. Danach, o Herrin, hub ich so bitterlich zu weinen an, wie ein Mensch überhaupt nur weinen kann, und ich sprach die Verse:

Vergib den Schuldigen, denn die Weisen pflegen
Für Schuld der Schuldigen stets Vergebung zu hegen.
Ich habe zwar der Fehler viele begangen:
Mögest du die edle Kunst des Verzeihens umfangen!
Wer wünscht, der über ihm möge Vergebung ihm leihen,
Muß Fehler dessen, der unter ihm ist, verzeihen.

Doch der Dämon rief: ›Ich will dich weder töten noch dir verzeihen. Aber sicherlich werde ich dich verzaubern.‹ Dann riß er mich vom Boden und flog mit mir in die Luft, bis ich die Erde nur noch wie eine Schüssel inmitten des Wassers sah. Darauf setzte er mich nieder auf einem Berge, nahm etwas Staub in die Hand und murmelte Zauberworte darüber, bewarf mich damit und sprach: ›Verlasse diese Gestalt und geh in die Gestalt eines Affen ein!‹ Und im selben Augenblick wurde ich zu einem Affen, der hundert Jahre alt war. Als ich mich in dieser häßlichen Gestalt sah, da weinte ich um mich; doch ich schickte mich in die Grausamkeit des Schicksals, da ich ja wußte, daß das Geschick niemandem treu bleibt. So stieg ich hernieder vom Gipfel des Berges bis zu seinem Fuße; dort fand ich eine weite Wüste. Die durchzog ich in der Zeit eines Monats, bis ich zum Rande des Salzmeers kam. Nachdem ich dort eine Weile gestanden hatte, sah ich mitten im Meere ein Schiff, das vor einem günstigen Winde lief und auf die Küste steuerte; und ich verbarg mich hinter einem

Felsen am Strande und wartete, bis das Schiff näher kam, und dann sprang ich hinauf. Da rief einer von den Reisenden: ›Werft das Unglücksvieh über Bord!‹ und der Kapitän: ›Wir wollen es töten!‹ und ein anderer: ›Ich will es mit diesem Schwerte umbringen.‹ Ich aber ergriff den Saum der Kleidung des Kapitäns und weinte, und meine Tränen flossen. Da hatte der Kapitän Mitleid mit mir und sagte: ›Ihr Kaufleute, dieser Affe hat um meinen Schutz gebeten, und ich werde ihn schützen. Er steht unter meiner Obhut; und darum soll ihm keiner ein Leid antun noch ihn kränken!‹ Darauf behandelte er mich freundlich; und was er auch redete, verstand ich, und ich sorgte für all seine Bedürfnisse und war sein Diener auf dem Schiffe; so begann er mich zu lieben. Das Schiff hatte nun fünfzig Tage lang günstigen Wind; dann warfen wir Anker bei einer großen Stadt, darin so viele Menschen waren, daß nur Allah allein ihre Zahl zu zählen vermöchte. Als wir aber ankamen und unser Schiff festlag, siehe, da kamen zu uns Mamluken, gesandt von dem Könige der Stadt. Die stiegen auf unser Schiff hinauf, beglückwünschten die Kaufleute zur guten Ankunft und sagten: ›Unser König heißt euch willkommen und sendet euch diese Rolle Papier, daß ein jeder von euch eine Zeile darauf schreibe. Der König hat nämlich einen Wesir gehabt, der ein Kalligraph war, und der ist gestorben; da hat der König einen feierlichen Eid geschworen, daß er nur jemanden zum Wesir machen wolle, der so schön schreibe wie jener.‹ Daraufhin reichten sie den Kaufleuten die Rolle Papier, die zehn Ellen lang war und eine breit, und alle Kaufleute, die schreiben konnten, bis zum letzten, schrieben jeder eine Zeile darauf. Da sprang ich auf, ich, der ich in Gestalt eines Affen war, und riß die Rolle aus ihren Händen. Sie aber fürchteten, ich würde sie zerreißen, und so wollten sie mich davon wegjagen. Doch ich gab ihnen durch Zeichen zu verstehen, daß ich schreiben könnte. Da bedeutete ihnen der Kapitän:

›Laßt ihn schreiben; wenn er schlecht kritzelt, so jagen wir ihn davon; aber wenn er schön schreibt, so will ich ihn als Sohn annehmen; denn wahrlich, nie sah ich einen verständigeren Affen als ihn.‹ Dann nahm ich das Rohr, tauchte es in die Tinte im Tintenfäßchen und schrieb mit Kursivschrift:

Schon hat die Zeit verzeichnet die Güte aller Edlen,
Während nur deine Güte noch nicht verzeichnet ist;
Gott lasse die Menschen nicht durch deinen Verlust
verwaisen,
Da du doch für die Güte Mutter und Vater bist.

Und dann schrieb ich in Schlankschrift:

Er hat ein Rohr, des Nutzen die Länder erfüllet,
Und dessen Gaben alle Welt erreichen;
Nie ward ein Land beschenkt wie mit deinen
Gaben;
Die deine Hände allen Ländern reichen.

Darauf schrieb ich in Steilschrift:

Es gibt keinen einzigen Schreiber, der nicht dereinst
vergeht;
Doch was seine Hand geschrieben, besteht in Ewigkeit.
Drum schreibe mit deiner Hand nie etwas anderes als
Was dich am Jüngsten Tag, wenn du es siehst, erfreut.

Darauf in runder Monumentalschrift:

Als wir von Trennung hörten und als uns beiden
Solch Los bestimmten die Wechselfälle der Zeit,
Da ließen wir die Tinte wohl für uns klagen
Mit Zungen des Rohres über der Trennung Leid.

Darauf in großer Dokumentenschrift:

Die Herrschaft bleibt doch niemandem getreu;
Wenn du's nicht zugibst, sag, wo sind die Alten?
Von guten Taten pflanze Bäume dir;
Gehst du dahin, die bleiben doch erhalten.

Darauf in großer Zierschrift:

Öffnest du das Faß des Reichtums und der Gnaden,
Nimm Tinte dir von Hochsinn und von Edelmut;
Solange du es vermagst, schreib gute Dinge,
Dann bleibet dir dein Ruf und der deiner Feder gut.

Darauf gab ich den Überbringern die Rolle; die nahmen sie und gingen mit ihr zum König. Und als der König die Rolle sah, gefiel ihm keine Schrift so gut wie meine; und er sagte zu den versammelten Großen: ›Geht zu dem Schreiber dieser Zeilen, kleidet ihn in ein Ehrengewand, setzet ihn auf eine Mauleselin, geleitet ihn mit einer Musikkapelle hierher und führt ihn vor mich.‹ Als sie nun die Worte des Königs hörten, lächelten sie; aber der König ward zornig über sie und rief: ›Ihr Elenden! Ich spreche mit euch von einem Befehle, und ihr lacht über mich.‹ ›O König‹, erwiderten sie, ›unser Lachen hat einen Grund.‹ ›Und was ist das für ein Grund?‹ fragte er; sie antworteten: ›O König, du befiehlst uns, den vor dich zu führen, der diese Zeilen schrieb; nun ist aber der, der sie schrieb, ein Affe und kein menschliches Wesen; und er gehört dem Kapitän des Schiffes.‹ Da sprach er: ›Ist das wahr, was ihr mir sagt?‹ Sie antworteten: ›Ja, bei deiner Hoheit!‹ Und der König staunte über ihre Worte, schüttelte sich vor Vergnügen und sprach: ›Ich möchte diesen Affen von dem Kapitän erwerben.‹ Dann schickte er seinen Boten auf das Schiff, mit der Mauleselin, dem Ehrengewand und der Musikkapelle; und er sagte: ›Kleidet ihn trotzdem ein in dies Ehrengewand, und setzet ihn auf das Maultier; holt ihn vom Schiffe ab und bringt ihn her!‹ So gingen sie zum Schiff und nahmen mich dem Kapitän, kleideten mich in das Ehrengewand und setzten mich auf das Maultier. Und das Volk war verblüfft, und die Stadt war in Aufruhr um meinetwillen; denn alle wollten mich sehen. Als sie mich aber zum König brachten und er mich empfing, küßte ich dreimal den Boden vor ihm; dann hieß er mich sitzen, und ich ließ mich nieder auf Knie und Schienbein; und das Volk, das anwesend war, staunte ob meiner Höflichkeit, und am meisten von allen wunderte sich der König. Darauf befahl er dem Volk, sich zurückzuziehen; als sich alle zurückgezogen hatten und niemand mehr da war außer der Majestät des Königs, dem Eunuchen und einem kleinen weißen Sklaven, befahl er, den Tisch mit den Speisen herbeizutragen; darauf befand sich, was da hüpft und fliegt und beim Paaren in den Nestern liegt, Flughühner und Wachteln und alle anderen Arten von Vögeln. Nun winkte der König mir, mit ihm zu essen; so stand ich auf, küßte vor ihm den Boden, setzte mich und aß mit ihm. Und als man abtrug, wusch ich mir die Hände siebenmal, nahm die Tintenkapsel und das Schreibrohr und schrieb diese Verse:

Kehr ein bei dem Geflügel an die Stätte der Pfannen
Und klage, daß die Braten und Rebhühner zogen von
dannen!
Beweine die Töchter des Flughuhns, wie ich sie immer
beweine,
Mit den gebratenen Küken und dem Röstfleisch im
Vereine!
Wie traurig ist mein Herz doch über zwei Arten von
Fischen,
Die man auf Laiben von Brot in Stufen pflegt
aufzutischen!

Ach, wie reichlich war einst der Braten! O welches Vergnügen,
Wenn das Fett einsank in den Essig aus den Krügen! –
Nie schüttelte mich der Hunger außer in einer Nacht,
Die ich betend beim Brei im Lichte der Steine verbracht;
Und ich dachte dabei an ein Essen mit seinem Duft,
Der stieg von reichlich gedeckten Tischen aus in die Luft.
O meine Seele, Geduld! Ein wunderlich Ding ist die Zeit:
War sie uns einen Tag gram, am nächsten bringt sie uns Freud.[1]

Dann stand ich auf und setzte mich in ehrerbietiger Entfernung nieder; der König blickte auf das, was ich geschrieben hatte, und als er es gelesen hatte, staunte er und rief: ›O Wunder! Ein Affe, begabt mit solcher Beredsamkeit und Kunst des Schreibens! Bei Allah, dies ist das größte aller Wunder!‹ Darauf brachte man dem König erlesenen Wein in gläserner Flasche, und er trank; er reichte auch mir davon, und ich küßte den Boden und trank und schrieb dann:

Sie brannten mich mit Feuer, um mich zum Reden zu bringen;
Doch fanden sie, daß ich im Leiden geduldig bin.
Deshalb wurde ich auch von ihnen auf Händen getragen,
Und ich nahm den Kuß von den Lippen der Schönen hin.

Und weiter:

Der Morgen rief der Nacht zu: Gib ihn mir zu trinken,
Der den Weisen zum Toren macht, den klaren Wein!
Beide sind so zart, so klar, daß ich nicht erkenne:
Ist er's im Glas, oder ist es das Glas in seinem Schein?

Da las der König die Verse und sagte mit einem Seufzer: ›Wäre diese feine Bildung in einem Menschen, so überträfe er alles Volk seiner Zeit und seines Jahrhunderts.‹ Dann ließ er ein Schachbrett bringen und fragte: ›Willst du mit mir spielen?‹ und ich nickte mit dem Kopf ein Ja, trat vor, ordnete die Figuren und spielte mit ihm zwei Spiele, die ich beide gewann. Da war der König sprachlos vor Staunen. Aber ich nahm die Tintenkapsel und das Schreibrohr und schrieb auf das Brett diese Verse:

Zwei Heere bekämpfen einander den ganzen Tag;
Und heftiger wird ihr Kampf mit jeder Stunde,
Bis sie dann, wenn das Dunkel sie umhüllt,
Auf gleichem Bette schlafen in trautem Bunde.

Als der König diese beiden Verse gelesen hatten, wunderte er sich und war entzückt und aufs höchste erstaunt, und er sprach zu seinem Eunuchen: ›Geh zu deiner Herrin, zu Sitt el-Husn, und sage zu ihr: Der König läßt dich rufen, du möchtest kommen und dir diesen wunderbaren Affen ansehen!‹ Der Eunuch ging hin und kehrte alsbald mit der Herrin zurück; kaum sah sie mich, so verhüllte sie ihr Gesicht und rief: ›O mein Vater! Wie kommt es, daß es deinem Herzen gefällt, nach mir zu senden und mich fremde Männer sehen zu lassen?‹ ›O Sitt el-Husn‹, erwiderte er, ›hier ist niemand, außer diesem kleinen Mamluken, dem Eunuchen, der dich aufzog, und mir, deinem Vater. Vor wem also verschleierst du dein Antlitz?‹ Da rief sie: ›Siehe, dieser Affe ist ein Jüngling, der Sohn eines Königs; aber er ist verzaubert, denn der Dämon Dschardscharîs, aus dem Stamme des Iblîs, verzauberte ihn, nachdem er sein eigenes Weib getötet hatte, die Tochter des Königs Ifitamûs, des Herrn der Ebenholzinseln. Der aber, den du für einen Affen hältst, ist ein kluger und verständiger Mann!‹ Und der König staunte über die Worte seiner Tochter und fragte, indem er mich anblickte: ›Ist das wahr, was sie von dir sagt?‹ Ich nickte mit dem Kopfe ein Ja und weinte. Da fragte der König seine Tochter: ›Woher weißt du, daß er verzaubert ist?‹ und sie antwortete: ›Mein lieber Vater, in meiner Jugend war eine alte Frau um mich, eine kluge Hexe, und sie lehrte mich die Zauberei und ihre Ausübung; die behielt ich und lernte sie gründlich, und ich habe im Gedächtnis einhundertundsiebenzig Kapitel von Zauberformeln, durch deren geringste ich die Steine deiner Stadt fortschaffen könnte hinter den Berg Kaf, dann könnte ich sie in einen Abgrund des Meeres verwandeln und ihre Bewohner in Fische, die darin schwimmen.‹ ›O meine Tochter‹, rief ihr Vater, ›ich beschwöre dich bei meinem Leben, entzaubere uns diesen Jüngling, auf daß ich ihn zu meinem Wesir machen kann; denn er ist wahrlich ein feiner und kluger Jüngling.‹ ›Mit größter Freude‹, erwiderte sie; dann nahm sie in die Hand ein Messer, darauf hebräische Namen standen, und beschrieb einen weiten Kreis inmitten der Halle des Palastes; in diesen schrieb sie geheimnisvolle Namen und Talismane. Und sie murmelte Zauberformeln und sprach Worte, von denen man einige verstehen konnte, andere aber nicht. Nach einer kurzen Weile wurde die Welt vor unseren Augen dunkel, und siehe, der Dämon stieg auf vor uns in eigener Gestalt. Er hatte Hände wie Worfschaufeln, Beine wie Schiffsmasten und Augen wie Feuerbrände. Wir waren in großer Angst vor ihm; die Tochter des Königs aber rief: ›Kein Willkommen für dich und keinen Gruß!‹ Da verwandelte der Dämon sich in die Gestalt eines Löwen und sagte: ›Verräterin, du hast den Eid gebrochen! Haben wir einander nicht geschworen, daß keiner von uns dem andern je in den Weg treten sollte?‹ ›O Verfluchter‹, erwiderte sie, ›kann es zwischen mir und deinesgleichen Verträge gebe?‹ Da rief der Dämon: ›Nimm hin, was über dich kommt‹; und der Löwe stürzte mit offenem Rachen auf die Prinzessin zu. Aber sie war schneller als er, riß sich ein

Haar von ihrem Haupte, schwenkte es mit der Hand und murmelte dazu mit ihren Lippen. Alsbald wurde das Haar zu einem scharfen Schwert; mit dem hieb sie auf den Löwen, und er fiel in zwei Hälften auseinander. Sein Kopf aber verwandelte sich in einen Skorpion; da wurde die Prinzessin zu einer gewaltigen Schlange und sprang auf diesen Verfluchten los, der in der Gestalt eines Skorpions war; und die beiden rangen erbittert miteinander. Da plötzlich verwandelte sich der Skorpion in einen Adler, und die Schlange ward zu einem Geier; der verfolgte den Adler eine ganze Stunde lang. Darauf nahm der Adler die Gestalt eines schwarzen Katers an, das Mädchen aber ward aus einem Geier zu einem scheckigen Wolfshund; und wiederum kämpften sie miteinander dort im Palaste eine ganze Stunde lang. Nun sah der Kater sich besiegt, und da verwandelte er sich und ward zu einem großen roten Granatapfel, der sich mitten in das Springbrunnenbecken des Palastes legte. Der Wolfshund rannte darauf zu, aber der Granatapfel erhob sich in die Luft, fiel auf das Pflaster der Halle nieder, so daß er zerbrach und seine Kerne sich zerstreuten. Überall lag ein Kern für sich, und der Boden der Halle bedeckte sich mit Granatapfelkernen. Aber da schüttelte sich der Wolf und ward zu einem Hahn; der pickte jene Kerne auf, um keinen einzigen Kern mehr übrigzulassen. Durch eine Fügung des Schicksals jedoch hatte sich ein Kern unter dem Brunnenrand versteckt. Der Hahn begann zu krähen und mit den Flügeln zu schlagen und uns mit dem Schnabel Zeichen zu geben. Aber wir verstanden nicht, was er meinte, und er krähte uns so laut an, daß wir dachten, der Palast müsse auf uns stürzen. Und er lief hin und her auf dem Boden der Halle, bis er den Kern sah, der sich unter dem Brunnenrand versteckt hatte; und begierig eilte er darauf zu, um ihn zu picken. Doch siehe, der Kern sprang mitten in das Wasser des Springbrunnens, wurde zu einem Fisch und tauchte bis zum Grunde des Wassers. Da verwandelte auch der Hahn sich in einen großen Fisch, tauchte dem andern nach, und verschwand eine Weile; und siehe, wir hörten, wie ein Geschrei und Geheul sich erhob, und wir begannen zu zittern. Darauf stieg der Dämon aus dem Wasser empor als eine brennende Fackel; er machte seinen Mund auf und spie Feuer aus, und aus seinen Augen und seiner Nase quoll Feuer und Rauch. Alsbald kam auch die Prinzessin heraus als eine große feurige Kohle. Und die beiden kämpften miteinander, bis ihre Feuer über ihnen ganz ineinander aufgingen und der Rauch den Palast erfüllte. Wir verschwanden darin und wollten uns ins Wasser stürzen aus Furcht, wie würden verbrennen und zugrunde gehen. Da rief der König: ›Es gibt keine Majestät und es gibt keine Macht außer bei Allah, dem Erhabenen und Allmächtigen! Wahrlich, wir sind Allahs, und zu ihm kehren wir zurück! O hätte ich doch meine Tochter nicht gedrängt, die Entzauberung dieses Affen zu versuchen! Denn so habe ich ihr all diese gewaltige Mühe gemacht mit diesem verfluchten Dämonen, gegen den alle die anderen Dämonen, die es in der Welt gibt, nichts vermögen. O hätte ich doch nie diesen Affen kennengelernt! Allah möge ihn nicht segnen, noch die Stunde seiner Ankunft! Wir dachten eine gute Tat an ihm zu tun um Gottes des Erhabenen willen und ihn vom Zauber zu befreien, und nun vergehen wir vor Herzensangst.‹ Ich aber, o meine Herrin, war stumm und machtlos, ihm ein Wort zu sagen. Und plötzlich, ehe wir uns dessen versahen, heulte der Dämon unter den Flammen hervor, und er war neben uns, als wir in der Säulenhalle standen, und blies uns Feuer in das Gesicht. Die Prinzessin aber holte ihn ein und blies ihm ins Antlitz; und die Funken von ihr und von ihm trafen uns. Ihre Funken taten uns keinen Schaden, aber einer von seinen Funken traf mich ins Auge und zerstörte es, während ich noch in der Gestalt des Affen war. Und ein zweiter Funke traf den König ins Antlitz und verbrannte die Hälfte seines Gesichtes, seinen Bart und Unterkiefer und riß ihm die untere Zahnreihe aus; und ein dritter Funke fiel auf die Brust des Eunuchen; der verbrannte und starb zur selbigen Stunde. Da glaubten wir sicher an unser Verderben und verzweifelten am Leben. Und wie wir in solcher Bedrängnis waren, siehe, da rief eine Stimme: ›Allah ist der Größte! Allah ist der Größte! Er hat Heil und Segen verliehen und hat den zunichte gemacht, der da leugnet den Glauben Mohammeds des Erleuchters!‹ Und siehe, da stand die Tochter des Königs vor uns; die hatte den Dämon verbrannt, und er war zu einem Häuflein Asche geworden. Sie trat nun zu uns und sagte: ›Reicht mir eine Schale Wasser!‹ Als man sie ihr gebracht hatte, sprach sie Worte darüber, die wir nicht verstanden; dann besprengte sie mich mit dem Wasser und rief: ›Durch die Kraft des einzig wahren Gottes und durch die Kraft des allerhöchsten Namens Allahs! Kehre in deine einstige Gestalt zurück!‹ Da schüttelte ich mich, und siehe da, ich war ein Mensch wie zuvor, nur daß ich ein Auge völlig verloren hatte. Sie aber rief: ›Das Feuer! Das Feuer! O mein Vater, ich werde nicht am Leben bleiben, denn ich bin nicht gewohnt, mit den Dämonen zu kämpfen; wenn er ein Mensch gewesen wäre, so hätte ich ihn gleich zu Anfang getötet. Ich war nicht in Not, bis der Granatapfel platzte und ich die Kerne pickte; denn ich vergaß den einen Kern, in dem die Seele des Dämonen stak. Hätte ich diesen aufgepickt, er wäre sofort gestorben. Aber das Schicksal bestimmte, daß ich ihn nicht sah; so fiel er über mich her, und zwischen ihm und mir entspann sich ein erbitterter Kampf unter der Erde und in der Luft und im Wasser. Sooft ich einen Zauber gegen ihn wirkte, wirkte er einen anderen Zauber gegen mich, bis er gegen mich den Zauber des Feuers anwandte. Selten kommt einer, gegen den der Zauber des Feuers gewandt wird, mit dem Leben davon. Aber das Schicksal stand mir bei gegen ihn; so kam ich ihm zuvor und verbrannte ihn, nachdem ich ihn gezwungen hatte, den islamischen Glauben zu bekennen. Ich aber muß sterben, und Allah tröste euch über meinen Tod!‹ Dann erflehte sie Hilfe vom Himmel und ließ nicht ab, um Hilfe gegen das Feuer zu beten; doch siehe, ein schwarzer Funke stieg empor zu ihrer Brust, und dann stieg er empor bis zu ihrem Gesicht. Als er ihr Gesicht erreicht hatte, da weinte sie und rief: ›Ich bezeuge, es gibt keinen Gott außer Allah, und Mohammed ist der Prophet Allahs!‹ Dann aber sahen wir von ihr nur noch, daß sie ein Häuflein Asche geworden war, neben dem Häuflein Asche, das der Dämon gewesen war. Da waren wir tiefbetrübt um sie; und ich wünschte, daß ich an ihrer Stelle gewesen wäre und nicht gesehen hätte, wie jenes liebliche Antlitz, das mir so viel Gutes getan hatte, zu Asche wurde; aber es gibt keinen Widerspruch gegen den Willen Allahs. Als der König sah, daß seine Tochter zu einem Häuflein Asche geworden war, riß er sich aus, was von seinem Bart noch geblieben, schlug sich das Antlitz und zerriß sich seine Kleider; und ich tat das gleiche, und beide weinten wir über sie. Da kamen die Kammerherren und die Großen des Reiches, und sie sahen den König in Ohnmacht und die beiden Häuflein Asche; sie erschraken und standen um den König herum eine ganze Weile. Als er erwachte, erzählte er ihnen, was seiner Tochter von dem Dämon widerfahren war, und ihr Gram war sehr groß; die Frauen und Sklavinnen aber schrien und erhoben die Totenklage sieben Tage lang. Doch der König ließ über der Asche seiner Tochter ein großes, gewölbtes Grabgebäude errichten, und es wurden Wachskerzen und Totenlampen darin angezündet; die Asche des Dämons aber streuten sie in alle Winde und wünschten den Fluch Allahs auf ihn herab. Darauf erkrankte der König an einer Krankheit, die ihn dem Tode nahe brachte; die Krankheit dauerte einen

Monat, aber dann kehrte seine Gesundheit zurück, und sein Bart wuchs wieder. Nun ließ er mich rufen und sprach zu mir: ›O Jüngling, wir hatten unsere Tage im glücklichsten Leben und sicher vor den Wechselfällen der Zeit hingebracht, bis du zu uns kamst. O hätten wir dich nie gesehen, noch auch den Tag deiner unglückseligen Ankunft! Wir haben um deinetwillen alles verloren. Erstlich habe ich meine Tochter verloren, die mir hundert Männer wert war; zweitens widerfuhr mir das Unheil von dem Feuer, und ich verlor meine Zähne, und dann starb auch noch mein Diener. Und dabei habe ich doch früher nie etwas von dir gesehen! Aber alles kommt von Allah, über dich und über mich, und Er sei gepriesen! Du bist es, den meine Tochter erlöst hat, du, der ihren Tod herbeigeführt hat. Mein Sohn, ziehe fort aus diesem Ort! Genug ist's, was um deinetwillen geschehen ist. Doch all das ist uns ja vom Schicksal bestimmt, mir sowohl wie dir. So ziehe hin in Frieden; doch wenn ich dich je wiedersehe, so werde ich dich töten lassen.‹ Und er schrie mich an. Dann zog ich fort von ihm, o Herrin; aber ich glaubte kaum an meine Rettung und wußte nicht, wohin ich mich wenden sollte. Alles stand mir vor Augen, was mir widerfahren war: wie man mich auf dem Wege verlassen hatte und ich so mich retten konnte; wie ich dann einen Monat lang gewandert und als Fremder in die Stadt gekommen war; wie ich den Schneider getroffen und das Mädchen unter der Erde gefunden hatte; wie ich dann dem Dämon entkommen war, trotzdem er beschlossen hatte, mich zu töten – alles was mein Herz erlebt hatte von Anfang bis zu Ende. Und ich dankte Allah und sagte: ›Mein Auge, doch nicht mein Leben!‹ Ehe ich die Stadt verließ, ging ich ins Bad und ließ mir den Bart abrasieren; auch legte ich ein schwarzes, härenes Gewand an und begab mich dann sofort auf die Pilgerfahrt, o Herrin! Jeden Tag aber weine ich und denke an die Schicksalsschläge, die mich betroffen haben, und an den Verlust meines Auges. Und jedesmal, wenn ich daran denke, was mir widerfahren ist, weine ich und spreche folgende Verse:

Verwirrt bin ich. Bei Gott, kein Zweifel ist an meiner Lage:
Ringsum ist Trauer; ich weiß nicht, woher sie auf mich dringt.
Geduldig bin ich, bis Geduld ob meiner Geduld ermüdet;
Geduldig bin ich, bis Gott meine Sache zu Ende bringt.
Geduldig bin ich, überwunden, doch ohne zu klagen, geduldig,
So wie ein dürstender Wandrer im heißen Tale ist.
Geduldig bin ich, bis Geduld es selber erfähret, daß ich
Geduldig war in einer Not, die bittrer als Aloe frißt.
Es gibt nichts, das wie Geduld so bitter wäre, und dennoch
Ist's bitterer als die beiden, wenn die Geduld mir bricht.
Meines Herzens Gedanken sind Dolmetsch meines Gewissens,
Wenn die innerste Stimme in dir so wie in mir spricht.
Hätten die Berge zu tragen, was ich trug, sie würden stürzen;
Das Feuer würde erlöschen, der Wind würde nicht mehr wehn.
Und wer da sagt: ›Siehe, das Leben hat doch viele süße Dinge‹,
Fürwahr, der wird einen Tag noch bittrer als Aloe sehn.

Dann begann ich zu reisen von einem Land zum andern und von Stadt zu Stadt zu wandern, und ich machte mich auf den Weg zur ›Stätte des Friedens‹, Baghdad, um dort vielleicht Eintritt zum Beherrscher der Gläubigen zu erlangen und ihm zu erzählen, was mir widerfahren ist. Ich kam heute abend in Baghdad an und traf diesen meinen ersten Gefährten, wie er ratlos dastand. Ich sprach zu ihm: ›Friede sei über dir!‹ und begann mit ihm zu plaudern, da trat unser dritter Gefährte an uns heran und sagte: ›Friede sei über euch! Ich bin ein Fremdling.‹ Wir antworteten: ›Auch wir sind Fremde und kamen hierher in dieser gesegneten Nacht.‹ Dann gingen wir weiter zu dritt, ohne daß einer unter uns die Geschichte des anderen gekannt hätte, bis uns das Schicksal an diese Tür führte und wir zu euch eintraten. Nun weißt du den Grund, weshalb mein Kinn und meine Lippen rasiert sind und ein Auge verloren ist.

Da sprach die Herrin des Hauses: ›Wahrlich, deine Geschichte ist wunderbar; führe deine Hand zum Kopf und gehe deines Weges!‹ Aber er rief: ›Ich gehe nicht fort, bis ich die Geschichte meiner Gefährten gehört habe.‹ Da trat der dritte Mönch vor und sagte: ›Erlauchte Herrin! Meine Geschichte ist nicht wie die der Gefährten, sondern noch wunderbarer und erstaunlicher; und sie ist der Grund, weswegen mein Kinn rasiert und mein Auge verloren ist. Jene hat Schicksal und Verhängnis betroffen, aber ich habe das Schicksal mit eigener Hand herbeigezogen und Trauer über meine Seele gebracht. Und dies ist meine Geschichte.

Die Geschichte des dritten Bettelmönches

Ich bin ein König, der Sohn eines Königs. Als mein Vater starb, übernahm ich die Herrschaft nach ihm. Und ich regierte in Gerechtigkeit und Wohlwollen gegen die Untertanen. Nun hatte ich eine Vorliebe dafür, zu Schiff auf dem Meere zu fahren; denn meine Stadt lag am Meere, und die See dehnte sich weit aus von dort. Um uns lagen viele große Inseln mitten im Meere; und ich hatte auf dem Wasser fünfzig Handelsschiffe, fünfzig kleinere Schiffe zu Lustfahrten und hundertundfünfzig Galeeren bereit zum

Krieg und dem Glaubenskampf. Einmal wollte ich eine Lustfahrt zu den Inseln machen, und so zog ich mit zehn Schiffen aus und nahm Vorräte für einen ganzen Monat mit. Ich war schon an die zwanzig Tage auf der Fahrt, da, eines Nachts, erhoben sich widrige Winde gegen uns, und das Meer schwoll in ungeheuren Wogen gegen uns empor; die Wellen peitschten einander, und wir gaben uns schon verloren. Nun kam auch noch dichte Finsternis über uns, da rief ich aus: ›Wer sich in Gefahr begibt, wird nicht gelobt, auch wenn er gerettet wird.‹ Und wir beteten zu Allah dem Erhabenen und flehten ihn an; aber die Winde hörten nicht auf, gegen uns zu wüten, noch die Wogen, uns zu peitschen, bis der Morgen anbrach; da legte sich der Wind, das Meer beruhigte sich, und es schien die Sonne. Dann erreichten wir eine Insel; wir stiegen ans Land, kochten ein wenig zum Essen, verspeisten es und ruhten uns zwei Tage aus. Drauf stachen wir wieder in See und segelten wieder an die zwanzig Tage; da lief uns die Strömung zuwider, und dem Kapitän ward das Meer fremd. Wir aber sagten zu dem Wächter: ›Steig in den Mastkorb und halt Umschau auf dem Meere!‹ Alsbald kletterte der Wächter den Mast hinauf und spähte aus und rief dem Kapitän zu: ›O Kapitän, ich sehe zu meiner Rechten Fische auf der Oberfläche des Wassers, und mitten auf dem Meere sehe ich etwas Dunkles, das bald schwarz, bald weiß erglänzt.‹ Als der Kapitän die Worte des Wächters hörte, schleuderte er seinen Turban auf das Deck, riß sich den Bart aus und rief der Mannschaft zu: ›Höret die frohe Botschaft von unser aller Untergang! Kein einziger von uns wird mit dem Leben davonkommen!‹ Und er begann zu weinen, und wir alle weinten um unser Leben; und ich sagte: ›O Kapitän, tu uns kund, was der Wächter sah.‹ ›O mein Gebieter‹, erwiderte er, ›wisse, daß wir den Kurs verloren an dem Tage, an dem die Winde sich gegen uns erhoben und die ganze Nacht bis zum Morgen wehten;

dann hielten wir uns zwei Tage auf, verloren aber unseren Weg auf dem Meere. Jetzt fahren wir schon elf Tage seit jener Nacht in die Irre, und wir haben keinen Wind, der uns dorthin zurückbringt, wohin wir fahren wollen. Morgen abend werden wir zu einem Berge kommen aus schwarzem Stein, der heißt der Magnetberg; die Strömungen reißen uns, ob wir wollen oder nicht, hin zu seinem Fuße. Dort wird das Schiff bersten, und jeder Nagel des Schiffes wird zu dem Berge hinfliegen und sich an ihn heften; denn Allah der Erhabene hat den Magnetstein mit einer geheimnisvollen Kraft begabt, so daß alles, was Eisen ist, auf ihn zufliegt. An diesem Berg hängt so viel Eisen, daß niemand es zu zählen vermag als Allah der Erhabene; denn es sind seit uralten Zeiten viele Schiffe an jenem Berg zerbrochen. Über dem Meere aber erhebt sich eine Kuppel aus Messing, auf zehn Säulen errichtet; und auf der Kuppel steht ein Reiter, dessen Roß aus Kupfer ist. In der Hand jenes Reiters ist eine Lanze aus Kupfer, und auf seiner Brust hängt eine Tafel aus Blei, in die Namen und Talismane gegraben sind.‹ Und weiter sprach er zu mir: ›O König, kein anderer vernichtet die Menschen als jener Reiter auf dem Roß, und es gibt kein Entrinnen, als bis dieser Reiter von jenem Rosse stürzt.‹ Darauf, o meine Herrin, weinte der Schiffsführer bitterlich, und wir waren sicher, daß wir dem Untergange unrettbar verfallen waren; wir boten daher, ein jeder seinem Freund, Lebewohl und vertrauten ihm unser Testament, für den Fall, daß etwa er gerettet würde. Jene Nacht hindurch schliefen wir nicht; und als der Morgen anbrach, waren wir dem Berge schon näher gekommen, und die Wasser trieben uns mit Gewalt auf ihn zu. Als dann die Schiffe an seinem Fuße waren, barsten sie, die Nägel flogen heraus, und alles Eisen in ihnen strebte dem Magnetfelsen zu und haftete sich an ihn; und gegen Ende des Tages trieben wir rings um den Berg herum. Einige von uns ertranken, andere retteten sich. Aber derer, die von uns ertranken, waren mehr; und auch die, so mit dem Leben davonkamen, wußten nichts voneinander, denn die Wellen und die widrigen Winde hatten sie verschlagen. Mich aber, o meine Herrin, sparte Allah der Erhabene auf für all die Mühsal, Not und Pein, die Er mir bestimmt hatte. Ich kletterte auf eine der umherschwimmenden Planken, der Wind trieb sie dahin, und ich konnte mich an den Berg anklammern. Dort fand ich einen Weg, der zum Gipfel führte, einer Treppe gleich in den Fels gehauen. Und ich rief den Namen Allahs des Erhabenen an, klammerte mich an die Stufen, die in den Stein gehauen waren, und langsam kam ich empor. Allah gebot, daß sich in diesem Augenblick die Winde beruhigten, und Er half mir beim Aufstieg, so daß ich unversehrt den Gipfel erreichte. Dort hatte ich nun keinen anderen Weg mehr als den zur Kuppel. Ich war hocherfreut über meine Rettung, trat in die Kuppel ein, vollzog die religiöse Waschung und warf mich zweimal anbetend nieder aus Dank gegen Allah, der mich errettet hatte. Dann schlief ich ein in der Kuppel und hörte im Traume eine Stimme, die sprach: ›O Sohn des Chadîb! Wenn du aus deinem Schlaf erwachst, so grabe zu deinen Füßen, und du wirst einen Bogen aus Messing finden und drei Pfeile aus Blei, auf die Talismane eingegraben sind. Nimm den Bogen und die Pfeile und schieß nach dem Reiter, der auf der Kuppel steht, und befreie die Menschen von diesem großen Unheil! Und wenn du den Reiter getroffen hast, so wird er ins Meer hinabstürzen; auch der Bogen wird dir aus der Hand fallen, aber heb ihn auf und vergrab ihn an seiner Stätte! Darauf wird das Meer anschwellen und steigen, bis es den Bergesgipfel erreicht, und auf ihm wird ein Boot erscheinen mit einem Mann aus Kupfer, einem anderen, als den du schossest. Er wird zu dir kommen mit einem Ruder in der Hand, und du steig ein zu ihm, aber nenne den Namen Allahs des Erhabenen nicht. Er wird rudern und mit dir fahren zehn Tage lang, bis er dich in das Meer der Rettung bringt; wenn du dort angekommen bist, so wirst du jemanden finden, der dich in deine Heimat bringt. All dies wird sich dir erfüllen, wenn du den Namen Allahs nicht nennst.‹ Dann erwachte ich, erhob mich rasch und tat, wie mir die geheimnisvolle Stimme gesagt hatte. Ich schoß auf den Reiter und traf ihn. Da fiel er ins Meer, aber der Bogen fiel neben mir nieder; ich nahm ihn und vergrub ihn. Und alsbald brandete das Meer auf und stieg, bis es den Gipfel des Berges und mich erreichte; und ich hatte nicht lange zu warten, bis ich ein Boot von der hohen See her auf mich zukommen sah. Da dankte ich Allah dem Erhabenen. Und als das Boot näher kam, sah ich darin einen Mann aus Kupfer und auf seiner Brust eine Tafel aus Blei, beschrieben mit Zaubernamen und Talismanen; und schweigend, ohne ein Wort zu sprechen, stieg ich zu ihm ein. Nun ruderte der Mann mit mir fort, und ruderte den ersten Tag und den zweiten und den dritten, bis die zehn Tage vollendet waren. Da blickte ich auf und sah die Inseln der Rettung vor mir. Ich war hocherfreut, und im Übermaß meiner Freude nannte ich Allah; ich rief: ›Im Namen Gottes! Es gibt keinen Gott außer Allah! Gott ist der Größte!‹ Wie ich das getan hatte, kenterte das Boot und warf mich ins Meer; und es richtete sich wieder auf und versank in die Tiefe. Ich verstand aber zu schwimmen, und so schwamm ich jenen ganzen Tag hindurch bis zum Einbruch der Nacht. Da versagten meine Arme, und meine Schultern erlahmten; ich war ermattet und dem Ende nahe, und da ich den sicheren Tod vor Augen sah, sprach ich das Glaubensbekenntnis. Immer noch schwoll das Meer unter der Gewalt der Winde, und plötzlich kam eine Welle, so hoch wie eine mächtige Burg; die hob mich hoch empor und warf mich durch die Luft – da war ich auf trockenem Land, nach dem Willen Allahs. Nun kroch ich den Strand hinauf und preßte meine Kleider aus und breitete sie hin zum

Trocknen; dann brachte ich die Nacht dort zu. Als es tagte, zog ich meine Kleider an und stand auf, um auszuspähen, wohin ich gehen sollte. Da fand ich eine Niederung, ging zu ihr hin und um sie herum und sah, daß die Stätte, an der ich mich befand, eine kleine Insel war, rings vom Meer umgeben. Und ich sprach zu mir selber: ›Ich komme doch immer von einer Not in die andre!‹ Aber als ich noch nachsann über mein Schicksal und mir den Tod herbeiwünschte, siehe, da sah ich fern ein Schiff, in dem Menschen waren und das auf die Insel steuerte, auf der ich mich befand. Da machte ich mich auf und kletterte auf einen Baum. Denn schon landete das Schiff, und aus ihm heraus stiegen zehn schwarze Sklaven, die eiserne Hacken bei sich trugen. Sie gingen, bis sie zur Mitte der Insel kamen. Dort gruben sie in dem Erdboden und legten eine Platte bloß. Die Platte hoben sie auf, und das war nun eine offene Tür. Dann kehrten sie zum Schiffe zurück und brachten von dort Brot, Mehl, Butter, Honig, Schafe und Geschirr, alles, was man für eine Wohnung nötig hat. Immerfort liefen die Sklaven herbei und zogen wieder hinab zum Schiffe, kehrten zurück vom Schiffe und stiegen hinab in die Grube, bis sie alles, was auf dem Schiffe war, dorthin geschafft hatten. Darauf endlich kamen sie herbei mit den allerschönsten Kleidern, und in ihrer Mitte war ein uralter Mann. Der war zu dem geworden, was noch von ihm übrig war; denn die Zeit hatte ihn hart mitgenommen, und er sah aus, als ob er schon tot sei. Er trug ein Gewand, das aus blauen Fetzen bestand, durch das nach West und Ost der Wind hindurchpfiff. Von ihm sagt der Dichter:

Die Zeit erschreckt – o welch ein Schreck!
Die Zeit hat Kraft und bleibt bestehn;
Einst konnt ich gehn und war nicht krank,
Heut bin ich krank und kann nicht gehn.

Die Hand des Alten lag in der Hand eines Jünglings, der schien, als sei er gegossen in der Form der Lieblichkeit, der Anmut und der Vollkommenheit, so daß seine Schönheit zum Sprichwort ward weit und breit; wie ein Reis so zart war seine Art, er bezauberte jedes Herz durch seine liebliche Gestalt, und durch seinen zärtlichen Blick zwang er jeden Sinn in seine Gewalt. Wie der Dichter von ihm sprach, als er sang:

Man brachte die Schönheit, um ihn zu vergleichen;
Da senkte die Schönheit beschämt ihr Haupt.
Man sprach: O Schönheit, sahst du dergleichen?
Sie rief: Das zu sehn hätt ich nie geglaubt.

Sie gingen nun weiter, o Herrin, bis sie zu der Falltür kamen; alle stiegen durch die Falltür hinab und blieben eine Stunde oder noch länger verschwunden. Schließlich aber kamen die Sklaven und der Greis wieder heraus, doch der Jüngling war nicht bei ihnen. Dann legten sie die Platte wieder so hin, wie sie vorher gewesen war, bestiegen das Schiff und schwanden mir aus den Augen. Als sie nun fort waren, stieg ich vom Baum herab, ging zu der zugeschütteten Stelle, grub in der Erde und schaffte sie beiseite; aber ich mußte meine Geduld zügeln, bis ich alle Erde weggeschafft hatte. Da ward die Falltür bloßgelegt; sie war aus Holz und von der Größe eines Mühlsteins; und als ich sie aufhob, ward darunter eine steinerne Wendeltreppe sichtbar. Ich staunte darüber und stieg die Treppe hinab, bis ich bei ihrem Ende anlangte, und fand eine schöne Halle, ausgestattet mit allerlei Teppichen und Seidenstoffen. Dort saß der Jüngling auf einem erhöhten Lager, gelehnt gegen ein rundes Kissen, in der Hand einen Fächer und vor sich Blumen und süßduftende Kräuter; doch er war ganz allein. Als er mich sah, erbleichte er; ich aber grüßte ihn und sprach zu ihm: ›Sei ruhigen Herzens und unbesorgt, nichts Arges soll dir nahen! Ich bin ein Mensch wie du und der Sohn eines Königs. Das Schicksal führte mich zu dir, um dich in deiner Einsamkeit aufzuheitern. Doch was ist dir geschehen, was ist dir widerfahren, daß du so allein unter der Erde wohnst?‹ Als er sicher war, daß ich wie er zum Menschengeschlecht gehörte, freute er sich, und seine Farbe kehrte zurück; und er bat mich, näherzutreten, und sagt: ›Mein Bruder, meine Geschichte ist seltsam, und sie ist diese: Mein Vater ist ein Juwelenhändler und hat einen großen Handel und schwarze und weiße Sklaven; Kaufleute reisen für ihn auf Schiffen mit den Waren bis zu den fernsten Ländern, mit Kamelkarawanen und reichen Gütern; aber er wurde nie mit einem Kinde gesegnet. Nun träumte er einmal, ihm werde ein Sohn geschenkt werden, doch werde der nicht lange leben; und am nächsten Morgen wachte mein Vater weinend und klagend auf. In der folgenden Nacht empfing mich meine Mutter, und mein Vater schrieb sich den Tag ihrer Empfängnis auf. Als dann ihre Zeit erfüllet war, gebar sie mich; mein Vater freute sich und gab Gastmähler und speiste die Fakire und die Armen, weil er am Ende seines Lebens noch mit mir gesegnet wurde. Dann versammelte er die Sterndeuter und die Männer, die da die Stellungen der Planeten kannten, und die Weisen der Zeit und solche, die in Berechnungen und Horoskopen erfahren waren; die stellten mein Horoskop und sagten zu meinem Vater: ›Dein Sohn wird bis zu seinem fünfzehnten Jahre leben, aber dann droht ihm Gefahr; wenn er sie übersteht, so wird er noch lange Zeit am Leben bleiben. Was ihm mit dem Tode droht, ist dieses: Im Meere der Gefahren erhebt sich der Magnetberg; auf seinem Gipfel befindet sich ein Reiter auf einem Rosse aus Kupfer, und auf der Brust des Reiters hängt eine Tafel aus Blei. Fünfzig Tage, nachdem dieser Reiter von seinem Rosse fällt, wird dein Sohn sterben, und töten wird ihn der, der den Reiter herabschießt, ein Fürst namens ›Adschîb, Sohn des Chadîb‹.‹ Da ward mein Vater sehr traurig; dann zog er mich auf und gab mir eine vortreffliche Erziehung, bis ich fünfzehn Jahre alt war. Nun erreichte ihn vor zehn Tagen die Nachricht, daß der Reiter ins Meer gefallen sei, und daß der, der ihn herabschoß, ›Adschîb, Sohn des Königs Chadîb‹ heiße. Da fürchtete mein Vater, daß ich sterben müsse, und brachte mich an diesen Ort. Dies ist meine Geschichte und der Grund, weshalb ich allein bin.‹ Als ich seine Geschichte gehört hatte, war ich erstaunt und sprach zu mir selbst: ›Ich habe ja all dies getan; aber bei Allah, ich werde ihn nie und nimmer töten!‹ Dann sprach ich zu ihm: ›Mein Herr, ferne sei dir Krankheit und Unheil, und so Gott der Erhabene will, sollst du keine Sorge leiden, und Gram und Unruhe sollen dich meiden! Ich will bei dir bleiben und dir ein Diener sein und dann meines Weges ziehen; wenn ich dir also während dieser Tage Gesellschaft geleistet habe, mögest du mir ein Geleit von Mamluken geben, mit denen ich in mein Land zurückreise.‹ Darauf setzte ich mich zu ihm bis zum Abend; und dann erhob ich mich, zündete eine große Kerze an und richtete die Lampen. Wir setzten uns zusammen, nahmen etwas von den Speisen und aßen; dann holte ich etwas von den Süßigkeiten, und wir aßen auch davon. Nun blieben wir im Gespräch miteinander sitzen, bis der größere Teil der Nacht vergangen war; dann legte er sich nieder zur Ruhe, und ich deckte ihn zu und ging selber schlafen. Und am nächsten Morgen stand ich auf, wärmte Wasser und rief ihn leise, so daß er erwachte; dann brachte ich ihm das warme Wasser, und er wusch sich das Gesicht und sagte zu mir: ›Mögest du mit Gutem belohnt werden, o Jüngling! Bei Allah, wenn ich dieser Gefahr entgehe und gerettet werde vor dem, der da heißet ›Adschîb, Sohn des Chadîb‹, so werde ich meinen Vater bitten, dich zu belohnen; wenn ich aber sterbe, so liege mein Segen auf dir.‹ Ich antwortete ihm: ›Möge es nie einen Tag geben, an dem dir Arges widerfährt; und möge Allah meinen letzten Tag vor deinem letzten Tag erscheinen lassen!‹ Darauf holte ich etwas von den Speisen, und wir aßen; dann bereitete ich ihm Weihrauch, und er nahm ein Rauchbad. Auch machte ich ein Steinchenspiel für ihn, und wir spielten miteinander. Nachher aßen wir etwas von den Süßigkeiten und spielten wieder bis zum Abend. Dann zündete ich die Lampen an, holte etwas von den Speisen, setzte mich nieder und erzählte ihm Geschichten, bis nur noch wenig von der Nacht übrig war. Schließlich legte er sich nieder zur Ruhe, und ich deckte ihn zu und ging selber schlafen. Und so fuhr ich fort, o meine Herrin, Tag und Nacht; ich gewann ihn von Herzen lieb und tröstete mich über meine Sorgen, indem ich bei mir sprach: ›Die Sterndeuter haben gelogen; bei Allah, ich will ihn nicht töten.‹ Immerfort bediente ich ihn, aß mit ihm und erzählte ihm Geschichten, neununddreißig Tage lang. Am Abend vor dem vierzigsten Tag freute der Jüngling sich und rief: ›Mein Bruder, Preis sei Allah, der mich vom Tode errettet hat, und das durch deinen Segen und den Segen der Begegnung mit dir; und ich bete zu Allah, daß er dich wieder in deine Heimat führe. Aber jetzt, mein Bruder, möchte ich, du wärmtest mir etwas Wasser, damit ich mich waschen und baden kann!‹ Ich rief: ›Mit großer Freude‹; und ich wärmte Wasser in Menge, schüttete es über ihn, wusch ihm den ganzen Leib tüchtig mit schäumendem Lupinenmehl, salbte ihn und rieb ihn ab, wechselte ihm seine Kleider und breitete ein weiches Bett für ihn aus. Da erhob sich der Jüngling und legte sich nieder auf das Bett, um nach dem Baden zu ruhen. Und er sagte zu mir: ›Mein Bruder, zerschneide uns eine Wassermelone und löse ein wenig Zuckerkand darin auf.‹ Ich ging in den Vorratsraum, sah dort eine schöne Melone, die auf einer Schüssel lag, und rief ihm zu: ›O mein Gebieter, hast du nicht ein Messer?‹ ›Hier ist es‹, erwiderte er, ›auf der hohen Borte mir zu Häupten.‹ Ich eilte dorthin und nahm das Messer, indem ich es beim Griff faßte; aber als ich zurücktrat, stolperte mein Fuß, und ich stürzte schwer auf den Jüngling, mit dem Messer in der Hand. Und so erfüllte das Messer rasch das, was in der Ewigkeit geschrieben stand, und drang in das Herz des Jünglings. Er starb sofort, sein Leben war erloschen. Als ich sah, daß ich ihn getötet hatte, schrie ich laut auf, schlug mir das Gesicht, zerriß meine Kleider und sagte: ›Wahrlich, wir sind Allahs Geschöpfe, und zu ihm kehren wir zurück, o ihr Muslime! Dieser Jüngling war von dem Augenblicke der Gefahr, den die Sterndeuter und Weisen für den vierzigsten Tag angegeben hatten, nur noch durch eine Nacht getrennt; und der vorbestimmte Tod dieses Schönen sollte aus meiner Hand kommen. Wollte der Himmel, ich hätte nicht versucht, die Melone zu schneiden. Welch ein Unstern! Welche Trübsal! Doch Allah möge vollenden, was geschehen sollte!‹

Als ich sicher war, daß ich ihn getötet hatte, stand ich auf und stieg die Treppe empor, legte die Falltür wieder an ihre Stelle und bedeckte sie mit Erde. Dann blickte ich aufs Meer hinaus und sah das Schiff durch die Wasser schneiden und auf die Insel zuhalten. Und ich erschrak und sagte: ›Jetzt werden sie kommen und den Jüngling tot antreffen; dann werden sie wissen, daß ich ihn getötet hatte, und ganz sicher werden sie mich töten.‹ Darum ging ich zu einem hohen Baum, kletterte hinauf und verbarg mich in seinen Blättern; und kaum saß ich auf dem Baume, da stiegen die Sklaven mit dem Greise, dem Vater des Jünglings, an Land und gingen auf die Stelle zu. Sie schaufelten die Erde beiseite, fanden die Falltür, stiegen hinab und sahen den Jüngling daliegen, das Antlitz noch strahlend vom Bade, gekleidet in reine Gewänder, und das Messer tief in der Brust. Da schrien sie laut und weinten, schlugen sich die Gesichter und riefen Weh und Verderben. Der Greis aber fiel in eine lange Ohnmacht, und die Sklaven glaubten, er würde seinen Sohn nicht überleben.

Dann hüllten sie den Jüngling in seine Kleider und deckten ihn mit einem seidenen Leichentuch zu. Nun machten sie sich auf, um zum Schiffe zurückzukehren, und auch der Greis erhob sich. Als er aber seinen Sohn daliegen sah, sank er zu Boden und streute sich Staub auf den Kopf, schlug sich das Gesicht und raufte sich den Bart aus; und stärker nur wurde sein Weinen, als er des ermordeten Sohnes gedachte, und nochmals sank er in Ohnmacht. Dann kam ein Sklave und brachte eine seidene Decke; sie legten den Alten auf ein Polster und setzten sich zu seinen Häupten. All das geschah, während ich in dem Baume über ihnen saß und sah, was vorging; und das Herz wurde mir von dem Kummer und dem Schmerz, den ich erlitt, grau, ehe mein Haupt ergraute; und ich sprach die Verse:

Wie manche Gnade Allahs ist so tief versteckt,
Daß der Verstand des Weisen selbst sie nicht entdeckt!
Wie mancher Morgen hebt für dich mit Trauer an;
Und doch – am Abend kommet zu dir die Freude dann!
Wie manches Glück erscheint doch erst nach einem
Schmerz,
Befreiet dann von Kummer das bedrängte Herz!

Aber der Alte, o meine Herrin, erwachte nicht aus seiner Ohnmacht bis nahe vor Sonnenuntergang; als er dann zu sich kam und auf seinen Sohn blickte und daran dachte, was geschehen war und was er gefürchtet hatte, da warf er sich auf ihn, und er schlug sich das Gesicht und das Haupt und sprach diese Verse:

Das Herz ist seit der Trennung von dem Geliebten
zerbrochen;
Seht doch, wie meine Tränen mir aus den Augen rinnen!
Es schwand die Sehnsucht mit ihm in die Ferne und,
ach, mein Leid!

Ich weiß nicht, was soll ich nun sagen, was soll ich beginnen?
O hätte ich ihn doch nie in meinem Leben gesehn!
Jetzt ist meine Kraft dahin, mir sind alle Wege verschlossen.
Wie kann ich denn einen Trost noch finden, da Feuerbrand
Der Liebe in mein Herz mit lodernder Flamme geflossen?
O hätte doch das Geschick des Todes ihn so ereilt,
Daß zwischen uns keine Trennung mehr sei für alle Zeiten!
Ich bitte dich, o Allah, sei du doch gütig mit uns,
Vereine mich mit ihm in alle Ewigkeiten!
Wie schön erging es uns, als dasselbe Dach uns umfing
Und wir in sorglosem Glück hinlebten innig verbunden,
Bis wir getroffen wurden vom Trennungspfeil, der uns schied!
Und wer ist's, den die Pfeile der Trennung nicht verwunden?
Ja, da traf den Liebsten der Menschen das böse Geschick;
Der einzige seiner Zeit lag da in Schönheit verkläret.
Ich sprach zu ihm, doch die Sprache des Schicksals kam mir zuvor:
Mein Sohn, o wäre doch nie ein solches Ziel uns bescheret!
Wo ist der Weg, auf dem ich dich eilends treffen kann?
O könnte ich für dich, mein Sohn, die Seele als Lösegeld zahlen!
Nenn ich dich Mond? Doch nein – des Mondes Licht vergeht.

Oder nenn ich dich Sonne? Doch nein – die Sonne verliert ihre Strahlen.
Ach, meine Trauer um dich, und ach, mein Schmerz ob der Zeit!
Dich kann mir keiner ersetzen! Wer wäre je deinesgleichen?
Dein Vater sehnt sich nach dir, und doch, seit dich der Tod
Umfangen hat, kann ich dich, ach, nie und nimmer erreichen!
Das Auge der Neider ist's, das heut uns getroffen hat.
Die ernten, was sie gesät. Weh über die schändliche Tat!

Dann tat er einen einzigen Seufzer, und seine Seele verließ seinen Leib. Da schrien die Sklaven laut: ›Weh, unser Herr!‹, und sie warfen sich Staub auf den Kopf und weinten noch lauter. Und Seite an Seite trugen sie ihren Herrn und seinen Sohn zum Schiff hinab. Darauf setzten sie Segel und schwanden mir aus den Augen. Ich aber stieg von dem Baum, ging durch die Falltür hinab und gedachte des Jünglings; ich sah, was noch von seinen Sachen dort war, und sprach die Verse:

Ich sehe ihre Spuren, und ich vergehe vor Sehnsucht;
An ihren verlassenen Stätten vergieße ich meine Zähren.
Und ich bitte den, der meinen Weggang von ihnen beschlossen,
Er möge eines Tages mir gnädig die Heimkehr gewähren.

Und dann, o Herrin, ging ich durch die Falltür hinaus; bei Tage streifte ich auf der Insel umher, und bei Nacht kehrte ich in die unterirdische Halle zurück. So lebte ich einen Monat lang und sah oft auf die Seite der Insel hinaus, die gegen Westen lag. Denn dort pflegte an jedem Tage, der verging, das Meer trockener zu werden, bis des Wassers auf der Westseite ganz wenig ward und die Strömung aufhörte. Und als der Monat vorüber war, war das Meer in jener Richtung ganz ausgetrocknet. Da freute ich mich und fühlte mich meiner Rettung sicher. So stand ich auf und durchschritt das flache Wasser, das noch blieb, und kam zum Festland; dort aber traf ich auf große Haufen losen Sandes, in den selbst ein Kamel bis an die Knie eingesunken wäre. Doch ich faßte mir Mut und watete durch den Sand, und siehe, in der Ferne leuchtete mir mit blendendem Licht ein Feuer. Ich ging darauf zu, da ich hoffte, Hilfe zu finden, und sprach diese Verse:

Vielleicht, daß das Geschick noch seinen Zügel wendet
Und doch noch Gutes bringet trotz der Zeiten Neid,
Mir meine Hoffnung fördert, meinen Wunsch erfüllet,
Und daß noch neue Freude sprießt aus altem Leid.

Nun ging ich weiter auf das Feuer zu, und als ich nahe daran war, siehe, da war es ein Palast, dessen Tor aus Messing war; und wenn die Sonne daraufschien, leuchtete es weithin, so daß man es für ein Feuer halten konnte. Ich freute mich des Anblicks und setzte mich nieder, gegenüber dem Tor. Aber kaum hatte ich mich gesetzt, da traten zehn Jünglinge auf mich zu, in kostbare Gewänder gekleidet, und bei ihnen war ein uralter Greis; doch die zehn Jünglinge waren alle auf dem linken Auge blind. Ich wunderte mich darüber, was es mit ihnen für eine Bewandtnis haben möchte und warum sie alle so gleichmäßig blind waren. Als sie mich sahen, begrüßten sie mich und fragten mich nach mir und meiner Geschichte; und ich erzählte ihnen alles, was mir widerfahren und welches Maß des Unglücks an mir vollendet war. Da staunten sie ob meiner Erzählung und führten mich in den Palast; dort sah ich rings um die Halle zehn Lager gereiht, und ein jedes Lager hatte einen Teppich und eine Decke aus blauem Stoff. In der Mitte zwischen jenen Lagern stand ein kleineres Lager, auf dem wie bei den anderen alles blau war. Als wir eingetreten waren, nahm ein jeder der Jünglinge auf seinem Lager Platz, und der Alte setzte sich auf das kleinere Lager in der Mitte und sagte zu mir: ›O Jüngling, nimm Platz in diesem Palaste und frage nicht nach uns, noch nach unserer Einäugigkeit.‹ Dann stand der Alte auf und setzte vor jeden Jüngling ein wenig Speise in einer Schüssel und Trank in einem Becher, und mir setzte er in gleicher Weise vor. Darauf lehnten sie sich zurück und fragten mich wieder nach meinen Abenteuern und nach allem, was mir widerfahren war; und ich erzählte ihnen bis weit in die Nacht hinein. Da sagten die Jünglinge: ›Alter, willst du uns nicht bringen, was uns gebührt? Die Zeit ist da.‹ Er erwiderte: ›Herzlich gern.‹ Dann stand er auf, trat in eine Kammer des Schlosses und verschwand; alsbald kam er zurück und trug auf dem Kopf zehn Platten, deren jede mit einem blauen Tuch bedeckt war. Einem jeden Jüngling setzte er eine Platte vor. Dann zündete er zehn Kerzen an und heftete an jede Platte eine Kerze. Darauf zog er die Decken weg, und siehe, auf den Platten darunter war nichts als Asche, Kohlenstaub und Kesselruß. Nun schlugen all die Jünglinge ihre Ärmel bis zu den Ellenbogen auf und begannen zu weinen und zu klagen; und sie schwärzten sich die Gesichter, zerrissen ihre Kleider und schlugen sich die Stirn und die Brust und riefen dabei: ›Wir saßen in unserer Fülle da, doch unser Fürwitz war uns zu nah!‹ Das taten sie beständig, bis der Morgen herannahte; dann aber stand der Alte auf und wärmte Wasser für sie; und sie wuschen sich die Gesichter und legten andere Kleider an. Als ich nun dies sah, o meine Herrin, verließ mich der Verstand, mein Sinn ward verwirrt, und mein Inneres war mir voll Gedanken, bis ich vergaß, was vorher geschehen war, und nicht länger Schweigen bewahren konnte; ich mußte reden und sie fragen, und so sagte ich denn zu ihnen: ›Was ist der Anlaß hierzu, nachdem wir so froh gewesen und müde geworden sind? Ihr habt doch, gottlob! noch gesunden Verstand, aber so etwas tun nur Verrückte. Ich beschwöre euch bei allem, was euch das Liebste ist, erzählte mir eure Geschichte und sagt mir den Grund, weshalb ihr jeder ein Auge verloren habt und euch die Gesichter schwärzt mit Asche und Ruß?‹ Da wandten sie sich zu mir und sprachen: ›O Jüngling, laß dich durch deine Jugend nicht betören, sondern laß ab vom Fragen!‹ Dann erhoben wir uns miteinander, der Alte aber brachte uns ein wenig zu essen. Nachdem wir gegessen hatten und das Geschirr abgetragen war, saßen sie beisammen und unterhielten sich bis zum Einbruch der Nacht. Da stand der Alte auf, zündete die Wachskerzen und Lampen an und setzte Speise und Trank vor uns hin. Und als wir damit fertig waren, saßen wir wieder beisammen, unterhielten uns und plauderten bis Mitternacht; da sprachen die Jünglinge zu dem Alten: ›Bringe, was uns gebührt; denn die Stunde des Schlafes ist da!‹ Der Alte stand auf und brachte ihnen die Platten mit dem schwarzen Staub; und sie taten, wie sie in der vergangenen Nacht getan hatten. In dieser Weise blieb ich bei ihnen einen vollen Monat lang, und jede Nacht schwärzten sie sich die Gesichter mit Asche und dann wuschen sie sich und wechselten ihre Kleider. Doch ich wunderte mich darüber immer mehr, und die Versuchung trat immer stärker an mich heran, so daß ich mich selbst der Speise und des Trankes enthielt. Und ich sprach zu ihnen: ›Ihr Jünglinge, macht doch meiner Unruhe ein Ende und sagt mir, weshalb ihr euch so die Gesichter schwärzt?‹ Doch sie erwiderten: ›Es wäre besser, unser Geheimnis zu bewahren.‹ Aber ich war ratlos über ihr Tun und enthielt mich des Essens und Trinkens, und zuletzt sagte ich zu ihnen: ›Es hilft nichts, ihr müßt mir kundtun, was das alles bedeutet!‹ Sie antworteten: ›Dies bringt Unheil über dich; denn du wirst werden wie wir.‹ Dennoch wiederholte ich: ›Es hilft nichts; und wenn ihr nicht wollt, so laßt mich ziehen und zu meinem eigenen Volke zurückkehren, damit ich Ruhe habe vor dem Anblick dieser Dinge; denn das Sprichwort sagt: ›Es ist wahrlich besser, wenn ich fern von euch bliebe, damit das Auge nicht schaue, das Herz sich nicht betrübe.‹ Da holten sie einen Widder, schlachteten ihn, häuteten ihn ab und sagten zu mir: ›Nimm dies Messer und lege dich in dies Fell, so wollen wir dich einnähen; und alsbald wird ein Vogel kommen, geheißen der Vogel Roch, der wird dich hochheben und dich auf einem Berge niederlegen. Danach schneide das Fell auf und krieche heraus; der Vogel aber wird über dich erschrecken und davonfliegen und dich allein lassen. Dann wandere einen halben Tag lang, so wirst du vor dir einen Palast finden, der von wunderbarer Gestalt ist. Dort tritt ein, und dein Wunsch ist erfüllt; denn daß wir in den Palast getreten sind, ist der Grund, weshalb wir uns die Gesichter schwärzen und unser eines Auge verloren haben. Wollten wir jetzt dir unsere Geschichte erzählen, so würde es zu lange dauern; denn einem jeden von uns ist bei dem Verlust seines linken Auges etwas Besonderes widerfahren.‹ Ich freute mich über ihre Worte, und sie taten mit mir, was sie gesagt hatten; der Vogel trug mich davon und setzte sich mit mir auf einem Berge nieder. Ich aber kroch heraus aus dem Fell und wanderte, bis ich in den Palast kam. Siehe, da waren vierzig Mädchen, schön wie der Mond, an deren Anblick man sich nicht sattsehen konnte. Als sie mich erblickten, sprachen sie alle: ›Herzlich willkommen, sei uns gegrüßt, o unser Herr! Einen ganzen Monat schon warteten wir deiner, Preis sei Allah, der uns einen sandte, unser wert, wie wir seiner wert sind!‹ Dann ließen sie mich auf einem hohen Diwan sitzen und sagten: ›Heute bist du unser Herr und Gebieter, wir sind deine Dienerinnen und dir untertan; also befiehl uns nach deinem Gutdünken!‹ Ich aber staunte über sie. Sie brachten mir darauf Speise, und ich aß mit ihnen; auch setzten sie mir Wein vor. Alle umstanden mich dann, um mir aufzuwarten. Zuletzt machten fünf sich daran, eine Matte auszubreiten; darauf legten sie ringsum Blumen und Früchte und Naschwerk vielerlei Art, und dann brachten sie den Wein herbei. Nun setzten wir uns wieder zum Trinken; sie nahmen eine Laute und sangen Lieder zu ihr. Die Becher und Schalen kreisten bei uns, und mich überkam eine solche Freude, daß sie mich alle Sorgen der Welt vergessen ließ. Und ich sprach: ›Dies ist das wahre Leben!‹ Und ich blieb bei ihnen, bis die Schlafenszeit kam. Da sagten sie: ›Nimm mit dir, welche von uns du wünschest, auf daß sie dein Lager teile!‹ So wählte ich eine von ihnen, die hatte ein schönes Antlitz und dunkle Augen, schwarz war ihr Haar, zierlich der Lippen Paar, zusammengewachsen die Brauen, alles an ihr war wunderbar anzuschauen, sie war einem frischen Zweig oder dem Stengel des Myrrhenkrauts gleich, sie berückte das Herz und nahm es gefangen, so wie einst Dichter von ihr sangen:

Vergliche ich sie mit dem frischen Zweig – es wäre
  Torheit!
Fern sei es, daß ich ihren Blick mit dem des Rehes
  vergleich!
Woher hätte das zarte Reh ihre schlanken Glieder?
Oder den Honigtrank ihrer Lippen, an Süße so reich?
Oder ihr weites Auge, das tödliche Liebe entfachet
Und das liebende Herz in Todesbande schlägt?
Ich wandte mich ihr zu mit wilder, heidnischer Liebe;
Kein Wunder ist's, wenn in dem Kranken sich rasende
  Leidenschaft regt.

Und ich wiederholte ihr die Worte des Dichters:

Mein Auge soll immer nur auf deine Schönheit schauen;
Kein Bild als deines allein soll in meinem Herzen
schweben.
Und alle meine Gedanken verehren nur dich, o Herrin;
In Liebe zu dir will ich sterben und auferstehen zum
Leben.

So verbrachte ich denn jene Nacht bei ihr; und nie habe ich eine schönere erlebt denn diese. Als aber der Morgen kam, führten die Mädchen mich in das Bad, ließen mich baden und kleideten mich in die prächtigsten Gewänder. Sie trugen Speise und Trank für uns auf, und wir aßen und tranken, und die Becher kreisten bei uns bis zum Einbruch der Nacht. Dann wählte ich wieder eine unter ihnen, an Schönheit reich, und mit Formen so weich, wie sie der Dichter beschrieb, als er sang:

Ich sah auf ihrer Brust zwei Schreine, die waren
versiegelt
Mit Moschus, auf daß der Verliebte sie nicht berührt
und verletzt.
Sie behütet die beiden mit Pfeilen aus ihren Blicken;
Sie trifft mit ihrem Pfeile den, der sich ihr widersetzt.

Und auch mit ihr verbrachte ich die schönste Nacht bis zum Morgen; und, um mich kurz zu fassen, o meine Herrin, ich blieb bei ihnen im herrlichsten Leben ein ganzes Jahr lang. Aber zu Anfang des zweiten Jahres sprachen sie zu mir: ›Ach, hätten wir dich nie kennengelernt! Doch wenn du auf uns hörst, so kannst du dadurch gerettet werden‹; und sie begannen zu weinen. Ich aber war erstaunt und fragte sie: ›Was bedeutet dies?‹ Da antworteten sie: ›Siehe, wir sind Töchter von Königen, und wir sind seit Jahren hier vereint. Wir bleiben vierzig Tage fort und bleiben ein Jahr hier, essen und trinken, ergötzen und freuen uns; aber nun müssen wir fortgehen. Das ist unsere Gewohnheit. Nun fürchten wir, daß du, wenn wir fort sind, unserem Befehle zuwiderhandelst. Siehe da, wir übergeben dir die Schlüssel des Schlosses; in ihm sind vierzig Zimmer. Du darfst diese neununddreißig Türen öffnen; aber hüte dich, die vierzigste Tür zu öffnen, sonst mußt du uns verlassen.‹ Ich rief: ›Ich werde sie nicht öffnen, wenn das die Trennung von euch bedeutet!‹ Darauf trat eine von ihnen zu mir, umarmte mich und weinte und sprach die Verse:

Vereinet uns die Nähe nach der Trennung wieder,
So lächelt das Antlitz der Zeit, nachdem es in Runzeln hing.
Und werden durch einen Blick von dir meine Augen geschmücket,
Verzeih ich der Zeit die Sünden, die sie an mir beging.

Und ich sprach noch diese Verse:

Als sie zum Abschied nahte, das arme Herz so erfüllet
Von tiefer Sehnsucht und zugleich von wildem Leide,
Weinte sie klare Perlen, und aus meinen Augen strömten
Diamanten; auf ihrer Brust vereinten sie sich zum Geschmeide.

Als ich sie weinen sah, sprach ich: ›Bei Allah, nie und nimmer will ich jene Tür öffnen!‹ und ich nahm Abschied von ihr. Sie alle gingen hinaus, und dann flogen sie davon; ich aber blieb allein in dem Palast. Als nun der Abend nahte, öffnete ich die Tür des ersten Zimmers, und ich trat ein und sah mich in einem Raum, der dem Paradiese glich. Darinnen war ein Garten, in dem so vielerlei Arten von grünen Bäumen standen, auf denen ganz zarte und reife Früchte sich fanden; die kleinen Vöglein sangen, und die reinen Bächlein sprangen. Dessen erfreute sich mein Gemüt, und ich schritt zwischen der Bäume Reihn, ich sog den Duft der Blumen ein und hörte den Gesang der Vögelein, wie sie Ihn priesen, der da allmächtig ist allein; auch sah ich die Farbe der Äpfel von rotgelbem Schein; so wie der Dichter sagt:

Ein Apfel, der in sich vereint zwei Farben, die da gleichen
Der Wange der Geliebten und dem schüchternen Sehnsuchtsreichen.

Dann sah ich die Quitten und atmete ihren Duft ein, der Moschus und Ambra beschämt, wie der Dichter sagt:

Die Quitte vereint in sich die Freuden der Menschen; sie ist
Die Königin der Früchte ob ihrer Schönheit Gewalt:
Wie Wein ihr Geschmack und wie eine Moschuswolke ihr Duft,
Wie Gold ihre Farbe und rund wie der Vollmond ihre Gestalt.

Dann sah ich noch Aprikosen vor mir, deren Schönheit das Auge entzückte wie geglätteter Saphir. Darauf verließ ich jenen Ort und verschloß die Tür des Zimmers, so wie sie zuvor gewesen war. Am nächsten Tage öffnete ich ein anderes Zimmer und trat hinein. Darinnen war ein weites Land, in dem ein hoher Palmenhain stand; dort rieselte ein Bächlein frisch, sein Ufer bedeckt mit Gebüsch von Rosen und Jasminen, Majoran und Eglantinen, Narzissen und Levkojen. Ein Windhauch strich über alle die duftenden Blumen dahin, und jener herrliche Wohlgeruch verbreitete sich nach rechts und nach links; das erfüllte mich mit vollkommener Freude. Darauf verließ ich jenen Ort und verschloß die Tür des Zimmers, wie sie zuvor gewesen war. Dann öffnete ich die Tür des dritten Zimmers und sah in ihm eine weite Halle, deren Boden belegt war mit buntem Marmor und vielerlei kostbaren und prächtigen Steinplatten; dort waren Käfige aus Sandel- und Aloeholz, voll von Singvögeln, Nachtigallen, Ringeltauben, Amseln, Kanarien und nubischen Sängern. Darüber ward mein Herz froh, und meine Sorgen wurden gelöst; und ich schlief an jenem Orte bis zum Morgen. Dann öffnete ich die Tür des vierten Zimmers. Darin fand ich einen großen Saal, und rings um ihn waren vierzig Kammern, deren Türen offen standen. In die trat ich ein, und dort sah ich Perlen, Saphire, Topase, Smaragde und so kostbare Edelsteine, wie sie keine Zunge beschreiben kann. Da ward mein Verstand entrückt durch diesen Anblick, und ich sagte zu mir: ›Diese Dinge, deucht mich, finden sich nicht einmal in der Schatzkammer eines wirklichen Königs.‹ Damals ward mein Sinn froh, und meine Sorgen schwanden, und ich sprach: ›Jetzt bin ich der größte König meiner Zeit, da mir durch Allahs Gnade alle diese Schätze zuteil wurden; und ich gebiete über vierzig Mädchen, die keinen anderen Herrn haben als mich.‹ Nun sah ich mir immerfort ein Zimmer nach dem anderen an, bis neununddreißig Tage vergangen waren. In dieser Zeit hatte ich alle Zimmer geöffnet außer dem einen Zimmer, dessen Tür zu öffnen mir die Prinzessinnen verboten hatten. Doch, o meine Herrin, mein Sinn dachte immer an jenes Zimmer, das die Vierzig voll machte, und Satan wollte zu meinem Verderben mich zwingen, daß ich es öffnete. So hatte ich keine Geduld mehr, um mich zu bezwingen, obgleich nur noch ein einziger Tag übrig blieb, bis die Zeit erfüllt war. Da ging ich denn zu jenem Zimmer, öffnete die Tür und trat ein. Darin war ein so starker Duft, wie ich ihn noch nie gerochen hatte, und der betäubte meine Sinne. Ich fiel ohnmächtig nieder und blieb eine ganze Weile so liegen. Danach aber faßte ich mir ein Herz, trat ein in das Zimmer und sah, daß sein Boden mit Safran bestreut war. Und ferner sah ich Lampen aus Gold und mit Blumen, die den Duft von Moschus und Ambra verbreiteten, und helles Licht ging von ihnen aus; auch sah ich zwei große Weihrauchbecken, die beide mit Aloe, Amber und Honigduftwerk angefüllt waren; und der Saal war erfüllt von ihrem Duft. Und da, o meine Herrin, erblickte ich ein edles Roß, schwarz wie das Dunkel der Nacht, wenn sie am dunkelsten ist; vor ihm standen zwei Krippen aus klarem Kristall, in einer war enthülster Sesam, und in der anderen war Rosenwasser mit Moschus zubereitet. Das Roß war gesattelt und gezäumt, und sein Sattel war aus rotem Golde. Als ich das sah, erstaunte ich und sprach zu mir selbst: ›Mit diesem Tier muß es eine ganz seltsame Bewandtnis haben.‹ Und Satan verleitet mich, und ich führte es hinaus und bestieg es; aber es wollte sich nicht vom Flecke rühren. Da schlug ich ihm mit den Fersen in die Flanken, doch es bewegte sich nicht; nun nahm ich die Peitsche und gab ihm einen Schlag damit. Kaum jedoch verspürte es den Schlag, so wieherte es laut mit einem Klang wie der rollende Donner, und es entfaltete ein Paar Flügel und flog mit mir hoch zum Himmel empor, höher als irgendein Mensch zu blicken vermag. Nach einer Weile jedoch ließ es sich mit mir auf einer Dachterrasse nieder, warf mich vom Rücken, peitschte mich mit dem Schweif ins Gesicht und schlug mir das linke Auge aus, so daß es mir über die Wange rollte, und flog weg von mir. Da stieg ich hinab von dem Dach und befand mich bei den zehn einäugigen Jünglingen. Die riefen mir zu: ›Sei nicht willkommen und sei nicht gegrüßt!‹ Ich aber antwortete: ›Sehet, ich bin geworden wie ihr; und ich wünsche, ihr gäbet mir eine Platte voll Schwärze, mir das Gesicht zu schwärzen, und nähmet mich auf in eure Gesellschaft.‹ ›Bei Allah‹, sprachen sie, ›du sollst nicht bei uns bleiben, heb dich hinweg von hier!‹ Und da sie mich forttrieben trotz meiner Bedrängnis, wobei ich an all das denken mußte, das über mein Haupt gekommen war, verließ ich sie mit betrübtem Herzen und mit Tränen im Auge; und leise sprach ich: ›Ich saß in meiner Fülle da, aber mein Fürwitz war mir zu nah.‹ Dann rasierte ich mir Kinn und Lippen und wanderte auf der Erde Allahs umher. Und Gott bestimmte, daß ich wohlbehalten in Baghdad ankommen sollte zu Beginn dieser Nacht. Hier aber traf ich diese beiden, wie sie ratlos standen; da grüßte ich sie und sprach: ›Ich bin ein Fremder!‹ und sie erwiderte: ›Auch wir sind Fremde!‹ So trafen wir zusammen, wir, die drei Mönche, alle drei blind auf dem linken Auge. Das, o meine Herrin, ist der Grund, weshalb ich mir den Bart abrasierte und weshalb ich mein Auge verlor.‹ Da sprach die Dame zu ihm: ›Führe deine Hand zum Kopf und geh fort!‹ Er aber rief: ›Bei Allah, ich gehe nicht fort, bis ich die Geschichte der anderen gehört habe.‹

Darauf wandte die Dame sich zu dem Kalifen und zu Dscha'far und Masrûr und sprach zu ihnen: ›Erzählt mir eure Geschichte!‹ Nun trat Dscha'far vor und erzählte ihr dieselbe Geschichte, die er der Pförtnerin berichtet hatte, als sie das Haus betraten; und als sie seine Worte angehört hatte, sagte sie: ›Ich schenke euch einander das Leben.‹ Da gingen alle hinaus; und als sie auf der Straße standen, sprach der Kalif zu den Mönchen: ›Ihr Leute, wohin geht ihr jetzt, da doch der Morgen noch nicht dämmert?‹ Sie antworteten: ›Bei Allah, o unser Herr, wir wissen nicht, wohin wir gehen sollen.‹ ›Kommt und verbringt den Rest der Nacht bei uns!‹ sagte der Kalif zu ihnen; und zu Dscha'far: ›Nimm sie mit dir nach Hause, und morgen führe sie vor mich, damit wir aufzeichnen, was ihnen widerfahren ist!‹ Dscha'far tat, wie der Kalif ihm befohlen hatte; darauf ging der Kalif in seinen Palast hinauf. Aber der Schlaf wollte in jener Nacht nicht zu ihm kommen.

Als nun der Morgen kam, setzte er sich auf den Thron seiner Herrschaft; und nachdem die Großen des Reiches sich versammelt hatten, wandte er sich an Dscha'far und sprach zu ihm: ›Bringe mir die drei Damen und die beiden Hündinnen und die Bettelmönche.‹ Da ging Dscha'far hin und führte sie vor ihn; die Damen brachte er verschleiert herein. An diese wandte er sich, indem er sprach: ›Wir vergeben euch, weil ihr zuvor euch freundlich zeigtet, ohne uns zu kennen; jetzt aber möchte ich euch zu wissen tun, daß ihr steht vor dem fünften der Nachkommen des 'Abbâs, vor Harûn er-Raschîd, dem Bruder des Kalifen Mûsa el-Hâdi, dem Sohne des Muhammed el-Mahdi, des Sohnes des Abu Dscha'far el-Mansûr, des Sohnes Muhammeds, des Bruders von es-Saffâh ibn Muhammed. Nun berichtet ihm nichts als lautere Wahrheit!‹ Als die Damen Dscha'fars Worte im Namen des Beherrschers der Gläubigen hörten, trat die älteste vor und sagte: ›O Beherrscher der Gläubigen, mir ist es so ergangen, daß meine Geschichte, würde sie mit Sticheln in die Augenwinkel geschrieben, eine Warnung wäre für jeden, der sich warnen ließe, und guten Rat enthielte für den, der sich raten ließe.

Die Geschichte der ältesten Dame

Ich habe eine seltsame Geschichte, und dies ist sie: Diese beiden schwarzen Hündinnen sind meine Schwestern; denn wir waren drei leibliche Schwestern, von dem gleichen Vater und der gleichen Mutter; die zwei anderen Mädchen aber, die eine mit den Narben und die andere, die Wirtschafterin, sind meine Schwestern von einer anderen Mutter. Als unser Vater starb, nahm eine jede ihr Teil von der Erbschaft. Nach einer Weile starb auch meine Mutter und hinterließ uns dreitausend Dinare; eine jede erhielt als ihr Erbteil tausend Dinare; ich aber war die jüngste unter ihnen. Meine Schwestern statteten sich aus und vermählten sich beide. Und nach einer Weile verschafften sich ihre beiden Gatten Waren, nachdem jeder von seiner Frau tausend Dinare erhalten hatte. Dann reisten sie alle miteinander ab und ließen mich allein. Sie waren fünf Jahre lang fort; während der Zeit verschwendeten die Gatten das Geld und wurden bankerott, und sie verließen ihre Frauen im fremden Lande. Nach den fünf Jahren kam meine älteste Schwester zu mir als Bettlerin, in zerfetzten Kleidern und einem schmutzigen alten Mantel; und sie war im elendesten Zustand. Als ich sie erblickte, war sie mir gänzlich fremd, und ich erkannte sie nicht; aber als ich sie dann erkannte, fragte ich sie: ›Was bedeutet dies?‹ und sie antwortete: ›O Schwester, Worte nützen jetzt nichts mehr; denn das Schicksal hat vollbracht, was uns zugedacht!‹ Da schickte ich sie ins Bad, kleidete sie in ein neues Kleid und sprach zu ihr: ›Liebe Schwester, du ersetzest mir Vater und Mutter; Allah hat das Erbe, das mir zugleich mit euch zuteil ward, gesegnet, und ich lebe dadurch in Wohlstand. Ich habe großen Reichtum; darin will ich mich mit dir teilen.‹ So erwies ich ihr viel Gutes, und sie blieb bei mir ein ganzes Jahr; unsere Gedanken aber waren stets bei unserer anderen Schwester. Ganz kurze Zeit darauf, siehe, da kam sie plötzlich; doch sie war in noch elenderem Zustand als dem, in dem die ältere Schwester gekommen war. Ich aber erwies ihr noch mehr Gutes als der ersten, und beide hatten ihr Teil an allem, was mein war. Nach einer Weile jedoch sagten sie zu mir: ›O Schwester, wir wünschen uns wieder zu vermählen; denn wir können es nicht ertragen, ohne Gatten dazusitzen.‹ Da erwiderte ich ihnen: ›Ihr meine Augen, euch ist es bislang in der Ehe nicht gut gegangen; denn heutzutage ist ein vortrefflicher Mann selten zu finden. Darum sehe ich in eurer Rede keinen Nutzen; auch habt ihr ja schon die Ehe erprobt.‹ Aber sie wollten meinen Rat nicht annehmen und vermählten sich ohne meine Einwilligung; trotzdem gab ich ihnen von meinem Gelde Mitgift und Ausstattung; und so zogen sie davon mit ihren Männern. Doch nach einer kurzen Weile verrieten ihre Gatten sie und nahmen ihnen, was sie besaßen, gingen davon und ließen sie im Stich. Da kamen sie beschämt zu mir, und sie entschuldigten sich und sagten: ›Zürne uns nicht! Du bist zwar jünger als wir an Jahren, aber vollkommener an Einsicht. Wir wollen hinfort nie wieder von Heirat reden; so mache uns zu deinen Dienerinnen, daß wir unsern Bissen essen können.‹ Da rief ich: ›Willkommen, meine Schwestern! Mir ist nichts teurer als ihr.‹ Ich nahm sie auf und war nun doppelt freundlich. Und ein volles Jahr lang blieben wir so beisammen. Da aber beschloß ich, ein Schiff nach Basra auszurüsten; und ich befrachtete ein großes Fahrzeug und belud es mit Waren und Gütern für den Handel, und mit dem Proviant, der für eine Reise nötig ist. Und ich sprach zu meinen Schwestern: ›Wollt ihr zu Hause bleiben, bis ich von meiner Reise zurückkehre, oder begleitet ihr mich lieber?‹ Sie antworteten: ›Wir wollen mir dir reisen; denn wir ertragen die Trennung von dir nicht.‹ So gestattete ich ihnen mitzukommen. Mein Geld aber teilte ich in zwei gleiche Teile, von denen ich den einen mit mir nahm, während ich den anderen aufbewahren ließ; denn ich sagte mir: ›Vielleicht trifft das Schiff ein Unglück, und wir bleiben dennoch am Leben, dann werden wir bei der Rückkehr finden, was für uns von Nutzen ist.‹ Wir fuhren nun einige Tage und Nächte hindurch. Aber das Schiff ging mit uns in die Irre, da der Kapitän nicht auf den Weg geachtet hatte; und so kam es in ein anderes Meer, als das wir suchten. Eine Weile merkten wir das nicht; denn der Wind war uns günstig zehn Tage lang, und als dann der Wächter hinaufstieg, um Ausschau zu halten, rief er: ›Gute Nachricht!‹, stieg erfreut herunter und sagte: ›Ich habe etwas gesehen wie eine Stadt; aber es sieht aus wie eine Taube.‹ Da freuten auch wir uns, und ehe noch eine Stunde verstrichen war, erschien uns in der Ferne eine Stadt. Wir fragten den Kapitän: ›Wie heißt diese Stadt, die wir da vor uns sehen?‹ Doch er erwiderte: ›Bei Allah, ich weiß es nicht; denn ich sah sie noch nie zuvor, noch auch segelte ich jemals in diesem Meere. Doch jetzt ist ja alles zu einem guten Ende gekommen, und ihr braucht nur in diese Stadt hineinzugehen. Leget eure Waren aus; und wenn ihr verkaufen könnt, so verkaufet und kaufet dafür ein, was nur immer dort sein mag! Könnt ihr aber nicht verkaufen, so wollen wir nur zwei Tage liegen bleiben, Vorrat einnehmen und dann weitersegeln.‹ Wir liefen alsbald in den Hafen ein, und der Kapitän ging in die Stadt und blieb eine Weile weg; als er zu uns zurückkam, sagte er: ›Auf! Geht in die Stadt und staunt ob der Werke Allahs an seinen Geschöpfen und betet, daß ihr bewahrt bleibt vor seinem Zorn!‹ So gingen wir denn zur Stadt hinauf, und als ich zum Stadttor kam, sah ich dort Menschen mit Stöcken in den Händen. Wie ich aber näher hinzutrat, zeigte es sich, daß sie durch Gottes Zorn zu Stein verwandelt waren. Dann gingen wir hinein in die Stadt und fanden alle ihre Einwohner in schwarzen Stein verwandelt. Darinnen war keine bewohnte Stätte noch jemand, der ein Feuer angeblasen hätte. Grauen faßte uns bei diesem Anblick, und wir gingen dahin durch die Basare; da fanden wir die Waren noch daliegen, und auch das Geld und das Silber, so wie alles verlassen war. Wir sahen es uns an und sagten: ›Mit alledem hat es wohl eine eigene Bewandtnis.‹ Nun verteilten wir uns in den Straßen der Stadt, und ein jeder verlor den anderen aus dem Auge beim Sammeln des Reichtums, des Geldes wie der kostbaren Stoffe. Ich selber aber ging zur Burg hinauf und fand, daß sie stark befestigt war. Dann trat ich in das Schloß des Königs ein und fand all die Geräte aus Gold und Silber. Auch sah ich den König dasitzen inmitten seiner Kammerherren, seiner Statthalter und seiner Minister; er trug Kleider, die durch ihre Kostbarkeit den Sinn verwirrten. Und als ich näher an den König herantrat, sah ich ihn auf einem Throne sitzen, der eingelegt war mit Perlen und Edelsteinen; sein Gewand war aus Goldtuch, und jeder Edelstein darauf blitzte wie ein Stern. Rings um ihn standen fünfzig Mamluken, gekleidet in mancherlei Seide, gezogene Schwerter in ihrer Hand. Als ich das sah, war ich starr vor Erstaunen; doch ich ging weiter und trat in das Frauengemach ein, dessen Wände behangen waren mit Vorhängen aus goldgestreifter Seide. Und hier sah ich die Königin liegen in einem Gewande, das mit klaren Perlen besetzt war; auf ihrem Haupte war ein Diadem mit vielerlei Edelsteinen, und um ihren Hals hingen Ketten und Geschmeide. Alles, was sie trug, Kleidung und Schmuck, war unberührt, aber sie selber war durch Allahs Zorn zu schwarzem Stein geworden. Nun sah ich eine offene Tür, zu der ging ich; sie führte zu einer Treppe von sieben Stufen. Ich stieg hinauf und kam in einen Saal, getäfelt mit Marmor und ausgestattet mit goldgewirkten Teppichen; in der Mitte stand ein Thron aus Wacholderholz, eingelegt mit Perlen und Edelsteinen und besetzt mit zwei ganz großen Smaragden. Und dort war auch eine Nische, deren Vorhang an einer Perlenschnur herabgelassen war; und ich sah ein Licht aus der Nische hervorstrahlen, stieg hinan und fand einen Edelstein, so groß wie ein Straußenei, der am oberen Ende der Nische auf einem kleinen Throne lag; von dem ging ein helles, weithin scheinendes Licht aus. Jener Thron aber war belegt mit allerlei seidenen Stoffen, die den Beschauer durch ihre Schönheit verwirrten. Als ich das erblickte, erstaunte ich sehr; doch dann sah ich an jenem Orte noch brennende Kerzen, und ich sagte zu mir: ›Irgend jemand muß diese Kerzen angezündet haben.‹ Darauf ging ich weiter und kam in einen anderen Raum; und ich forschte und ging umher in allen Räumen. Dabei vergaß ich mich selbst vor dem Erstaunen über all diese Dinge, das mich gepackt hatte. Und so versank ich in Sinnen, bis die Nacht hereinbrach. Nun wollte ich hinausgehen; aber da ich das

Tor nicht wußte, so verlor ich den Weg, und ich kehrte nach der Nische zurück, wo die brennenden Kerzen waren. Ich setzte mich auf das Lager und hüllte mich ein in eine Decke, nachdem ich ein paar Verse des Korans gesprochen hatte. Dann wollte ich schlafen, aber ich konnte es nicht; denn die Schlaflosigkeit verfolgte mich. Als es Mitternacht ward, hörte ich eine liebliche Stimme den Koran singen; aber die Stimme war ganz leise. Erfreut ging ich der Stimme nach, bis ich an eine Kammer kam, deren Tür ich angelehnt fand. Ich öffnete die Tür und schaute hinein; es war eine Kapelle mit einer Gebetsnische, die von Hängelampen und zwei Kerzen erhellt war. Ein Gebetsteppich war darin ausgebreitet, auf dem ein Jüngling saß, schön anzuschauen. Und vor ihm lag auf ihrem Gestell eine Abschrift des Korans, in der er las. Und ich staunte, daß er allein unter dem Volke der Stadt am Leben war, trat ein und grüßte ihn; und er hob die Augen auf und erwiderte meinen Gruß. Da sprach ich zu ihm: ›Ich beschwöre dich bei dem, was du im Buche Allahs gelesen hast, antworte mir auf meine Frage!‹ Der Jüngling aber sah mich an, lächelte und sprach: ›O Dienerin Allahs, tu mir kund, weshalb du hierhergekommen bist; dann will ich dir kundtun, was sowohl mir wie dem Volke dieser Stadt widerfahren ist und wie ich gerettet wurde.‹ Ich erzählte ihm also meine Geschichte, und er staunte darüber. Dann fragte ich ihn nach der Geschichte des Volkes dieser Stadt, und er antwortete: ›Habe Geduld mit mir eine Weile, o meine Schwester!‹ Darauf schloß er das heilige Buch und barg es in einem Beutel aus Atlas. Er ließ mich dann an seiner Seite Platz nehmen, und ich sah ihn an: siehe, er war wie der Mond, wenn er in voller Schöne am Himmel thront, an Schönheit so reich, von Formen so weich; er war süß anzuschauen wie ein Laib von Zucker, ebenmäßig von Gestalt, wie der Dichter von seiner Art in diesen Versen gesungen hat:

Der Sterndeuter schaute einst, da erschien ihm in der Nacht
Der liebreizende Jüngling in seiner Schönheit Pracht.
Ihm hatte Saturn gegeben sein wunderbar schwarzes Haar
Und ihm die Farbe des Moschus geschenkt für sein Schläfenpaar.
Mars hatte sich beeilt, die Wange ihm rot zu schmücken,
Und der Bogenschütz ihm gesandt die Pfeile aus seinen Blicken.
Merkur hatte ihm verliehen den allerschärfsten Verstand,
Der Große Bär von ihm die Blicke der Neider gewandt.
Da stand der Deuter verwirrt ob dessen, was er erblickt;
Und der Vollmond küßte die Erde vor ihm, der ihn ganz berückt.

Ja wahrlich, Allah der Erhabene hatte ihn gekleidet in das Gewand der Vollkommenheit und hatte es auf seiner Wange umsäumt mit strahlender Lieblichkeit, wie der Dichter von ihm gesungen hat:

Ich schwöre beim Duft seiner Lider und bei seiner schlanken Gestalt,
Und bei den Pfeilen, die er gefiedert mit Zaubergewalt;
Bei seinen weichen Formen, seines Blickes zartem Licht;
Bei seiner weißen Stirn, seinen Locken, so schwarz und dicht;
Und bei der Braue, die mir den Apfel des Auges stiehlt,
Die mich überwältigt, wenn sie verbietet oder befiehlt;
Bei seinen rosigen Wangen, dem Haarflaum, so wunderbar fein,
Und den korallenen Lippen, der Zähne Perlenreihn;
Bei seinem Halse und bei seinem Leibe, der schön sich neigt,

Und der auf seiner Brust Granatapfelblüten zeigt;
Bei seinen schweren Hüften, die beben, mag er gehn
Oder auch ruhn, und bei seinem Leibe, so schlank und schön;
Bei seiner seidigen Haut und bei seinem Atem, so weich,
Ja, bei alledem, was ihn an Schönheit machte so reich;
Bei seiner milchigen Hand, seiner Zunge Redlichkeit,
Und bei seiner edlen Geburt, seiner Macht, so hoch und weit:
Der Moschus hat, wird er bereitet, von ihm nur seinen Duft;
Von seinem Wohlgeruch kommt die Ambrawolke der Luft.
So auch die strahlende Sonne: vor ihm muß sie erbleichen;
Ja, sie kann nicht einmal dem Span seines Nagels gleichen!

Und ich sah ihn an mit einem Blick, der tausend Seufzer der Sehnsucht in mir weckte; und mein Herz war von Liebe zu ihm ergriffen. Ich fragte ihn nun: ›O mein Gebieter, tue mir kund, wonach ich dich fragte.‹ Er antwortete: ›Ich höre und gehorche! Wisse, o Dienerin Allahs, diese Stadt war die Hauptstadt meines Vaters, des Königs, den du auf dem Throne sahest, verwandelt durch Allahs Zorn in schwarzen Stein; und die Königin, die du in der Nische sahest, ist meine Mutter. Sie und alles Volk der Stadt waren Magier, und sie beteten das Feuer an statt des Königs, dem alles untertan; sie schworen bei Feuer und Licht, bei Schatten und Sonnenbrand und bei dem kreisenden Firmament, das die Welt umspannt. Mein Vater aber hatte keinen Sohn, bis er gegen das Ende seines Lebens mit mir gesegnet wurde; und er zog mich auf, bis ich emporwuchs, und das Glück kam mir in allem entgegen. Nun aber lebte bei uns eine hochbetagte Frau, eine Muslimin, die im

Innern an Allah und seinen Propheten glaubte, wenn sie sich äußerlich auch meinem Volke anschloß. Mein Vater setzte volles Vertrauen in sie, da er sie als zuverlässig und tugendhaft kannte, und behandelte sie mit immer wachsender Freundlichkeit; denn er vermeinte ja, daß sie seines Glaubens wäre. Als ich nun fast herangewachsen war, gab mich mein Vater in ihre Obhut und sagte: ›Nimm ihn und erziehe und lehre ihn die Regeln unseres Glaubens; unterrichte ihn gut und pflege ihn sorgsam!‹ Da nahm die Alte mich zu sich und lehrte mich den Glauben des Islams und die göttlichen Vorschriften der Reinigung, der religiösen Waschung und des Gebets, auch ließ sie mich den Koran auswendig lernen und sagte: ›Diene niemandem als Allah dem Erhabenen!‹ Und als ich dies alles in mich aufgenommen hatte, sagte sie zu mir: ›Mein Sohn, verbirg diese Dinge vor deinem Vater und offenbare ihm nichts, damit er dich nicht töte.‹ So verbarg ich es vor ihm und blieb dabei, bis wenige Tage darauf die alte Frau starb. Das Volk der Stadt aber ward in seiner Gottlosigkeit und Anmaßung und seinem Irrtum nur noch ärger. Eines Tages jedoch, während sie noch immer so dahinlebten, siehe, da vernahmen sie einen Rufer, der mit lauter Stimme gleich brüllendem Donner schrie, daß alle nah und fern es hörten: ›Ihr Leute dieser Stadt, laßt ab von der Anbetung des Feuers und betet zu Allah, dem allerbarmenden König!‹ Schrekken befiel die Leute der Stadt, und sie versammelten sich bei meinem Vater, der ja König der Stadt war, und fragten ihn: ›Was bedeutet diese Stimme des Schreckens, die wir gehört haben? Sie hat uns erschüttert durch das Übermaß ihres Grauens.‹ Er aber erwiderte ihnen: ›Lasset die Stimme euch nicht mit Furcht und Schrecken erfüllen oder euch von eurem Glauben abtrünnig machen!‹ Da beugten sich ihre Herzen vor den Worten meines Vaters, und sie ließen nicht ab, das Feuer anzubeten, sondern blieben verstockt in ihrem Götzendienst, bis ein volles Jahr vergangen war, nachdem sie die erste Stimme vernommen hatten. Da erscholl ihnen ein zweiter Ruf, und sie vernahmen ihn und noch einen dritten zu Anfang des dritten Jahres; so hörten sie ihn in jedem der drei Jahre einmal. Doch immer noch verharrten sie in ihrem Frevel, bis eines Tages mit dem Morgengrauen der Grimm und Zorn des Himmels über sie kam; da wurden sie alle in schwarze Steine verwandelt, sie mitsamt ihren Haustieren, großen und kleinen. Und von den Einwohnern dieser Stadt wurde niemand verschont außer mir allein. Seit dem Tage, an dem das Furchtbare geschah, lebe ich nun so, wie du mich siehst, beständig im Gebet und im Fasten, und mit dem Lesen des Korans beschäftigt; aber diese Einsamkeit, in der ich niemanden zur Gesellschaft habe, kann ich jetzt nicht mehr ertragen.‹ Darauf sprach ich zu ihm, der mein Herz gefangengenommen hatte: ›O Jüngling, willst du mit mir zur Stadt Baghdad ziehen und die Schriftgelehrten und Rechtsgelehrten besuchen, daß du wachsest an Weisheit, Verstand und Kenntnis des Glaubens? Und wisse, daß die Dienerin, die vor dir steht, eine Herrin ihres Volkes ist und über Mannen, Eunuchen und Diener gebietet. Ich habe bei mir ein Schiff, beladen mit Waren, und gewißlich trieb mich das Schicksal in diese Stadt, damit ich Kunde erhielt von diesen Dingen; denn es war vorherbestimmt, daß wir uns treffen sollten.‹ Und ich ließ nicht ab, ihn zur Reise zu überreden und mit sanften Worten in ihn zu dringen, bis er bereit war und einwilligte.

Ich schlief nun in jener Nacht zu seinen Füßen, und ich wußte vor Freude kaum, wo ich war. Als aber der Morgen dämmerte, standen wir auf, traten in die Schatzgewölbe ein und nahmen alles, was nicht beschwert und doch von hohem Wert; dann gingen wir vom Schloß zu der Stadt hinab, wo wir die Sklaven und den Kapitän trafen, die nach mir suchten. Als sie mich sahen, freuten sie sich, und ich berichtete ihnen alles, was ich gesehen hatte; ich erzählte ihnen auch die Geschichte des jungen Prinzen und den Grund der Verwandlung dieser Stadt – kurz alles, was ihnen widerfahren war. Da staunten alle darüber; als aber meine Schwestern, diese beiden Hündinnen, mich an der Seite des Jünglings sahen, wurden sie eifersüchtig und zornig und planten Arges gegen mich. Wir gingen nun in Freuden an Bord; wir waren hocherfreut, weil wir so große Güter gewonnen hatten, doch meine größte Freude galt dem Jüngling. Dann warteten wir ab, bis der Wind uns günstig war, hißten die Segel und stachen in See. Meine Schwestern setzten sich zu mir, und wir plauderten; da fragten sie mich: ›O Schwester, was willst du mit diesem schönen Jüngling tun?‹ und ich antwortete: ›Ich will ihn zum Gemahl nehmen!‹ Darauf wandte ich mich zu ihm, trat auf ihn zu und sagte: ›O mein Gebieter, ich will dir einen Vorschlag machen, indem ich keine Abweisung von dir erfahren möchte. Es ist aber dieser: wenn wir nach Baghdad kommen, meiner Heimatstadt, so biete ich als deine Sklavin mich selbst dir zur heiligen Ehe, und du sollst mir Gemahl und ich will dir Gemahlin sein.‹ Er gab zur Antwort: ›Ich höre und gehorche!‹ Und ich wandte mich zu meinen Schwestern und sprach zu ihnen: ›Mir ist dieser Jüngling Genüge; jeder, der von meinem Gut besitzt, mag es behalten!‹ Sie erwiderten mir: ›Du hast recht gehandelt‹; aber sie planten Böses gegen mich. Wir segelten nun immerfort weiter bei günstigem Winde, bis wir aus dem Meere der Gefahr heraus und in das Meer der Sicherheit hineinfuhren. Dann waren wir nur noch wenige Tage unterwegs, bis wir nahe bei der Stadt Basra waren. Ihre Mauern lagen schon sichtbar vor uns, da sank der Abend über uns herein. Als uns nun der Schlaf umfangen hielt, erhoben sich meine Schwestern, trugen mich mit meinem Bett und warfen mich ins Meer; und sie taten das gleiche mit dem jungen Prinzen. Er aber konnte nicht gut schwimmen und ertrank; und Allah nahm ihn auf unter die Glaubenszeugen. Und ich, ach wäre ich doch mit ihm ertrunken! Aber Allah hatte bestimmt, daß ich gerettet wurde; denn als ich mich im Meere befand, ließ er mir einen Balken zuteil werden, den ich erkletterte; und die Wellen warfen mich hin und her, bis sie mich auf der Küste einer Insel landeten. Ich ging den Rest jener Nacht auf der Insel umher; und als der Morgen dämmerte, sah ich einen Pfad, so schmal, daß gerade ein Menschenfuß darauf treten konnte; der stellte eine Verbindung zwischen Insel und Festland her. Sobald nun die Sonne aufgegangen war, trocknete ich meine Kleider in der Sonnenwärme, aß von den Früchten der Insel und trank von ihrem Wasser; dann wanderte ich auf dem Fußpfad und ging so lange, bis ich dem Festlande nahe war. Als aber zwischen mir und der Stadt nur noch zwei Stunden Weges waren, siehe, da flog jählings eine große Schlange auf mich zu, so dick wie eine Dattelpalme; wie sie mir so entgegenkam, sah ich, daß sie bald nach rechts und bald nach links glitt, bis sie mir ganz nahe war; und ihre Zunge hing eine Spanne weit aus ihrem Maule zu Boden und fegte der Länge nach durch den Staub. Und hinter ihr war ein Drache, der verfolgte sie; er war lang und dünn, etwa von der Länge einer Lanze. Sie floh vor ihm und wandte sich nach rechts und nach links, aber schon packte er sie am Schwanz; da flossen ihre Tränen, und ihre Zunge hing noch weiter heraus, weil sie so eilig floh. Mich erfaßte Mitleid mit ihr, und so griff ich einen Stein auf und warf ihn nach dem Kopf des Drachen, der auf der Stelle verendete; da entfaltete die Schlange zwei Flügel und flog zum Himmel empor, bis sie mir aus den Augen schwand. Ich aber setzte mich voll Staunen über dieses Abenteuer nieder; denn ich war müde und schläfrig, und so schlief ich eine Weile ein. Doch als ich erwachte, sah ich ein Mädchen mir zu Füßen sitzen; sie hatte zwei schwarze Hündinnen bei sich und rieb meine Füße. Da schämte ich mich vor ihr, setzte mich auf und fragte sie:

›Schwester, wer bist du?‹ Und sie erwiderte: ›Wie bald du mich vergessen hast! Ich bin die, für die du eine gute Tat vollbrachtest; du sätest die Saat der Dankbarkeit und tötetest meinen Feind; denn ich bin die Schlange, die du von dem Drachen befreitest. Ich bin eine Dämonin, und dieser Drache war ein Dämon; er war mein Feind, und meine Rettung ist allein durch dich gekommen. Als du mich aber von ihm befreit hattest, flog ich auf dem Winde zu dem Schiff, aus dem dich deine Schwestern warfen, und ich trug alles, was darin war, in dein Haus. Das Schiff versenkte ich, und deine Schwestern verwandelte ich in diese beiden schwarzen Hündinnen; denn ich weiß alles, was dir von ihnen widerfahren ist; der Jüngling aber ist ertrunken.‹ Dann hob sie mich und die beiden Hündinnen empor und brachte uns auf das Dach meines Hauses; im Innern des Hauses aber fand ich alle Güter, die auf dem Schiffe gewesen waren, ohne daß etwas verloren gegangen wäre. Dann sprach sie, die die Schlange gewesen, zu mir: ›Bei den Zeichen, die auf dem Ringe unseres Herrn Salomo – über ihm sei Friede! – eingegraben sind: wenn du nicht jeden Tag einer jeden dieser zwei Hündinnen dreihundert Schläge austeilst, so will ich kommen und dich ebenso verzaubern wie jene.‹ Ich erwiderte: ›Ich höre und gehorche!‹ Und seither, o Beherrscher aller Gläubigen, habe ich nie unterlassen, ihnen die Zahl der Schläge auszuteilen; doch ich habe Mitleid mit ihnen, und sie wissen, daß es nicht meine Schuld ist, wenn sie gegeißelt werden, und verzeihen es mir. Dies ist meine Geschichte und meine Erzählung!‹

Der Kalif geriet darob in Erstaunen. Dann sprach er zu der zweiten Dame: ›Und du, wie kamest du zu den Narben auf deinem Leibe?‹ Da begann sie

Die Geschichte der Pförtnerin

›O Beherrscher der Gläubigen, ich hatte einen Vater, der mir bei seinem Tode großen Reichtum hinterließ. Ich blieb nach seinem Hinscheiden noch kurze Zeit ledig und vermählte mich dann mit einem Manne, der als der Glückseligste unter seinen Zeitgenossen galt. Ein Jahr lebte ich mit ihm zusammen; da starb auch er, und mein Anteil an seinem Erbe betrug nach dem heiligen Gesetz achtzigtausend Dinare in Gold. So wurde ich überreich, und mein Ruf verbreitete sich überall; und ich ließ mir zehn Kleider machen, von denen ein jedes tausend Dinare kostete. Eines Tages nun, als ich zu Hause saß, siehe, da trat ein altes Weib zu mir ein, mit Backen, die eingefallen waren, und Brauen arm an Haaren; ihre Augen quollen heraus, und ihre Zähne fielen aus; voll von Flecken war ihr Gesicht, trüb ihrer Augen Licht, und ihr Kopf war gleichsam verpicht; aschgrau war ihr Haar, ihr Leib voller Krätze gar, ihre Farbe wechselte immerdar; ihre Gestalt war schief, ihre Nase lief, wie einst der Dichter über sie rief:

Die Unglücksalte! Ihr wird ihre Jugendzeit nicht vergeben,
Und an ihrem Todestage erfreut sie sich keiner Gnaden.
Sie kann wohl an die tausend Maultiere, die flüchtig geworden,
Kraft ihrer Listen lenken mit einem Spinnenfaden.

Als die Alte eintrat, grüßte sie mich, küßte den Boden vor mir und sprach zu mir: ›Ich habe daheim eine Waisentochter, und für heute nacht habe ich ihre Hochzeit und ihren Brautzug gerüstet. Wir sind aber fremd in dieser Stadt und kennen keinen ihrer Bewohner, und unser Herz ist gebrochen. So verdiene du dir den Lohn des Himmels und sei zugegen bei ihrem Brautzug; und wenn die Damen unserer Stadt vernehmen, daß du gekommen bist, so werden auch sie erscheinen; und du wirst ihren Kummer heilen, denn sie ist betrübten Sinnes, und sie hat niemanden außer Allah dem Erhabenen!‹ Und sie weinte und küßte mir die Füße und sprach diese Verse:

Dein Kommen ist uns eine Ehre,
Und dieses wollen wir verkünden:
Wenn du uns fernbleibst, werden wir,
Dich zu ersetzen, keinen finden.

Da faßte mich Mitleid und Erbarmen, und ich sagte: ›Ich höre und willige ein!‹ Dann fuhr ich fort: ›Ich werde, so Gott der Erhabene will, noch einiges mehr für sie tun; ich werde sie mit meinen Gewändern, meinem Schmuck und meiner Ausstattung ihrem Gemahl zuführen.‹ Da freute sich die Alte, und sie neigte den Kopf bis zu meinen Füßen, küßte sie und sagte: ›Allah vergelte dir mit Gutem und tröste dein Herz, wie du das meine getröstet hast! Aber, o Herrin, sorge dich nicht, mir diesen Dienst zu dieser Stunde zu tun; sei bereit gegen Abend, dann will ich kommen und dich holen.‹ Und sie küßte mir die Hand und ging ihres Weges. Ich machte mich also zurecht; und dann stand auch schon die Alte, die zurückgekehrt war, vor mir und sprach: ›O meine Herrin, siehe, die Damen der Stadt sind gekommen; denn ich habe ihnen gesagt, daß du zugegen sein würdest, und da freuten sie sich. Jetzt erwarten sie dich und harren deiner Ankunft.‹ Da warf ich meinen Mantel um und nahm meine Mädchen mit mir; und ich ging, bis wir in eine Straße kamen, wohlbesprengt und sauber gefegt, und die Luft darin war von einem frischen Hauch bewegt. Dann traten wir ein in ein Tor, überwölbt mit einer Kuppel aus Marmorgestein, von festem Bau, und kamen zu dem Tor des Palastes, der ragte empor vom Erdboden, bis er sich in den Wolken verlor; und über dem Tor standen diese Verse geschrieben:

Ich bin ein Haus, erbaut für Freuden,
Für Lust und Frohsinn all meine Zeit.
In meinem Hofe fließt ein Brunnen
Mit Wasser, das von Sorgen befreit;
Drauf ruht von Anemonen und Myrten,
Narzissen und Chrysanthemen ein Kleid.

Als wir bei dem Tore ankamen, pochte die Alte, und uns wurde aufgetan. Wir traten ein und fanden eine Vorhalle, die mit Teppichen belegt war; dort hingen brennende Lampen, und dort standen Leuchter, besetzt mit Edelsteinen und Juwelen. Wir gingen durch die Vorhalle und traten dann in einen Saal ein, der seinesgleichen nicht hat. Er war behangen und ausgelegt mit seidenen Teppichen; dort hingen brennende Lampen, und dort standen Leuchter in doppelten Reihen; am oberen Ende des Saales aber stand ein Lager aus Wacholderholz, das eingelegt war mit Perlen und Edelsteinen und überdacht von einem Baldachin aus perlenbesetzem Atlas. Kaum hatten wir das gesehen, so trat aus dem Baldachin ein junges Mädchen hervor; ich blickte sie an, o Beherrscher der Gläubigen, und siehe, sie war vollkommener als der Mond, wenn er sich füllt, und ihre Stirn glich dem Lichte des Morgens, wenn es am Himmel aufquillt, so wie der Dichter sagte, als er sang:

Du wärest wohl bestimmt für das Brautgemach des
Kaisers;
Unter des Perserkönigs Erwählten die züchtigste
Maid! –
Sie trägt auf ihren Wangen die roten Blätter der Rose;
Wie schön sind doch jene Wangen im drachenblut-
farbigen Kleid!
Schlank ist sie, und ihre Blicke erglänzen matt und
versonnen;
Sie vereinet in sich allein aller Schönheiten Pracht.
Es ist, als ob ihre Locke über der Stirn ihr schwebte

Wie über dem Morgen der Freuden die sorgenvolle
Nacht.

Da trat das Mädchen herab aus dem Baldachin und sagte zu mir: ›Willkommen und herzlichen Gruß meiner Schwester, der vielgeliebten, erlauchten!‹ Dann sprach sie diese Verse:

Wüßte das Haus, wer es besucht, es würde sich
freuen
Und selig die Stätte küssen, die du betreten hast.
Es würde mit stummer Sprache reden und laut
verkünden:
Herzlich willkommen sei der edle, hochherzige
Gast!

Darauf setzte sie sich nieder und sagte zu mir: ›Meine Schwester, siehe, ich habe einen Bruder, der dich zuweilen bei Hochzeiten und auf Festen gesehen hat; er ist ein Jüngling, schöner als ich, und sein Herz ist in heißer Liebe zu dir entbrannt, denn das gütige Geschick hat in dir alle Schönheit und Anmut vereinigt. Er hat gehört, daß du eine Herrin bist unter deinem Volk, und auch er ist ein Herr unter seinem Volk. Darum möchte er sein Leben an das deine binden; und so ersann er diese List, um mich mit dir zusammenzuführen. Er wünscht sich mit dir zu vermählen nach der Vorschrift Allahs und seines Propheten; und in dem, was recht ist, liegt keine Schande.‹ Als aber ich ihre Worte hörte und sah, daß ich in dem Hause gefangen war, erwiderte ich: ›Ich höre und willige ein!‹ Sie war erfreut und klatschte in die Hände; und eine Tür tat sich auf, und heraus trat ein Jüngling, in der Jugend Blütezeit, angetan mit einem herrlichen Kleid; eine Gestalt, dem Ebenmaß geweiht, der Schönheit und Lieblichkeit, der Anmut und Vollkommenheit, der zartesten Freundlichkeit; mit Brauen gleich einem Bogen, der zum Pfeilschuß bereit, und Augen, die alle Herzen berücken durch Zauber, der ihnen die erlaubte Magie verleiht; so wie ein Dichter von seinesgleichen sagt:

Sein Antlitz ist dem des Neumondes gleich;
Wie die Perle an strahlender Schönheit reich.

Und wie herrlich sprach doch jener Dichter:

Der Schönheit Preis ist sein. Gepriesen ist Allah
Und hocherhaben; denn Er schuf ihn und gab ihm
Gestalt.
Er hat aller Anmut Gaben in sich allein vereinet;
Alle Menschen sind verwirrt ob seiner Anmut Gewalt.
Die Schönheit selber schrieb ihm auf die Wange sein;
Ich bezeuge, es gibt keinen Schönen außer ihm ganz
allein.

Als ich ihn ansah, neigte sich mein Herz ihm zu, und ich gewann ihn lieb. Er setzte sich mir zur Seite, und ich sprach eine Weile mit ihm. Dann klatschte das Mädchen wiederum in ihre Hände, und siehe, eine Seitentür tat sich auf, und es erschien der Kadi mit vier Zeugen. Sie grüßten uns, setzten sich und entwarfen den Ehevertrag zwischen mir und dem Jüngling und gingen wieder fort. Da wandte der Jüngling sich zu mir und sagte: ›Gesegnet sei unsre Nacht!‹ Dann fuhr er fort: ›Meine Herrin, ich muß dir eine Bedingung auferlegen.‹ Ich fragte: ›Mein Gebieter, was für eine Bedingung?‹ Da erhob er sich, brachte mir eine Abschrift des heiligen Buches und sprach: ›Schwöre, daß du nie einen anderen ansehn willst als mich, noch ihm deine Neigung schenken!‹ Das schwor ich ihm, und er war hocherfreut und umarmte mich, derweilen die Liebe zu ihm mein ganzes Herz ergriff. Dann setzte man die Tische vor uns hin, und wir aßen und tranken, bis wir gesättigt waren. Und als die Nacht gekommen war, führte er mich in das Brautgemach und küßte und umarmte mich immerfort bis zum Morgen. So lebte ich mit ihm ein Leben des Glücks und der Freude einen vollen Monat lang; da aber bat ich ihn um die Erlaubnis, in den Basar zu gehen und mir einige Stoffe zu kaufen, und er gab mir die Erlaubnis dazu. So zog ich mir den Mantel an, nahm die Alte mit und eine Sklavin, ging zum Basar und setzte mich dort in den Laden eines jungen Kaufmanns, den die Alte kannte; denn sie sprach zu mir: ›Dieses Jünglings Vater starb, als er ein Kind war, und hinterließ ihm großen Reichtum; er hat einen großen Warenvorrat, und bei ihm wirst du finden, was du suchst, denn es hat niemand im ganzen Basar schönere Stoffe als er.‹ Darauf sagte sie zu ihm: ›Zeig dieser Dame die kostbarsten Stoffe, die du besitzest!‹ und er versetzte: ›Ich höre und gehorche!‹ Nun begann sie, sein Lob zu singen; doch ich sagte: ›Wir verlangen nicht sein Lob von dir zu hören; wir wollen das, was wir brauchen, von ihm nehmen und nach Hause zurückkehren.‹ Er brachte mir also alles, was ich suchte; und ich bot ihm sein Geld, doch er weigerte sich, irgend etwas zu nehmen, und sagte: ›Dies sei heute euer Gastgeschenk bei mir!‹ Ich aber sagte zu der Alten: ›Wenn er das Geld nicht will, so gib ihm seine Stoffe zurück!‹ ›Bei Allah‹, rief er, ›nichts will ich von dir nehmen; aber dies alles gebe ich hin für einen einzigen Kuß; denn der ist mir kostbarer als alles, was in meinem Laden ist.‹ Die Alte fragte: ›Was soll der Kuß dir nützen?‹ Doch mir flüsterte sie zu: ›Meine Tochter, hörst du, was dieser Jüngling sagt? Was soll es dir wohl schaden, wenn er einen Kuß von dir erhält und du so das bekommst, was du wünschest?‹ Ich aber sagte: ›Weißt du nicht, daß ich durch einen Eid gebunden bin?‹ Sie gab zur Antwort: ›Laß ihn dich küssen, doch sprich nicht mit ihm; so trifft dich keine Schuld, und du behältst dein Geld!‹ Und sie ließ nicht ab, mir die Sache schön vorzustellen, bis ich den Kopf in die Schlinge steckte und darein willigte. Dann verschleierte ich mir die Augen und verbarg mein Antlitz hinter der einen Seite meines Mantels vor den Leuten. Nun legte er unter meinem Schleier seinen Mund an meine Wange; aber als er mich küßte, biß er mich so scharf, daß er mir ein Stück Fleisch aus der Wange riß. Da ward ich ohnmächtig; doch die Alte fing mich in ihren Armen auf. Und als ich zu mir kam, sah ich den Laden verschlossen, und die Alte bezeugte mir ihre Trauer und sagte: ›Allah hat noch Schlimmeres abgewendet!‹ Dann fuhr sie fort: ›Komm, laß uns nach Hause gehen! Fasse dir ein Herz, ehe du ins Gerede kommst. Und wenn du zu Hause angelangt bist, so lege dich nieder und stelle dich krank; ich werde eine Decke über dich breiten und dir eine Arznei bringen, durch die du diesen Biß heilen und bald wieder gesund werden wirst!‹ So stand ich nach einer Weile auf, in äußerster Besorgnis; und Angst befiel mich, doch ich ging langsam weiter, bis ich das Haus erreichte; dort legte ich mich sofort wie krank nieder. Als aber die Nacht hereinbrach, kam mein Gatte herein und fragte: ›Was ist's, das dir widerfuhr, meine Herrin, auf diesem Ausgang?‹ Ich erwiderte ihm: ›Mir ist nicht wohl, mein Kopf schmerzt mich.‹ Er zündete jedoch eine Kerze an, trat nahe zu mir, sah mich an und sprach: ›Was für eine Wunde ist das, die ich da auf deiner Wange sehe, und gerade im zartesten Teil?‹ Darauf sagte ich: ›Als ich heute mit deiner Erlaubnis ausging, um die Stoffe zu kaufen, stieß mich ein mit Brennholz beladenes Kamel an, zerriß meinen Schleier und verwundete mir die Wange, wie du es siehest; denn wahrlich, die Straßen dieser Stadt sind eng.‹ ›Morgen‹, rief er, ›werde ich zu dem Statthalter der Stadt gehen und ihm sagen, er solle alle Holzverkäufer dieser Stadt an den Galgen hängen.‹ ›Um Gottes willen‹, sagte ich, ›lade dir keine Schuld auf! In Wahrheit ritt ich auf einem Esel, und er stolperte mit mir, so daß ich zu Boden fiel; und ich stieß auf ein Stück Holz, das zerriß mir die Wange und brachte mir diese Wunde bei.‹ ›Dann‹, sagte er, ›will ich morgen zu

Dscha'far, dem Barmekiden, gehen und ihm die Geschichte erzählen, so wird er alle Eseltreiber in dieser Stadt töten lassen.‹ ›Willst du‹, sagte ich, ›all diese Leute um meinetwillen vernichten? Was mir widerfahren ist, geschah doch durch die Schickung und Fügung Allahs.‹ Aber er versetzte: ›Es geht nicht anders‹; und indem er auf die Füße sprang, drang er mit Worten in mich, so lange, bis ich ihn verabscheute und heftige Worte gegen ihn gebrauchte. Da aber, o Beherrscher aller Gläubigen, erkannte er, wie es um mich stand, und rief: ›Du hast deinen Schwur gebrochen.‹ Und er stieß einen lauten Schrei aus; da tat sich eine Tür auf, und aus ihr traten sieben schwarze Sklaven heraus. Diesen befahl er, mich aus dem Bett zu reißen und mich mitten im Zimmer niederzuwerfen. Einem Sklaven befahl er darauf, mich bei den Schultern zu packen und sich mir zu Häupten hinzuhocken; und einem zweiten, sich auf meine Knie zu setzen und mir die Füße festzuhalten. Dann kam ein dritter mit einem Schwerte in der Hand; zu dem sprach er: ›Mein Freundchen, triff sie und zerschlage sie in zwei Teile, und je einer nehme den einen Teil und werfe ihn in den Tigris, damit die Fische sie fressen! Dies ist der Lohn dessen, der den Schwur und die Liebe bricht!‹ Und seine Wut stieg noch mehr, und er sprach diese Verse:

Müßt ich mich in meine Liebe mit einem anderen teilen,
Ich risse sie mir aus der Seele, stürbe ich gleich vor Leid.
Und ich spräche zu ihr: ›O Seele, mein Tod ist edel!
Nichts Gutes bringet die Liebe, liegt sie mit dem Gegner im Streit.‹

Darauf sagte er nochmals zu dem Sklaven: ›Triff sie, o Sa'd!‹ Als so der Sklave des Befehles sicher war, neigte er sich zu mir herab und sagte: ›O meine Herrin, sprich das Bekenntnis, und wenn du noch irgendwelche Bestimmungen zu treffen wünschest, so nenne sie mir; denn wahrlich, dies ist deine letzte Stunde.‹ ›Guter Sklave‹, sagte ich, ›warte mit mir noch eine kleine Weile, damit ich dir meine letzten Wünsche sagen kann!‹ Dann hob ich den Kopf und sah, wie es nun um mich stand und wie ich aus dem höchsten Glück in die tiefste Schmach gestürzt war; da flossen meine Tränen, und ich weinte bitterlich. Mein Gatte aber sah mich mit den Augen des Zornes an und sprach die Verse:

Sag ihr, die unsere Liebe verschmähte und uns verstieß,
Und die einem anderen Freund ihre Huld zuteil werden
ließ:
›Wir haben genug von dir, eh du uns ein Gleiches getan;
Was zwischen uns geschehen, widert schon längst mich
an!‹

Als ich das hörte, o Beherrscher der Gläubigen, da weinte ich, blickte ihn an und sprach diese Verse:

Du trenntest mich von der Liebe und ließest dich ruhig
nieder;
Du machtest die wunden Lider mir schlaflos und
schliefest dann.
Du ließest zu meinem Auge die wachen Nächte
einkehren;
Doch mein Herz vergaß dich nicht, und meine Träne
rann.
Du schlossest mit mir einen Bund, du würdest die Treue
halten;
Doch als du mein Herz besaßest, da verrietest du mich.
Ich liebte dich wie ein Kind und wußte nichts von der
Liebe;
Darum töte mich nicht; ein Lehrling der Liebe bin ich!
Ich bitte dich bei Allah, bin ich gestorben, so schreibe
Auf meines Grabes Tafel: ›Ein Sklave der Liebe ruht
hier.‹

Vielleicht tritt ein Betrübter, der Liebesqualen kennet,
Zum Herzen der Liebenden einst und hat Erbarmen mit
mir.

Als ich mein Lied geendet hatte, weinte ich von neuem; doch als er das Lied hörte und mich weinen sah, packte ihn Wut über Wut, und er sprach diese Verse:

Der Herzens Geliebte verließ ich nicht überdrüssig in
Willkür.
Nein, sie beging ein Verbrechen, das führte die
Trennung herbei.
Sie wollte in unserer Liebe noch einen Gefährten haben:
Doch meines Herzens Glaube neigt nicht zur
Vielgötterei.

Als er seine Verse geendet hatte, weinte ich wiederum und demütigte mich vor ihm; denn ich sagte zu mir selber: ›Ich will mit Worten auf ihn wirken; so wird er mir vielleicht doch den Tod erlassen, wenn er mir auch alles nimmt, was ich habe.‹ Also klagte ich ihm, was ich erlitten, und sprach die Verse:

Bei deinem Leben, wärst du gerecht, du ließest mich
leben.
Doch ist die Trennung beschlossen, wird's keinen
Gerechten geben.
Du ludest auf mich der Sehnsucht Qual, doch laß dir
sagen:
Ich bin zu schwach und zu matt, mein eigenes Hemd zu
tragen.
Ich staune nicht, daß ich sterben muß; nur das allein
Erstaunt mich, wird mein Leib ohne dich zu erkennen
sein.

Als ich mein Lied geendet hatte, weinte ich wieder; doch er sah mich an; schrie mich an und schmähte mich und sprach diese Verse:

Du wandtest dich von mir zur Liebe eines andern,
Du hast die Trennung verursacht; doch nicht so handelte ich.
Ich werde dich verlassen, wie du mich zuerst verließest;
Und ich werde ohne dich leben, so wie du lebst ohne mich.
Eine andre werde ich lieben, wie du einen andern liebtest;
Den Bruch der Liebe lad ich nicht auf mich, sondern auf dich.

Als er seine Verse geendet hatte, rief er dem Sklaven nochmals zu: ›Spalte sie und erlöse uns von ihr; denn sie gilt uns nichts mehr!‹ Doch während wir noch, o Beherrscher der Gläubigen, uns gegenseitig mit Versen anredeten und wie ich mich schon auf den Tod gefaßt gemacht, mit dem Leben abgeschlossen und meine Sache Gott anvertraut hatte, siehe, da kam die Alte hereingestürzt, warf sich meinem Gatten zu Füßen, küßte sie ihm, weinte und rief: ›O mein Sohn, bei meiner Pflege an dir und bei meinem Dienst für dich, verzeih dieser Frau; denn wahrlich, sie hat keine Schuld begangen, die ein solches Schicksal verdiente. Du bist noch ein sehr junger Mann, und ich fürchte, du wirst durch sie eine Schuld auf dich laden; denn es heißt: Wer da tötet, der soll getötet werden. Was liegt an dieser buhlerischen Person? Laß sie von dir gehen und vertreib sie aus deinem Sinn und deinem Herzen!‹ Dann weinte sie und ließ nicht ab, in ihn zu dringen, bis er nachgab und sagte: ›Ich vergebe ihr; aber ich muß ihr eine Spur aufprägen, die ihr Leben lang auf ihr bleiben soll.‹ Darauf befahl er den Sklaven, mich über den Boden zu schleifen, mir die Kleider herunterzureißen und mich auszustrecken; und während die Sklaven mich festhielten, holte der Jüngling einen Quittenzweig herbei, fiel damit über meinen Leib her und schlug immerfort auf Rücken und Flanken, bis ich die Besinnung verlor vor der Gewalt der Schläge und am Leben verzweifelte. Da nun befahl er den Sklaven, sie sollten mich gleich nach Einbruch der Dunkelheit forttragen, die Alte mitnehmen, die ihnen den Weg zeigen konnte, und mich in das Haus werfen, das ich früher bewohnt hatte. Und sie taten nach ihres Herrn Geheiß, warfen mich nieder in meinem Hause und gingen ihrer Wege davon. Ich aber blieb in meiner Ohnmacht liegen, bis der Tag anbrach; dann behandelte ich meine Wunden mit Pflastern und Arzneien und suchte meinen Leib zu heilen; aber meine Seiten behielten die Narben der Rute, wie du sie gesehen hast. Doch vier Monate lang lag ich krank und ans Bett gefesselt, bis ich mich endlich erholte und gesund wurde. Dann ging ich zu dem Hause, in dem mir all dies widerfahren war, und ich fand es verwüstet; die Straße war von Anfang bis Ende niedergerissen, und an der Stätte des Hauses lagen Schutthaufen; wie das geschehen war, konnte ich nicht erfahren. Da ging ich zu dieser meiner Schwester von Vaters Seite und fand bei ihr diese beiden schwarzen Hündinnen. Ich grüßte sie und berichtete ihr, was mir widerfahren war, und erzählte ihr meine ganze Geschichte; sie erwiderte: ›Liebe Schwester, wer ist's, der den Unbilden der Zeit entronnen wäre? Dank sei Allah, daß du mit dem Leben davongekommen bist.‹ Und sie sprach:

> Das Schicksal ist immer so. Ertrage es mit Geduld,
> Verlierst du dein Gut oder mußt du vom Geliebten dich
> trennen!

Dann erzählte sie mir ihre eigene Geschichte und alles, was ihr mit ihren Schwestern widerfahren war und wie sie verwandelt waren; und wir lebten zusammen, ohne daß wir je wieder von der Ehe sprachen. Nach einer Weile aber schloß sich uns diese Dame an, die Wirtschafterin, die jeden Morgen ausgeht und uns alle Dinge einkauft, deren wir für den Tag und die Nacht bedürfen; und so lebten wir bis zum gestrigen Tage. An ihm ging unsere Schwester wie gewöhnlich aus, um für uns einzukaufen; und dann geschah, was uns geschah, durch die Ankunft des Lastträgers und dieser drei Bettelmönche. Wir plauderten mit ihnen, ließen sie zu uns hereinkommen und bewirteten sie freigebig; doch es war erst ein kleiner Teil der Nacht verstrichen, da kamen drei ehrenwerte Kaufleute aus Mosul zu uns und erzählten uns ihre Geschichte. Wir plauderten mit ihnen, aber nur unter einer Bedingung, die sie verletzten; da behandelten wir sie gemäß ihrem Vertrauensbruch. Doch fragten wir sie alle nach ihren Erlebnissen; und sie berichteten uns ihre Geschichte und was ihnen widerfahren war. Daraufhin verziehen wir ihnen; so gingen sie von uns, und heute morgen wurden wir unerwartet vor dich geführt. Und das ist unsere Geschichte!‹

Der Kalif aber staunte darüber und befahl, diese ganze Geschichte in den Chroniken aufzuzeichnen und im königlichen Archiv niederzulegen. Dann aber fragte er das älteste Mädchen: ›Weißt du, wo die Dämonin ist, die deine Schwestern verzauberte?‹ Sie erwiderte: ›O Beherrscher der Gläubigen, sie gab mir eine Locke ihres Haares und sagte: ›Wenn du je wünschest, daß ich erscheine, so verbrenne eins von diesen Haaren, und ich werde unverzüglich bei dir sein, wäre ich auch jenseits des Berges Kaf.‹ Da sprach der Kalif: ›Bring mir das Haar!‹ Die Dame brachte es; und der Kalif nahm es und verbrannte es. Als aber der Duft des brennenden Haares aufstieg, da erbebte der Palast; man hörte ein Rauschen und Krachen, und siehe, da erschien die Dämonin. Da sie eine Muslimin war, so sprach sie: ›Friede sei mit dir, o Stellvertreter Allahs!‹ und er erwiderte: ›Auch mit dir sei Friede und Allahs Gnade und sein Segen!‹ Dann fuhr sie fort: ›Wisse, dies Mädchen säte für mich die Saat der Güte, und ich kann es ihr nicht genug vergelten, denn sie rettete mich vom Tode und tötete meinen Feind. Nun hatte ich gesehen, wie ihre Schwestern gegen sie gehandelt haben, und ich sah es als meine Pflicht an, Rache an ihnen zu nehmen. Erst wollte ich beide töten; doch ich besorgte, das könnte ihr zu schwer zu ertragen sein, und so verzauberte ich sie in Hündinnen. Jetzt aber, wenn du ihre Befreiung wünschest, o Beherrscher der Gläubigen, so will ich sie dir und ihr zu Gefallen befreien; denn ich gehöre zu den Muslimen.‹ Der Kalif antwortete: ›Befreie sie, und nachher wollen wir uns mit der Sache der geschlagenen Dame befassen und alles genau untersuchen; wenn sie sich als wahr erweist, so will ich an dem, der ihr unrecht tat, Vergeltung für sie üben.‹ Die Dämonin fuhr fort: ›O Beherrscher der Gläubigen, ich will sie befreien und will dir auch den entdecken, der an diesem Mädchen also handelte und ihr unrecht tat und ihr nahm, was sie besaß; denn er steht dir von allen Menschen am nächsten!‹ Darauf nahm die Dämonin eine Schale Wassers und sprach einen Zauber darüber und murmelte Worte, die ich nicht verstand; und sie besprengte die Gesichter der Hündinnen und sagte: ›Kehret in eure frühere menschliche Gestalt zurück!‹ Da kehrten sie in die Gestalt zurück, die sie früher gehabt hatten. Dann sprach die Dämonin: ›O Beherrscher der Gläubigen, wahrlich, der dieses Mädchen schlug, ist dein Sohn el-Amîn, der Bruder von el-Ma'mûn; er hatte von ihrer Schönheit und Anmut gehört, und er brauchte eine List gegen sie und vermählte sich mit ihr nach dem Gesetz. Ihm kann man keine Schuld vorwerfen, wenn er sie schlug; denn er erlegte ihr eine Bedingung auf und nahm ihr einen feierlichen Eid ab, eines nicht zu tun. Sie aber brach ihr Gelübde, und da wollte er sie töten; doch er fürchtete Allah den Erhabenen, geißelte sie in dieser Weise und schickte sie in ihr Haus zurück. Dies ist die Geschichte des zweiten Mädchens; doch Allah weiß es am besten.‹ Als der Kalif diese Worte der Dämonin hörte und erfuhr, wer das Mädchen geschlagen hatte, geriet er in höchstes Staunen und sagte: ›Preis sei Allah, dem Erhabenen und Allmächtigen, der mir gnädig war und bewirkte, daß diese beiden Mädchen von der Verzauberung und der Folter befreit wurden, und der mich in Seiner Gnade bekannt machte mit der Geschichte dieses Mädchens! Jetzt will ich, bei Allah, eine Tat tun, die man nach meinem Tode aufzeichnen wird.‹ Darauf ließ er seinen Sohn el-Amîn holen und fragte ihn nach der Geschichte des zweiten Mädchens; und der erzählte alles der Wahrheit gemäß. Dann ließ der Kalif die Kadis und die Zeugen vor sich rufen, ebenso die drei Mönche und das erste Mädchen mit ihren Schwestern, die verzaubert gewesen waren; und er vermählte die drei mit den drei Bettelmönchen, die ja berichtet hatten, daß sie Könige wären, und ernannte diese zu Kammerherren an seinem Hofe und teilte ihnen Einkünfte zu und alles, dessen sie bedurften, und gab ihnen Wohnung im Palast zu Baghdad. Und das Mädchen mit den Narben gab er seinem Sohne el-Amîn zurück, und er erneuerte zwischen ihnen die Ehe und gab ihr großen Reichtum und ließ das Haus noch schöner als zuvor von neuem erbauen. Er selber jedoch nahm zur Gemahlin die Wirtschafterin und schlief in selbiger Nacht mit ihr; und am nächsten Tage bestimmte er ihr ein Haus und Sklavinnen zu ihrem Dienst, setzte Einkünfte für sie fest und gab ihr einen Platz unter seinen Gemahlinnen. Das Volk staunte ob der Großmut des Kalifen, seiner natürlichen Wohltätigkeit und seiner Weisheit; der Kalif aber wiederholte den Befehl, man solle alle diese Geschichten in seine Annalen eintragen.

4.

Die Geschichte von den drei Äpfeln

Man erzählt, o größter König der jetzigen Zeit, der dem Jahrhundert und Weltalter seinen Namen leiht, daß der Kalif Harûn er-Raschîd eines Nachts seinen Wesir Dscha'far rufen ließ und zu ihm sagte: ›Ich möchte hinuntergehen in die Stadt und die Leute des Volkes befragen über die, so mit ihrer Leitung betraut sind; und jeden, über den sie klagen, wollen wir seines Amtes entsetzen, und wen sie loben, den wollen wir befördern.‹ Dscha'far erwiderte: ›Ich höre und gehorche!‹ So zog nun der Kalif mit Dscha'far und Masrûr hinab in die Stadt, und sie gingen durch die Basare und Straßen. Und als sie durch eine enge Gasse schritten, sahen sie einen sehr alten Mann mit einem Fischnetz und einem Korb auf dem Kopfe und einem Stab in der Hand; und indem er langsam dahinging, sprach er die Verse:

Sie sagen zu mir wohl: ›Du bist in der Welt
Durch dein Wissen gleichwie die mondhelle Nacht.‹
Ich sag: ›Laßt mich mit euren Reden in Ruh;
Das Wissen bedeutet doch nichts ohne Macht!
Verpfändet man mich und mein Wissen mit mir,
Dazu jedes Buch und das Tintengerät
Um Brot eines Tages – das Pfand käm zurück,
Man würf's zum Papier, darauf Abweisung steht.
Der Arme –, o sehet, des Armen Geschick,
Das Leben des Armen, wie trüb ist es doch!
Im Sommer, da fehlt ihm das tägliche Brot,
Im Winter wärmt er sich am Kohlentopf noch.
Die Hunde der Straße stehn auf gegen ihn,
Und jeder Gemeine schreit schimpfend ihn an;

Wenn er seine Lage bei jemand beklagt,
So tut ihn ein jegliches Geschöpf in den Bann.
Kommt nur solch ein Los auf den Armen herab,
So wär es das beste, er läge im Grab!«

Als der Kalif seine Verse hörte, sprach er zu Dscha'far: ›Sieh diesen armen Mann und höre sein Lied; denn wahrlich, das deutet auf seine Not!‹ Dann wandte der Kalif sich zu dem Alten und fragte: ›O Scheich, was ist dein Gewerbe?‹ Jener erwiderte: ›O Herr, ich bin ein Fischer, und habe daheim Weib und Kind. Um Mittag ging ich von Hause fort und bin bis jetzt unterwegs; aber Allah hat mir nichts zuerteilt, womit ich den Meinen Brot schaffen könnte. Ich bin des Lebens überdrüssig und sehne mich nach dem Tode.‹ Da sprach der Kalif: ›Willst du mit uns zum Tigris zurückkehren, am Ufer stehen und auf mein Glück hin dein Netz auswerfen? Was auch heraufkommt, ich will es um hundert Goldstücke von dir kaufen.‹ Der Alte freute sich, als er diese Worte hörte, und rief: ›Gern will ich mit euch zurückgehen.‹ Darauf kehrte der Fischer mit ihnen zum Flusse zurück, warf sein Netz aus und wartete eine Weile; als er dann die Stricke einzog und das Netz ans Ufer holte, lag eine Kiste darin, verschlossen und schwer an Gewicht. Wie der Kalif die erblickte, faßte er sie an und fand, daß sie sehr schwer war. Da gab er dem Fischer hundert Dinare, und der ging seiner Wege; Masrûr und Dscha'far aber hoben die Kiste auf und trugen sie hinter dem Kalifen in den Palast. Dort zündeten sie Kerzen an. Und als nun die Kiste vor dem Kalifen stand, gingen Dscha'far und Masrûr daran und brachen sie auf; sie fanden darin einen Korb aus Palmblättern, der mit roten Wollfäden zugenäht war. Den schnitten sie auf und erblickten in ihm ein Stück Teppich; und als sie dies aufhoben, fanden sie einen Frauenmantel, und in ihm sahen sie einen jungen Frauenkörper, der schön war wie ein Barren

Silbers, aber tot und zerstückelt. Als der Kalif dies erblickte, war er tief betrübt, und die Tränen rannen ihm auf die Wange herab; er wandte sich aber zu Dscha'far und sagte: ›Du Hund von Wesir, sollen da Menschen unter meiner Herrschaft ermordet und in den Fluß geworfen werden, so daß ich am Tage des Gerichts ihretwegen zur Verantwortung gezogen werde? Bei Allah, ich muß diese Frau an ihrem Mörder rächen, und ich will ihn des ärgsten Todes sterben lassen!‹ Und er sagte ferner zu Dscha'far: ›So wahr ich von dem Kalifen aus dem Hause des 'Abbâs abstamme, wenn du uns den nicht bringst, der sie ermordet hat, damit ich sie an ihm rächen kann, so werde ich dich am Tore meines Palastes aufhängen lassen, dich und vierzig deiner Vettern.‹ Und der Kalif war von heftigem Zorn entflammt. Da trat Dscha'far vor ihm zurück und bat ihn: ›Gib mir drei Tage Frist!‹ Der Kalif erwiderte: ›Ich gewähre sie dir.‹ Nun ging Dscha'far betrübt zur Stadt hinab, indem er bei sich selber sprach: ›Wie soll ich in Erfahrung bringen, wer diese Frau ermordet hat, daß ich ihn vor den Kalifen bringen kann? Bringe ich ihm einen andern als den Mörder, so werde ich dereinst für ihn zur Verantwortung gezogen werden. Ich weiß nicht, was ich tun soll.‹ Dann blieb er drei Tage zu Hause; und am vierten Tage schickte der Kalif einen der Kammerherren, um ihn zu holen. Und als er vor den Kalifen trat, fragte dieser: ›Wo ist der Mörder der Frau?‹ Dscha'far erwiderte: ›O Beherrscher der Gläubigen, bin ich der Hüter der Ermordeten, daß ich ihren Mörder kennen müßte?‹ Da ward der Kalif zornig und befahl, ihn vor dem Palaste aufzuhängen; ferner befahl er einem Rufer, in den Straßen von Baghdad auszurufen: ›Wer da sehen möchte, wie Dscha'far, der Barmekide, der Wesir des Kalifen, mit vierzig der Barmekiden, seinen Vettern, vor dem Tore des Kalifenpalastes gehängt wird, der möge kommen und es sich ansehen!‹ Das Volk strömte herbei aus allen Teilen der

Stadt, um zu sehen, wie Dscha'far und seine Vettern gehängt würden; doch niemand wußte, warum sie hingerichtet werden sollten. Derweilen errichtete man die Galgen und stellte die Verurteilten unter ihnen zur Hinrichtung auf; man wartete nur noch darauf, daß der Kalif durch das bestimmte Zeichen den Befehl geben würde. Das Volk aber weinte um Dscha'far und seine Vettern. Da kam plötzlich ein Jüngling, schön von Angesicht und mit schneeweißen Kleidern angetan; sein Antlitz glich dem Mondenschein, sein Auge dem schwarzen Edelstein, seine Stirn war glänzend rein, rot seine Wangen, von zartgrauem Flaum umfangen, drin sah man ein Mal wie ein Amberkörnchen prangen. Er bahnte sich unermüdlich einen Weg durch die Menge, bis er vor Dscha'far stand; da rief er: ›Du bist gerettet aus dieser Pein, o du der Emire Herr, der Armen Hort und Wehr! Ich bin es, der jene, die ihr tot in der Kiste gefunden habt, ermordet. Man hänge mich auf und sühne sie an mir!‹ Als Dscha'far die Worte und das Geständnis des Jünglings hörte, freute er sich über seine eigene Rettung, aber er trauerte um den schönen Jüngling; und während sie noch sprachen, siehe, da drängte sich ein uralter, hochbetagter Greis durch die Menge, und er bahnte sich einen Weg durch die Massen, bis er zu Dscha'far und dem Jüngling kam. Er grüßte sie und sprach: ›O du Wesir, der Fürsten ragende Zier, glaube den Worten dieses Jünglings nicht! Denn niemand hat die Frau ermordet als ich; sühne sie an mir! So du es nicht tust, werde ich dich vor Allah dem Erhabenen zur Rechenschaft ziehen.‹ Aber der Jüngling sprach: ›O Wesir, dies ist ein alter Greis, der faselt und nicht weiß, was er sagt; ich bin es, der sie ermordet hat, also sühne sie an mir.‹ Der Alte rief: ›O mein Sohn, du bist jung und liebst die Welt, ich aber bin alt und bin der Welt überdrüssig; ich will mein Leben als Lösegeld für dich darbringen und für den Wesir und seine Vettern. Niemand hat die Frau ermordet als ich;

darum beschwöre ich euch bei Gott, hängt mich sofort auf! Denn mir bleibt kein Leben, da ihres dahin ist.‹ Als der Wesir dies alles erlebte, erstaunte er, und er nahm den Jüngling und den Alten und führte sie beide vor den Kalifen. Er küßte den Boden und sprach: ›O Beherrscher der Gläubigen, ich bringe dir den Mörder der Frau!‹ Der Kalif fragte: ›Wo ist er?‹ Dscha'far antwortete: ›Dieser Jüngling sagt: ich bin der Mörder; doch dieser Alte straft ihn Lügen und sagt: ich bin der Mörder; und siehe, hier stehen die beiden vor dir!‹ Da sah der Kalif den Alten und den Jüngling an und fragte: ›Wer von euch hat jene Frau getötet?‹ Der Jüngling erwiderte: ›Ich‹; und der Alte: ›Niemand hat sie getötet als ich.‹ Da befahl der Kalif dem Dscha'far: ›Nimm sie und laß sie alle beide aufhängen‹; doch nun warf Dscha'far ein: ›Da nur einer von ihnen der Mörder ist, so wäre es ein Unrecht, den andern zu hängen.‹ Der Jüngling aber rief: ›Bei dem, der die Himmelsfeste errichtete und die Erde hinbreitete wie einen Teppich: ich bin es, der die Frau getötet hat! Und dies ist die Art, wie sie zu Tode kam.‹ Als er dann schilderte, was der Kalif gefunden hatte, war dieser überzeugt, daß der Jüngling der Mörder der Frau war. Er wunderte sich aber darüber, wie es um die beiden stehen mochte, und fragte: ›Aus welchem Grunde hast du diese Frau so unmenschlich zu Tode gebracht? Und aus welchem Grunde hast du den Mord eingestanden ohne Bastonade, bist selbst hierher gekommen und sprichst: sühnet sie an mir?‹ Da erwiderte der Jüngling: ›Wisse, o Beherrscher der Gläubigen, diese Frau war mein Weib und meine Base; und dieser Alte ist ihr Vater, er ist der Bruder meines Vaters. Ich vermählte mich mit ihr, als sie noch Jungfrau war, und Allah segnete mich durch sie mit drei männlichen Kindern; sie liebte mich und diente mir, und ich sah nichts Arges in ihr, denn auch ich war ihr in herzlicher Liebe zugetan. An dem ersten Tage dieses Monats nun verfiel sie in eine schwere Krankheit, und ich rief Ärzte zu ihr; aber die Genesung kam nur ganz langsam. Dann wollte ich sie ins Bad führen, aber sie sagte: ›Ich wünsche etwas, ehe ich in das Bad gehe, und ich habe danach ein großes Verlangen.‹ Ich sprach: ›Ich höre und gehorche; was ist es?‹ Sie antwortete: ›Mich verlangt nach einem Apfel, um an ihm zu riechen und ein bißchen davon zu beißen.‹ Auf der Stelle ging ich in die Stadt und suchte nach Äpfeln, aber ich konnte keine finden; und doch, hätte auch ein einziger ein Goldstück gekostet, ich hätte ihn gekauft. Da war ich betrübt, ging nach Hause und sagte: ›O Tochter meines Oheims, bei Allah, ich kann keinen finden!‹ Und sie war enttäuscht, denn sie war noch schwach, und ihre Schwäche nahm stark zu in jener Nacht; so verbrachte ich die Nacht in Sorgen. Als der Morgen dämmerte, ging ich wiederum von Hause fort, zog von Garten zu Garten, fand aber nirgends Äpfel. Schließlich traf ich einen alten Gärtner, den fragte ich nach Äpfeln, und er erwiderte: ›Mein Sohn, diese Frucht ist selten zu finden, und jetzt fehlt sie hier ganz; sie findet sich nur noch in dem Garten des Beherrschers der Gläubigen zu Basra, wo der Gärtner sie für den Kalifen hält.‹ Nun kehrte ich nach Hause zurück; und meine große Liebe zu meinem Weibe trieb mich dazu, daß ich mich zur Reise entschloß und mich rüstete. Ich machte mich auf und wanderte fünfzehn Tage und Nächte hinaus und wieder nach Hause, und ich brachte ihr drei Äpfel, die ich von dem Gärtner in Basra für drei Dinare erstanden hatte. Aber als ich eintrat und sie ihr reichte, hatte sie keine Freude an ihnen und ließ sie beiseite liegen; denn ihre Schwäche und ihr Fieber hatten zugenommen, und ihre Krankheit dauerte unvermindert noch zehn Tage lang, dann erst wurde sie langsam gesund. So verließ ich das Haus und begab mich in meinen Laden und saß dort beschäftigt mit meinem Kaufmannsberufe. Während ich nun um Mittag dasaß, siehe, da ging ein schwarzer Sklave an mir vorbei; der hielt in seiner Hand einen der drei Äpfel und spielte damit. Ich rief ihn an: ›Mein guter Sklave, woher hast du diesen Apfel? Ich möchte mir einen gleichen kaufen.‹ Da lachte er und sagte: ›Den habe ich von meiner Geliebten erhalten; denn ich war fortgewesen, und als ich wiederkam, fand ich sie krank und neben ihr drei Äpfel. Da sagte sie zu mir: ›Mein Mann, der Hahnrei, hat ihretwegen eine Reise nach Basra gemacht und sie für drei Dinare erstanden. So nahm ich den einen davon.‹ Als ich diese Worte von dem Sklaven hörte, o Beherrscher der Gläubigen, da wurde die Welt mir vor den Augen schwarz; ich stand auf, verschloß meinen Laden und ging nach Hause, außer mir vor rasender Wut. Und ich sah nach den Äpfeln, fand aber nur zwei; da fragte ich mein Weib: ›Wo ist der dritte?‹ Sie antwortete: ›Ich weiß es wirklich nicht!‹ Da war ich überzeugt, daß der Sklave die Wahrheit gesprochen hatte; und ich nahm ein Messer und trat von hinten an sie heran, sagte kein Wort, sprang ihr auf die Brust, stieß ihr das Messer in den Hals und schnitt ihr den Kopf ab. Dann legte ich sie eilends in einen Korb, nachdem ich sie mit einem Frauenmantel bedeckte, ihn zugenäht und auch noch ein Stück Teppich auf sie gelegt hatte. Das Ganze tat ich in eine Kiste, verschloß sie und lud sie auf mein Maultier; und warf sie mit eigenen Händen in den Tigris. Ich beschwöre dich bei Allah, o Beherrscher der Gläubigen, laß mich sofort hängen! Denn ich fürchte, sie wird mich zur Verantwortung ziehen am Tage des Gerichts. Als ich sie nämlich in den Tigris geworfen hatte, ohne daß jemand davon wußte, ging ich nach Hause und fand meinen ältesten Sohn in Tränen, und doch wußte er nichts von dem, was ich an seiner Mutter begangen hatte. Ich fragte ihn: ›Worüber weinest du, mein Sohn?‹ Er erwiderte: ›Ich hatte mir einen der Äpfel genommen, die bei der Mutter lagen, und ich ging mit ihm hinunter auf die Straße, um mit den Brüdern zu spielen; da kam ein langer schwarzer Sklave und riß ihn mir weg und sagte: ›Woher hast du den?‹ Ich sagte: ›Mein Vater hat eine Reise darum gemacht und ihn aus Basra geholt für meine Mutter, und die ist krank; er hat drei Äpfel für drei Dinare gekauft.‹ Er aber behielt den Apfel und kümmerte sich nicht um mein Bitten. Dann bat ich ihn zum zweiten und zum dritten Male; aber er kümmerte sich nicht um mich, ja, er schlug mich und ging mit dem Apfel davon. Doch ich hatte Angst, die Mutter würde mich um des Apfels willen schlagen, und so ging ich mit den Brüdern aus Furcht vor ihr zur Stadt hinaus und blieb dort, bis es Abend wurde; und ich habe immer noch Angst vor ihr. Bei Allah, o mein Vater, sag ihr nichts davon; sonst wird ihr Leiden wohl noch schlimmer!‹ Als ich aber hörte, was der Knabe sagte, da wußte ich, daß der Sklave mein Weib gemein verleumdet hatte; und es wurde mir zur Gewißheit, daß ich mit ihrer Ermordung ein großes Unrecht begangen hatte. Darauf weinte ich bitterlich; und alsbald trat dieser Alte, mein Vaterbruder und ihr Vater, zu mir ein. Ihm berichtete ich, was geschehen war; und er setzte sich neben mir nieder und weinte, und wir hörten nicht auf zu weinen bis Mitternacht. Seit fünf Tagen klagen wir um sie und trauern darüber, daß sie zu Unrecht getötet wurde. All das kommt nur von dem Sklaven her, und er ist die Ursache ihres Todes. Doch ich beschwöre dich bei der Ehre deiner Väter, töte mich sofort! Ich mag nach ihrem Tode nicht mehr leben. Sühne sie an mir!‹ Als der Kalif die Worte des Jünglings hörte, staunte er und sprach: ›Bei Allah, ich will niemand hängen lassen als den verfluchten Sklaven, und ich will eine Tat tun, die soll dem Kranken Heilung bringen und des allglorreichen Königs Gefallen erringen.‹ Darauf wandte er sich zu Dscha'far und sprach zu ihm: ›Schaff mir diesen verfluchten Sklaven zur Stelle, von dem dies Verhängnis ausgegangen ist! Schaffst du ihn nicht herbei, so wirst du an seiner Statt sterben.‹ Dscha'far ging weinend davon, indem er bei sich sprach: ›Zwei Tode drohten mir schon, aber nicht alleweil bleibt der Krug heil. In dieser Sache wird menschliche Klugheit zuschanden; nur Er, der mich das erste Mal rettete, kann mich auch zum zweiten Male retten. Bei Allah, ich will drei Tage lang mein Haus nicht verlassen; dann mag die Gottheit tun, wie es ihr gefällt.‹ So blieb er drei Tage in seinem Hause, und am vierten Tage ließ er die Kadis rufen und die Zeugen, und er setzte seinen letzten Willen auf und nahm weinend Abschied von seinen Kindern. Doch alsbald trat der Bote des Kalifen bei ihm ein und sagt: ›Der Beherrscher der Gläubigen ist im heftigsten Zorn; er hat nach dir gesandt und geschworen, er wolle diesen Tag nicht verstreichen lassen, ohne daß er dich gehängt sähe.‹ Als Dscha'far diese Botschaft hörte, weinte er, und seine Kinder und Sklaven und alle, die im Hause waren, weinten mit ihm. Und als er von allen Abschied genommen hatte, außer von seiner jüngsten Tochter, trat er zu ihr, um auch von ihr Abschied zu nehmen; die liebte er mehr als all seine andern Kinder. Er drückte sie an seine Brust und küßte sie und weinte, daß er sich von ihr trennen mußte; und dabei fühlte er in ihrer Tasche etwas Rundes und fragte sie: ›Was hast du da in deiner Tasche?‹

›Väterchen‹, erwiderte sie, ›das ist ein Apfel, auf dem der Name unseres Herrn, des Kalifen geschrieben steht. Raihân, unser Sklave, hat ihn mir vor vier Tagen gebracht, und er wollte ihn mir nicht geben, bis er von mir zwei Dinare dafür erhielt.‹ Wie Dscha'far von jenem Sklaven und dem Apfel hörte, freute er sich und griff mit der Hand in die Tasche seiner Tochter, zog den Apfel hervor, erkannte ihn und rief: ›O du, dessen Hilfe so nahe war!‹ Darauf befahl er, den Sklaven zu bringen, und als dieser kam, sagte er zu ihm: ›Heda, Raihân! Woher hast du diesen Apfel?‹ ›Bei Allah, Herr‹, erwiderte er, ›wenn die Lüge helfen kann, so kann die Wahrheit doch noch viel besser helfen! Ich habe diesen Apfel nicht aus deinem Palast gestohlen, noch aus dem königlichen Palaste, noch aus dem Garten des Beherrschers der Gläubigen. Die Sache ist so: Vor fünf Tagen ging ich aus, und als ich in eine der Gassen der Stadt kam, sah ich Knaben beim Spiel, und einer von ihnen hatte diesen Apfel. Ich riß ihn ihm weg und schlug ihn, und er weinte und rief: ›Du Mann, dieser Apfel gehört meiner Mutter, und die ist krank. Sie hatte sich von meinem Vater einen Apfel gewünscht; da ist er nach Basra gereist und hat ihr drei Äpfel für drei Dinare gebracht. Einen davon habe ich mir genommen, um damit zu spielen.‹ Dann weinte er wieder, aber ich kümmerte mich nicht darum und nahm den Apfel und kam hierher; und meine kleine Herrin kaufte ihn mir ab um zwei Golddinar; das ist die ganze Geschichte.‹ Als Dscha'far diese Worte hörte, staunte er, daß der Mord des Mädchens und all dies Elend hatte durch einen Sklaven verursacht werden können; und es tat ihm leid, daß es gerade sein Sklave war, aber er freute sich doch der eigenen Rettung und sprach die Verse:

Wenn ein Unheil kommt durch einen Sklaven,
Bringe ihn statt deiner ins Gericht!
Denn du wirst noch viele Diener finden,
Doch ein zweites Leben findst du nicht.

Dann nahm er den Sklaven bei der Hand und führte ihn vor den Kalifen und erzählte ihm die Geschichte von Anfang bis zu Ende; da geriet der Kalif in höchstes Staunen und lachte, bis er auf den Rücken fiel, und befahl, daß die Geschichte aufgezeichnet und dem Volk bekanntgegeben würde. Dscha'far aber sagte: ›Staune nicht, o Beherrscher der Gläubigen, über dies Abenteuer, denn es ist nicht wunderbarer als die Geschichte des Wesirs Nûr ed-Dîn Alî von Ägypten.‹ Da sprach der Kalif: ›Her damit! Aber was könnte seltsamer sein als dies Abenteuer?‹ Dscha'far erwiderte: ›O Beherrscher der Gläubigen, ich erzähle sie dir nur unter der einen Bedingung, daß du meinen Sklaven vom Tode begnadigst.‹ Der Kalif darauf: ›Wenn sie wunderbarer ist als das, was wir jetzt erlebt haben, so schenke ich dir sein Blut; doch wenn nicht, so werde ich deinen Sklaven töten lassen.‹ Da begann Dscha'far

Die Geschichte der Wesire Nûr ed-Dîn und Schems ed-Dîn

›Wisse, o Beherrscher der Gläubigen, es lebte in alter Zeit im Lande Ägypten ein Sultan, ein echtes Vorbild der Gerechtigkeit; den Armen war er ein Vater, die Gelehrten waren seine Berater; er hatte einen Wesir, verständig und klug, der für die Regierung weise Fürsorge trug. Dieser Wesir war ein sehr alter Mann, und er hatte zwei Söhne, die waren wie zwei Monde; nie wurden ihresgleichen an Schönheit und Anmut gesehen. Der älteste hieß Schems ed-Dîn Mohammed und der jüngere Nûr ed-Dîn 'Alî; aber der jüngere übertraf den älteren an Zartheit und Lieblichkeit, so daß die Bewohner ferner Länder von ihm hörten und nach seinem Land kamen, um seine Schönheit zu sehen. Nun begab es sich, daß ihr Vater starb; da trauerte der Sultan um ihn, und er bezeugte den beiden Söhnen sein Wohlwollen, zog sie an sich heran, kleidete sie in Ehrengewänder und sagte zu ihnen: ›Ihr sollt an der Stelle eures Vater stehen; seid in eurem Herzen nicht betrübt!‹ Jene freuten sich darob und küßten vor ihm den Boden, und sie hielten die Totenfeier für ihren Vater einen vollen Monat lang; dann aber traten sie ihr Amt als Wesire an, und die Macht ging in ihre Hände über, wie sie in der Hand ihres Vaters gelegen hatte. Sooft der Sultan zu reisen wünschte, reiste einer von den beiden mit ihm. Eines Abends nun, als die Reihe an dem Älteren war, mit dem Sultan zu reisen, geschah es, daß sie miteinander im Gespräch saßen; da sagte der Ältere zu dem Jüngeren: ›Mein Bruder, es ist mein Wunsch, daß wir beide, ich und du, uns in derselben Nacht vermählen.‹ ›Tu, wie du wünschest, mein Bruder‹, erwiderte der Jüngere, ›siehe, ich stimme allem bei, was du sagst.‹ So wurden sie sich darüber einig. Ferner aber sagte der Ältere zu seinem Bruder: ›Wenn Allah es so bestimmt, daß wir uns mit zwei Mädchen verloben, uns mit ihnen in derselben Nacht vermählen und sie am selben Tag niederkommen, und wenn durch Allahs Willen dein Weib einen Sohn gebiert und mein Weib eine Tocher, so wollen wir sie einander vermählen, denn sie sind Bruderskinder.‹ Nun fragte Nûr ed-Dîn: ›Mein Bruder, was verlangst du von meinem Sohne als Morgengabe für deine Tochter?‹ Jener antwortete: ›Ich verlange von deinem Sohne für meine Tocher dreitausend Dinare und drei Gärten und drei Ackergüter; es wäre sehr ungehörig, wenn der Jüngling den Vertrag um weniger schlösse.‹ Als aber Nûr ed-Dîn diese Forderung hörte, sprach er: ›Eine solche Brautgabe kannst du dir doch nicht von meinem Sohn ausbedingen! Weißt du nicht, daß wir Brüder sind und durch Allahs Gnade Wesire von gleichem Amt? Es geziemt sich für dich, deine Tochter meinem Sohne ohne Morgengabe darzubieten; und wenn durchaus eine Morgengabe gemacht werden soll, so setze irgendeinen Scheinwert fest für das Auge der Welt. Denn du weißt gar wohl, daß der männliche Sproß wertvoller ist als der weibliche; mein Kind ist ein männliches, und unser Gedächtnis wird durch ihn fortgepflanzt, nicht durch deine Tochter.‹ ›Was ist mir ihr?‹ fragte Schems ed-Dîn. Nûr ed-Dîn antwortete: ›Unser Gedächtnis unter den Emiren wird nicht durch sie fortgepflanzt werden, aber du willst gegen mich handeln wie jener Mann, von dem erzählt wird, daß er zu seinem Freunde, der zu ihm kam und sich mit einer Bitte an ihn wandte, sagte: ›Im Namen Allahs, ich will deine Bitte erfüllen, aber morgen!‹

Und als Antwort sprach der Bittsteller den Vers:

Wenn die Erfüllung der Bitten auf ›Morgen‹ verschoben wird,
Ist es für den, der versteht, einer Abweisung gleich.‹

Da sprach Schems ed-Dîn: ›Ich sehe, du läßt es an Achtung fehlen, und du hältst deinen Sohn für wertvoller als meine Tochter; es ist kein Zweifel, dir gebricht es an Verstand und an Lebensart. Du erinnerst an das gemeinsame Amt, und doch ließ ich dich nur aus Mitleid am Ministeramt teilnehmen, damit du mir ein Gehilfe und Handlanger wärest, bei Allah, so will ich nie und nimmer meine Tochter mit deinem Sohn vermählen, nicht einmal, wenn du sie mit Gold aufwägen würdest.‹ Als Nûr ed-Dîn seines Bruders Worte hörte, ergrimmte er und sprach: ›Auch ich werde nie und nimmer meinen Sohn mit deiner Tochter vermählen.‹ Schems ed-Dîn aber rief darauf: ›Ich gäbe nie meine Zustimmung dazu, daß er ihr Gatte würde! Stände ich nicht im Begriff, eine Reise anzutreten, ich würde an dir ein Exempel statuieren; aber kehre ich von meiner Reise heim, so sollst du sehen, und ich will dir zeigen, was meine Würde erheischt.‹ Als Nûr ed-Dîn solche Worte von seinem Bruder hörte, ward er von Zorn erfüllt und wie von Sinnen; aber er verbarg seine Empfindungen. Beide Brüder verbrachten die Nacht getrennt voneinander. Als dann der Morgen dämmerte, zog der Sultan aus im Prunk und fuhr hinüber von Kairo nach Gîze und machte sich auf nach den Pyramiden, begleitet von dem Wesir Schems ed-Dîn. Was aber seinen Bruder Nûr ed-Dîn betrifft, so verbrachte er jene Nacht im grimmigsten Zorn; und als der Morgen dämmerte, erhob er sich, sprach das Morgengebet und ging zu seiner Schatzkammer. Dort nahm er eine kleine Satteltasche, füllte sie mit Gold, und indem er an die Worte seines Bruders und die Verachtung, die er ihm bezeugt hatte, dachte, sprach er diese Verse:

Reise! Du findest Ersatz für ihn, von dem du dich trennst.
Mühe dich ab! Denn die Süße des Lebens besteht in der Mühe.
Das Stillesitzen, deucht micht, bringt weder Ansehn noch Einsicht,
Nein, nur ein kümmerlich Dasein; drum lasse die Heimat und ziehe!
Ich habe gesehn, wie die Ruhe des Wassers ihm Fäule bringet;
Doch fließt es, so ist es frisch; wo nicht, bleibt's trübe stehen.
Nähme der Mond nicht ab, so würde das Auge des Menschen
Nicht immerdar auf ihn schauen, um seine Zeichen zu sehen.
Verließe der Löwe nicht sein Lager, er fände keine Beute;
Verließe der Pfeil nicht den Bogen, er würde sein Ziel nicht erreichen.
Bleibet das Gold in der Mine, so gleicht es doch nur dem Staube;
Und Aloe ist in der Erde dem Brennholze zu vergleichen.
Doch geht dies in die Ferne, so ist es kostbar an Wert.
Und Aloe wird in der Ferne noch höher als Gold geehrt.

Als er sein Lied geendet hatte, befahl er einem seiner jungen Diener, er solle die nubische Maultierstute mit ihrem gepolsterten Sattel bedecken; sie war ein stahlgraues Tier, ihren Rücken sah man, einer hohen Kuppel vergleichbar, sich emporrecken; ihr Sattel war aus Gold, ihre Steigbügel waren aus Indien gebracht, auf ihr lag eine Schabracke von persischer Pracht, und sie glich einer Braut, geschmückt für die Hochzeitsnacht. Auch befahl er ihm, eine seidene Decke auf den Sattel zu legen und darüber einen Gebetsteppich, die Satteltaschen aber so, daß sie unter dem Gebetsteppich zu beiden Seiten herunterhingen. Darauf sagte er zu dem Diener und den Sklaven: ›Ich gedenke einen Ausflug zu machen außerhalb der Stadt, und zwar will ich in die Gegend von Kaljûb reiten; drei Nächte werde ich draußen nächtigen, und keiner von euch folge mir, denn meine Brust fühlt sich beklommen!‹ Eilends bestieg er die Maultierstute und ritt, versehen mit etwas Wegzehrung, aus Kairo hinaus und in das offene Land hinein. Kaum war es Mittag, da zog er schon in die Stadt Bilbais ein, wo er abstieg, sich ausruhte, auch sein Maultier ruhen ließ und einiges von seiner Zehrung zu sich nahm. Und er kaufte in Bilbais Essen für sich und Futter für die Stute, und dann ritt er von neuem in die Wüste hinaus. Und kaum war es Nacht, da kam er in einen Ort, der es-Sa'dîje hieß, dort brachte er die Nacht zu. Er nahm ein wenig von seiner Wegzehrung und aß es; dann legte er die Satteltaschen als Kopfkissen hin, breitete die Decke aus und schlief im Freien, immer noch vom Zorne beherrscht. So verbrachte er die Nacht. Als aber der Morgen dämmerte, stieg er auf und ritt weiter auf seinem Maultier so lange, bis er die Stadt Aleppo erreichte, wo er in einer der Herbergen abstieg und drei Tage blieb, um sich und dem Maultier Ruhe zu gönnen und die Luft zu genießen. Dann entschied er sich, weiterzureisen, bestieg wiederum sein Maultier und zog dahin, ohne zu wissen, wohin er sich begab; er reiste ohne Aufenthalt, bis er die Stadt Basra erreicht hatte, aber er wußte nicht, wo er war. Er kehrte in einem Chân ein, nahm die Satteltasche von dem Maultier herunter und breitete den Teppich aus; das Tier übergab er samt dem Geschirr dem Pförtner, damit er es herumführte. Der nahm es und führte es herum. Nun aber traf es sich, daß der Wesir von Basra am Fenster seines Palastes saß; und er sah das Maultier und das kostbare Geschirr an ihm und glaubte, dies sein ein Parademaultier, wie Wesire und Könige es reiten; und er dachte darüber nach, und sein Sinn ward ganz bezaubert. Schließlich sagte er zu einem seiner Diener: ›Bring mir den Pförtner da!‹ Der Diener ging und brachte den Pförtner; der trat heran und küßte den Boden vor dem Wesir, der ein hochbetagter Mann war. Darauf fragte dieser den Pförtner: ›Wer ist der Besitzer dieses Maultiers, und was für ein Mann ist er?‹ Jener erwiderte: ›O Herr, der Besitzer dieses Maultiers ist ein junger Mann von angenehmen Wesen, ein ernster und feiner, wohl von den Kaufleuten einer.‹ Als der Wesir die Worte des Pförtners gehört hatte, stand er flugs auf, bestieg sein Roß und ritt zum Chân, um den Jüngling zu besuchen. Wie aber Nûr ed-Dîn den Wesir kommen sah, stand er auf, ging ihm entgegen und begrüßte ihn. Der Wesir hieß ihn willkommen, stieg ab von seinem Roß, umarmte ihn, ließ ihn an seiner Seite sitzen und fragte: ›Mein Sohn, von wannen kommst du, und was suchest du?‹ ›Hoher Herr‹, versetzte Nûr ed-Dîn, ›ich komme aus der Stadt Kairo, in der mein Vater weiland Wesir war; aber er ist zu der Barmherzigkeit Allahs des Erhabenen eingegangen‹; und er erzählte ihm alles, was ihm widerfahren war, von Anfang bis zu Ende, und fügte hinzu: ›Ich habe bei mir beschlossen, nie wieder heimzukehren, bis ich alle Städte und Länder besucht habe.‹ Als aber der Wesir seine Worte vernahm, sprach er zu ihm: ›Mein Sohn, höre nicht auf die Stimme der Leidenschaft, daß sie dich nicht ins Verderben stürze! Denn wahrlich, viele Länder sind wüste Strecken, und ich bin um dich besorgt wegen der Wechselfälle der Zeit.‹ Darauf ließ er die Satteltaschen, die Decke und den Teppich auf das Maultier laden und nahm Nûr ed-Dîn mit sich in sein eigenes Haus; dort gab er ihm ein schönes Zimmer und erwies ihm Ehren und Wohltaten, da er ihn sehr liebgewonnen hatte. Und er sagte zu ihm: ›Mein Sohn, hier lebe ich, ein alter Mann, und ich habe keinen Sohn, aber Allah hat mich mit einer Tochter gesegnet, die dir an Schönheit gleichkommt; und ich habe viele, die um sie freiten, abgewiesen. Aber die Liebe zu dir hat mein Herz erfaßt; willst du also meine Tochter als deine Dienerin annehmen und ihr Ehgemahl werden? Wenn du dazu bereit bist, so will ich mit dir hinaufgehen zum Sultan von Basra und will ihm sagen, daß du der Sohn meines Bruders bist, und ich werde dich ihm vorstellen, um dich zum Wesir an meiner Statt zu machen; ich selbst aber werde dann ruhig in meinem Hause bleiben, denn ich bin ein alter Mann geworden.‹ Als Nûr ed-Dîn die Worte des Wesirs von Basra vernommen hatte, neigte er bescheiden das Haupt und sagte: ›Ich höre und gehorche!‹ Da freute sich der Wesir und hieß seine Diener ein Festmahl richten und die große Empfangshalle schmücken, darin man die Hochzeiten der Emire zu feiern pflegte. Dann versammelte er seine Freunde und lud die Vornehmen des Reiches und die Kaufleute von Basra ein; und als alle vor ihm standen, sprach er zu ihnen: ›Ich hatte einen Bruder, der war Wesir im Lande Ägypten, und Allah segnete ihn mit zwei Söhnen, während er mir, wie ihr wohl wißt, eine Tochter schenkte. Nun hatte mein Bruder mir ans Herz gelegt, meine Tochter mit einem seiner Söhne zu vermählen, und ich versprach es ihm; und als dann die Zeit zur Vermählung da war, schickte er mir einen seiner Söhne, diesen Jüngling hier. Da er nun also zu mir gekommen ist, bin ich bereit, den Ehevertrag zwischen ihm und meiner Tochter aufzusetzen und seine Hochzeit mit ihr in meinem Hause zu feiern; denn er steht mir näher als ein Fremder; und später soll er, wenn er will, bei mir bleiben, oder wenn er zu reisen wünscht, so will ich ihn und sein Weib zu seinem Vater senden.‹ Da erwiderten sie alle: ›Vortrefflich ist dein Entschluß‹; sie sahen sich darauf nach dem Bräutigam um, und als sie ihn erblickten, fanden sie Gefallen an ihm. So schickte denn der Wesir nach den

Kadis und den Zeugen, und sie setzten den Vertrag alsbald auf. Und die Diener beräucherten die Gäste mit Weihrauch, setzten ihnen Zuckerscherbett vor und sprengten Rosenwasser über sie hin; dann gingen alle ihres Weges. Der Wesir aber befahl seinen Dienern, Nûr ed-Dîn in das Bad zu führen, und er gab ihm eines seiner eigenen kostbaren Kleider, schickte ihm Tücher und Schalen und Räucherpfannen und alles, dessen er bedurfte. Als der Jüngling nach dem Bade heraustrat und das Kleid anlegte, da war er wie der Vollmond in der vierzehnten Nacht; draußen vor dem Badehause bestieg er sein Maultier und ritt geradewegs bis zum Palast des Wesirs. Dort stieg er ab, trat ein zu dem Wesir und küßte ihm die Hände, und jener hieß ihn willkommen und sagte: ›Wohlan, gehe heute nacht ein zu deinem Weibe; und morgen will ich dich zum Sultan bringen. Ich bitte Allah um alles Gute für dich.‹ Nûr ed-Dîn erhob sich darauf und ging ein zu seinem Weibe, der Tochter des Wesirs.

Lassen wir nun den Nûr ed-Dîn und wenden uns seinem Bruder zu! Der war lange mit dem Sultan auf Reisen, und als er zurückkam, fand er seinen Bruder nicht mehr vor; da fragte er die Diener nach ihm, uns sie erwiderten: ›An dem Tage, an dem du mit dem Sultan auf Reisen gingest, stieg dein Bruder auf sein Maultier, das geschirrt war wie zum Prunkzug, und sagte: Ich gehe in die Gegend von Kaljûb und werde ein bis zwei Tage fort sein; denn mir ist die Brust beklommen. Es soll mir aber niemand folgen. Und seit dem Tage, da er fortritt, bis heute haben wir keine Kunde mehr von ihm erhalten.‹ Schems ed-Dîn aber war in großer Sorge ob der Abreise seines Bruders, und er trauerte schmerzlich um seinen Verlust und sagte zu sich selber: ›Dies kommt nur daher, daß ich ihn in jener Nacht gescholten habe; er hat es sich so zu Herzen genommen, daß er in die Ferne gezogen ist. Aber ich muß ihm jemanden nachschicken.‹ Darauf ging er hin zum Sultan und tat es ihm kund; und der schrieb Briefe, die er durch Läufer an seine Statthalter in allen Provinzen des Reiches entsandte. Nûr ed-Dîn jedoch war in den zwanzig Tagen, während derer jene fortgewesen waren, schon in ferne Länder gekommen; so suchten sie ihn, fanden aber keine Spur von ihm und kehrten heim. Und Schems ed-Dîn verzweifelte daran, seinen Bruder zu finden, und sagte: ›Ich bin doch meinem Bruder gegenüber zu weit gegangen in dem, was ich ihm von der Vermählung unserer Kinder sagte. Wäre das nur nicht geschehen! All dies kommt von meinem Unverstand und meiner Unvorsichtigkeit.‹ Bald darauf aber freite er um die Tochter eines Kaufherrn in Kairo, und er schloß den Ehevertrag und ging ein zu ihr. Nun traf es sich so, daß die Nacht, in der Schems ed-Dîn zu seiner Gemahlin einging, auch die Hochzeitsnacht von Nûr ed-Dîn und seiner Gemahlin, der Tochter des Wesirs von Basra, war; denn also hatte Allah der Erhabene es bestimmt, auf daß Er an seinen Kreaturen seinen Willen erfülle. Und es geschah auch dies, wie es die beiden Brüder gesagt hatten: ihre beiden Frauen empfingen in derselben Nacht; und die Gemahlin des Schems ed-Dîn, des Wesirs von Ägypten, brachte eine Tochter zur Welt, schöner als man sie je in Kairo erblickt hatte; die Gemahlin des Nûr ed-Dîn aber gebar einen Knaben, schöner als man je einen gesehn zu seiner Zeit; wie einer der Dichter von seinesgleichen sagt:

Ein schlanker Jüngling, um dessen Stirn und lockiges Haar
Die Menschheit in düsterer Trauer und heller Freude war.
Schmähet das schöne Mal nicht, das seine Wange schmückt,
Das zwiefach mit schwarzen Pünktchen die Blicke aller berückt!

Und ein anderer:

Man brachte die Schönheit, um ihn zu vergleichen;
Da senkte die Schönheit beschämt ihr Haupt.
Man sprach: O Schönheit, sahst du dergleichen?
Sie rief: Das zu sehn, hätt ich nie geglaubt.

Man nannte den Knaben Bedr ed-Dîn Hasan, und sein Großvater, der Wesir von Basra, freute sich über ihn; und er veranstaltete Feste und Gastmähler, wie sie sich für Söhne von Königen geziemen würden. Dann nahm er den Nûr ed-Dîn mit sich und brachte ihn zum Sultan; und als jener vor den König trat, küßte er den Boden vor ihm. Er besaß aber große Redegewalt, sein fester Geist entschloß sich bald, er war gut im Tun und schön von Gestalt; und so sprach er diese Verse:

Lang mögen dir die Freuden dauern, o mein Herr!
Mögest du so lange leben wie Nacht und Tageslicht!
Es tanzt die Welt, die Zeit klatscht in die Hände,
Wenn man von dir und deinem hohen Eifer spricht.

Da erhob der Sultan sich, um die beiden zu ehren; er dankte dem Nûr ed-Dîn für seine Worte und fragte seinen Wesir: ›Wer ist der Jüngling?‹ Da mußte der Wesir seine Geschichte von Anfang bis zu Ende erzählen. Zunächst antwortete er: ›Dies ist meines Bruders Sohn.‹ Dann fragte der Sultan weiter: ›Und wie kommt es, daß er dein Neffe ist und wir nie von ihm hörten?‹ Der Wesir antwortete: ›O unser Herr und Sultan, ich hatte einen Bruder, der war Wesir im Lande Ägypten; und als er starb, hinterließ er zwei Söhne, von denen der ältere an seines Vaters Stelle Wesir wurde, während dieser, sein jüngerer Sohn, zu mir kam. Nun hatte ich geschworen, meine Tochter niemandem zu vermählen als ihm; und als er kam, vermählte ich ihn also meiner Tochter. Er ist noch jung, ich aber bin ein alter Greis geworden; mein Gehör hat abgenommen, und meine Tätigkeit ist zu Ende gekommen; und deshalb wollte ich unseren Herrn und Sultan bitten, ihn an meine Stelle zu setzen, denn er ist meines Bruders Sohn und Gatte meiner Tochter. Er verdient das Wesirat; denn er ist ein Mann von Einsicht und Umsicht.‹ Der Sultan blickte Nûr ed-Dîn an, und er gefiel ihm; und so gab er ihm das Amt, um das der Wesir für ihn bat. Und er ernannte ihn in aller Förmlichkeit und schenkte ihm ein prachtvolles Ehrengewand und eine Mauleselin aus seinem eigenen Gestüt; ferner verlieh er ihm Gehalt und Einkünfte. Nûr ed-Dîn aber küßte dem Sultan die Hand; und sie gingen hocherfreut nach Hause, er und sein Schwiegervater, und sagten: ›All dies kommt durch das Glück des neugeborenen Hasan!‹ Darauf trat Nûr ed-Dîn am nächsten Tage vor den König, küßte den Boden und sprach die Verse:

Das Glück erneue sich mit jedem Tage,
Ein guter Stern besieg des Neiders List.
Weiß seien deine Tage immerdar,
Doch schwarz der Tag des, der dir feindlich ist!

Da gebot ihm der Sultan, sich auf den Sessel des Wesirs zu setzen und er setzte sich und übernahm die Pflichten seines Amtes und untersuchte die Angelegenheiten und Streitsachen der Untertanen, wie es die Gewohnheit der Wesire ist. Der Sultan sah ihm zu und wunderte sich darüber, wie er so bestimmt und verständig seine Anordnungen und Entscheidungen traf. Daher gewann er ihn lieb und zog ihn in sein Vertrauen. Als aber die Versammlung entlassen war, ging Nûr ed-Dîn nach Hause und erzählte seinem Schwiegervater, was geschehen war; der war hocherfreut darüber. Von da ab verwaltete Nûr ed-Dîn das Wesirat immerdar so, daß der Sultan sich Tag und Nacht nicht mehr von ihm trennen wollte. Und der Sultan erhöhte seine Einkünfte und Gehälter, bis Nûr ed-Dîn zu einem reichen Manne wurde und ihm Schiffe gehörten, die auf seinen Befehl Handelsreisen machten; auch hatte er schwarze und weiße Sklaven, und er legte viele Güter an mit Schöpfwerken und Gärten. Als aber sein Sohn Hasan vier Jahre als war, da starb der alte Wesir, der Vater seiner Gattin; und er hielt eine prunkvolle Totenfeier für seinen Schwiegervater ab, ehe er ihn in den Staub bettete. Darauf befaßte er sich mit der Erziehung seines Sohnes; und als der Knabe größer wurde und sieben Jahre alt war, brachte er ihm einen Lehrer, damit der ihn in seinem eigenen Haus unterrichtete; und er trug diesem auf, ihn zu lehren und ihm eine feine Bildung und gute Erziehung zuteil werden zu lassen. So unterrichtete der Meister den Knaben im Lesen, ließ ihn mancherlei nützliches Wissen lernen und las mit ihm den Koran wiederholt im Laufe einiger Jahre. Doch Hasan nahm auch noch immer mehr zu an Lieblichkeit und des Ebenmaßes Vollkommenheit; so wie der Dichter sagt:

Vollkommen wie ein Mond am Himmel seiner Anmut!
Die Sonne geht strahlend auf aus den Blüten seiner Wangen.
Er hat die ganze Anmut in sich vereint, und es ist,
Als hätten alle Geschöpfe von ihm ihre Schönheit empfangen.

Und der Lehrer erzog ihn in seines Vaters Palast; denn er verließ seit seiner Geburt nie das Ministerschloß. Doch eines Tages nahm ihn sein Vater, der Wesir Nûr ed-Dîn, legte ihm seine besten Kleider an, setzte ihn auf ein ausgewähltes Maultier und führte ihm zum Sultan. Als er dort eintrat, sah der König den Bedr ed-Dîn Hasan, den Sohn des Wesirs Nûr ed-Dîn, an, und er hatte Gefallen an ihm und gewann ihn lieb. Das Volk des Reiches aber verwunderte sich, als er mit seinem Vater zum ersten Male an ihnen vorbeiging, auf dem Wege zum König, ob seiner Schönheit; und sie setzten sich am Wege nieder und warteten auf seine Rückkehr, um sich an ihm zu erfreuen, an seiner Schönheit und Lieblichkeit und an seines Ebenmaßes Vollkommenheit; wie es der Dichter in diesen Versen sagt:

Es schaute der Sterndeuter einst, da erschien ihm in der Nacht
Der Liebliche, verwirrend durch seiner Schönheit Pracht.
Orion blieb sinnend stehen, als so der Anmut Gewalt
An ihm sich entfaltete und strahlte aus seiner Gestalt.
Ihm hatte Saturn gegeben sein wunderbar schwarzes Haar
Und ihm die Farbe des Moschus geschenkt für sein Schläfenpaar.
Mars brachte seine Gabe, die Wange ihm rot zu schmücken;
Und der Bogenschütz sandte ihm die Pfeile aus seinen Blicken;
Merkur hatte ihm verliehen den allerschärfsten Verstand,
Der Große Bär von ihm die Blicke der Neider gewandt.
Da stand der Deuter verwirrt ob dessen, was er erblickt,
Und eilte und küßte den Boden vor ihm, der ihn ganz berückt.

Als der Sultan ihn angeschaut hatte, behandelte er ihn mit besonderer Gunst; denn er hatte ihn liebgewonnen. Und er sagte zu seinem Vater: ›O Wesir, du mußt ihn unbedingt immer mit dir bringen‹; worauf jener versetzte: ›Ich höre und gehorche!‹ Der Wesir ging dann mit seinem Sohne nach Hause und führte ihn immerdar zum Sultan, bis der Knabe sein fünfzehntes Jahr erreichte. Um diese Zeit aber erkrankte sein Vater, der Wesir Nûr ed-Dîn; und er ließ seinen Sohn kommen und sagte zu ihm: ›Wisse, o mein Sohn, die irdische Welt ist ein Haus der Vergänglichkeit, aber die himmlische Welt ist ein Haus der Ewigkeit. Ich möchte dir jetzt einige Ermahnungen ans Herz legen; achte auf das, was ich sage, und richte deinen Sinn darauf!‹ Dann gab er ihm Anweisungen über die beste Art des Verkehrs mit den Menschen und über die Art, seine Geschäfte zu leiten. Darauf aber gedachte Nûr ed-Dîn seines Bruders und seiner Heimat und seines Landes, und er weinte ob seiner Trennung von den Freunden. Doch er trocknete seine Tränen und sprach die Verse:

Wenn wir klagen ob Trennung, was sollen wir sagen?
Oder quält uns die Sehnsucht, wohin uns wagen?
Oder senden wir Boten als Dolmetscher für uns?
Nicht bringen die Boten des Liebenden Klagen.
Ober bin ich geduldig – der Liebende schwindet,
Nach Verlust des Geliebten gar bald von hinnen.
Ihm bleibet jetzt nichts mehr als Leiden und Seufzen
Und Tränen, die ihm auf die Wange rinnen.
O die da fern sind dem Blick meines Auges,
Und die doch immer im Herzen mir weilen! –
Wird es euch sehen? Doch wißt, meine Freundschaft
Kann trotz langer Trennung sich niemals zerteilen.
Oder habt ihr beim Fernsein die Liebe vergessen,
Wo doch die Tränen und Seufzer euch gelten?
Wenn mich das Leben mit euch noch vereint,
So will ich euch dort nicht lange Zeit schelten!

Als er sein Lied und seine Klage beendet hatte, wandte er sich zu seinem Sohn und sprach: ›Ehe ich dir meinen letzten Willen mitteile, erfahre, daß du einen Oheim hast; er ist Wesir von Ägypten, und ich habe mich von ihm getrennt und ihn ohne seine Zustimmung verlassen. Nimm nun ein Blatt Papier und schreib darauf, was ich dir sage!‹ Da nahm Bedr ed-Dîn Hasan ein Blatt Papier und begann darauf zu schreiben, wie ihm sein Vater sagte. Der diktierte ihm alles, was ihm begegnet war, von Anfang bis zu Ende. Auch ließ er ihn aufschreiben die Zeit seiner Vermählung und Hochzeit mit der Tochter des Wesirs und die Zeit seiner Ankunft in Basra und seines Zusammentreffens mit dem Wesir; ferner, daß er selbst noch nicht vierzig Jahre alt gewesen sei zur Zeit des Streites mit seinem Bruder. Und er fügte hinzu: ›All dies ist für ihn nach meinem Diktat geschrieben, und möge Allah mit ihm sein, wenn ich dahin bin!‹ Darauf faltete er das Papier, versiegelte es und sagte: ›O Hasan, mein Sohn, bewahre diese Urkunde; denn was darauf geschrieben steht, wird deine Herkunft und deinen Rang und deinen Stammbaum beweisen. Und wenn dir Arges widerfährt, so mach dich auf nach Ägypten, frage nach deinem Oheim, laß dich zu ihm führen und tu ihm kund, daß ich gestorben bin als ein Fremdling und voller Sehnsucht nach ihm.‹ Da nahm Bedr ed-Dîn Hasan die Urkunde und faltete sie; und er nähte sie zwischen Futter und Stoff seines Tarbusch ein und wand einen Seidenturban darum, indem er weinte, weil er sich schon so jung von seinem Vater trennen sollte. Nûr ed-Dîn aber sprach: ›Ich vermache dir jetzt fünf Weisungen. Die erste Weisung ist: Schließ dich an niemanden zu eng an, so wirst du sicher sein vor seiner Arglist! Denn die Sicherheit liegt in der Verschlossenheit und darin, daß du Gemeinschaft und nahen Verkehr meidest. Ich habe einen Dichter sagen hören:

> In deinem Leben ist keiner, auf dessen Freundschaft du bauest;
> Nie wahrte ein Freund die Treue dem, den das Unglück schlug.
> So lebe für dich allein, verlaß dich auf keinen Menschen;
> Ich rate mit meinem Spruche dir gut; das sei genug!

Die zweite Weisung ist diese, o mein Sohn: Sei gegen niemanden hart, auf daß das Schicksal nicht hart sei gegen dich! Denn das Geschick ist einen Tag für dich und den anderen Tag gegen dich. Die irdische Welt ist nur ein Darlehn, das man zurückzahlen muß. Und ich habe einen Dichter sagen hören:

Besinn dich und haste nie mit irgendeinem Plane,
Hab Mitleid mit den Menschen, so wirst du durch
  Mitleid beglückt.
Es gibt keine Macht der Welt, über der nicht Gottes
  Macht stände;
Und jeder Tyrann wird noch durch einen Tyrannen
  bedrückt.

Die dritte Weisung ist diese: Übe Schweigen und kümmer dich um deine eigenen Fehler eher als um die Fehler der anderen Menschen! Denn es heißt im Sprichwort: Wer Schweigen übt, gewinnt. Und auch darüber habe ich eines Dichters Verse gehört:

Das Schweigen ist ein Schmuck, und das Stillsein bringt
  Gewinn.
Doch mußt du einmal reden, so meid es, ein Schwätzer
  zu sein.
Denn wenn du dein Schweigen auch ein einziges Mal
  bereuest,
So wirst du dein Reden doch noch viele Male bereuen.

Die vierte Weisung, o mein Sohn, ist dies: Ich warne dich, Wein zu trinken! Denn der Wein ist der Quell allen Übermuts, und der Wein macht den Verstand schwinden. Darum hüte dich, hüte dich, Wein zu trinken! Ich hörte auch hierüber einen Dichter sagen:

Ich meide den Wein und auch den, der ihn trinkt;
Und wer ihn verdammt, dem stimme ich bei.
Der Wein führt abseits vom Wege des Heils
Und macht für das Böse die Tür weit und frei.

Und die fünfte Weisung, o mein Sohn, ist diese: Erhalte deinen Besitz, und er wird dich erhalten; behüte deinen Besitz, und er wird dich behüten; und verschwende nicht, was du hast, damit du nicht die Geringsten der Menschen anzubetteln brauchst. Spare die Piaster, so hast du Pflaster! Und auch hier wieder habe ich einen Dichter sagen hören:

Hab ich kein Geld, so hab ich auch keinen Freund zum Gefährten;
Hab ich aber viel Geld, so find ich Freunde in allen.
Wie mancher Genosse wollte beim Geldausgeben mir helfen!
Wie mancher Gefährte ließ beim Mangel des Geldes mich fallen!‹

So gab Nûr ed-Dîn seinem Sohn Bedr ed-Dîn Hasan viele weise Ermahnungen, bis ihn das Leben verließ. Da herrschte die Trauer in seinem Hause, und auch der Sultan und alle Emire trauerten um ihn, und sie bestatteten ihn. Bedr ed-Dîn aber blieb in Trauer um seinen Vater zwei Monate lang, während derer er nicht ausritt, nicht zur Ratsversammlung ging noch auch dem Sultan nahte. Da ward der Sultan zornig über ihn, ernannte an seiner Stelle einen seiner Kammerherren und machte den zum Wesir, indem er zugleich Befehl gab, Beschlag auf alles zu legen, was dem Nûr ed-Dîn gehört hatte, sein Vermögen, sein Haus und seine Landgüter. So zog der neue Wesir aus, um dies zu tun und um Bedr ed-Dîn Hasan, den Sohn des Verstorbenen, zu ergreifen, damit er ihn vor den Sultan brächte, der dann nach seinem Gutdünken mit ihm verfahren sollte. Nun war unter den Soldaten ein Mamluk des verstorbenen Wesirs; als der diesen Befehl vernahm, trieb er sein Pferd an und ritt in aller Eile zu Bedr ed-Dîn Hasan. Er fand ihn, am Tore sitzend, mit gebeugtem Haupte, trauernd und gebrochenen Herzens; rasch sprang er ab, küßte ihm die Hand und sagte: ›O mein Herr und Sohn meines Herrn, rasch, mache dich auf; sonst ereilt dich des Verderben Lauf!‹ Da begann Hasan zu zittern und fragte: ›Was ist geschehen?‹ Jener erwiderte: ›Der Sultan zürnt dir und hat einen Haftbefehl gegen dich erlassen; das Unheil kommt dicht hinter mir her auf dich zu. Drum spring auf, um dein Leben zu retten!‹ Hasan fragte weiter: ›Bleibt mir noch Zeit, in mein Haus hineinzugehen und mir ein wenig weltliches Gut zu holen, zu dem ich auf der Wanderschaft meine Zuflucht nehmen kann?‹ Aber der Sklave rief: ›O mein Herr, steh augenblicklich auf, laß das Haus hinter dir und beeile dich!‹ Dann sprach er die Verse:

Rette dein Leben, wenn dir vor Unheil graut;
Lasse das Haus beklagen den, der es erbaut!
Du findest schon eine Stätte an anderem Platz;
Für dein Leben findest du keinen Ersatz.
Laß dich in wichtiger Sache auf Boten nicht ein;
In Wahrheit hilft die Seele sich ganz allein.
Des Löwen Nacken ist so kräftig nicht,
Solange es ihm an Selbstvertrauen gebricht.

Bei diesen Worten des Mamluken bedeckte Bedr ed-Dîn sich das Haupt mit dem Saum seines Gewandes und ging auf und davon, bis er vor den Toren der Stadt stand; und dort hörte er die Leute sagen: ›Der Sultan hat den neuen Wesir in das Haus des verstorbenen Wesirs geschickt, um auf sein Vermögen und seinen Besitz Beschlag zu legen und seinen Sohn Bedr ed-Dîn Hasan zu ergreifen und vor ihn zu führen, damit er ihn töten lasse‹; und alle riefen: ›Wehe um seine Schönheit und Anmut!‹ Als er diese Reden der Leute hörte, floh er davon aufs Geratewohl, ohne zu wissen, wohin er ging; und er eilte ohne Aufenthalt weiter, bis ihn das Schicksal zu seines Vaters Grube führte. Er trat auf den Totenacker und suchte sich den Weg durch die Gräber; schließlich setzte er sich nieder am Grabe seines Vaters und nahm von seinem Haupte den Saum seines Gewandes herab, das eine goldgestickte Borte hatte, worauf diese Verse standen:

O du, des Antlitz hell erstrahlt,
Den Sternen gleich, wie der Tau so klar:
Auf ewig daure deine Macht,
Dein hoher Ruhm währe immerdar!

Während er so bei seines Vaters Grabe saß, siehe, da kam ein Jude zu ihm, der aussah wie ein Geldwechsler, und der ein Paar Satteltaschen trug, in denen viel Gold war. Der Jude trat an Hasan el-Basri[1] heran und sprach zu ihm: ›O Herr, warum sehe ich dich so verändert?‹ ›Ich schlief vor noch nicht einer Stunde‹, erwiderte Hasan, ›da erschien mir mein Vater und schalt mich, weil ich sein Grab noch nicht besucht hatte; sofort machte ich mich auf, zitternd vor Furcht, der Tag verstreiche, ohne daß ich ihn aufgesucht hätte, denn das wäre mir unerträglich gewesen.‹ ›Junger Herr‹, versetzte der Jude, ›dein Vater hatte viele Kauffahrer auf See, und da jetzt einige fällig sind, so ist es mein Wunsch, dir die Ladung des ersten Schiffes, das in den Hafen einläuft, für diese tausend Golddinare abzukaufen.‹ Und der Jude nahm einen der Beutel voll Gold, zählte daraus tausend Dinare ab, gab sie Hasan, dem Sohn des Wesirs, und sagte: ›Schreib mir eine Kaufurkunde und siegle sie!‹ So nahm Hasan, der Sohn des Wesirs, ein Blatt Papier und schrieb darauf: ›Der Schreiber, Bedr ed-Dîn Hasan, Sohn des Wesirs Nûr ed-Dîn, hat Isaak, dem Juden, um tausend Dinare die ganze Ladung des ersten der Schiffe seines Vaters verkauft, das in den Hafen einläuft; und er hat den Preis im voraus erhalten.‹ Da nahm der Jude die Urkunde in Empfang; Hasan aber begann zu weinen, als er daran dachte, in welch hoher Stellung er eben noch gewesen war; und er sprach die Verse:

Das Haus ist, seit du, o Herrin, fortgingest, gar kein Haus;
Der Nachbar kann, seit du gingest, mir nicht mehr Nachbar sein.
Der Freund auch, mit dem ich einst in ihm den Bund geschlossen,
Ist mir kein Freund mehr, ja, der Mond verlor seinen Schein.
Du gingst und ließest beim Scheiden die Welt in Trauer zurück;
Und Finsternis bedeckte sie danach weit und breit.
Den unglückseligen Raben, der bei unsrer Trennung krächzte,
Umschließe nie mehr ein Nest! Er verliere sein Federkleid!
Nun mir die Geduld versagt, zehrt mir dein Abschied am Leibe;
Wie mancher Vorhang fiel bei der Trennung zerrissen nieder!
Wirst du die einstigen Nächte, wie wir sie gemeinsam verlebten,
Noch wiederkehren sehen? Vereint uns das Haus je wieder?

Dann weinte er bitterlich; und als die Nacht ihn überfiel, lehnte er das Haupt gegen seines Vaters Grab und sank in Schlaf. Er erwachte auch nicht, als der Mond aufging; doch sein Haupt fiel von dem Grabe herunter, und er lag auf seinem Rücken da, und hell glänzte sein Gesicht im Mondenschein.

Nun aber war der Totenacker eine Stätte der rechtgläubigen Dämonen; und alsbald trat eine Dämonin hervor und sah den schlafenden Hasan. Bei diesem Anblick staunte sie ob seiner Schönheit und Anmut und rief: ›Ehre sei Allah! Dieser Jüngling gleicht einem der Paradieseskinder!‹ Darauf flog sie himmelwärts, um nach ihrer Gewohnheit durch die Lüfte zu kreisen. Dort traf sie einen fliegenden Dämon; der begrüßte sie, und sie sprach zu ihm: ›Von wannen kommst du?‹ Und er versetzte: ›Aus dieser Gegend.‹ ›Willst du mit mir kommen und die Schönheit eines Jünglings betrachten, der dort auf dem Totenacker schläft?‹ fragte sie; und er erwiderte: ›Gern.‹ Da flogen sie weiter und ließen sich schließlich bei dem Grab zur Erde hinab. Sie fragte ihn: ›Hast du je in deinem Leben seinesgleichen gesehen?‹ Der Dämon sah ihn an und rief: ›Preis sei Ihm, der ohnegleichen ist! Aber, o meine Schwester, soll ich dir sagen, was ich gesehen habe?‹ Sie fragte: ›Was ist es?‹ ›Ich sah‹, antwortete er, ›das Gleichnis dieses Jünglings im Lande Ägypten. Es ist die Tochter des Wesirs Schems ed-Dîn; sie ist fast zwanzig Jahre alt, von ebenmäßiger Gestalt, ein Bild von Schönheit und Lieblichkeit und von strahlender Vollkommenheit. Als sie dies Alter erreichte, hörte der Sultan von Ägypten von ihr, schickte nach dem Wesir, ihrem Vater, und sagte zu ihm: ›Wisse, o Wesir, mir ist zu Ohren gekommen, du habest eine Tochter, und ich will sie von dir zur Frau erbitten.‹ Der Wesir aber erwiderte: ›O unser Herr und Sultan, geruhe und nimm meine Bitte um Verzeihung an und habe Mitleid mit meinem Kummer! Denn du weißt, daß mein Bruder Nûr ed-Dîn uns verlassen hatte, und wir wissen nicht, wo er jetzt ist. Er war ja mein Genosse im Wesirat; aber der Grund, daß er im Zorn fortging, war folgender: Ich saß einmal mit ihm zusammen, und wir sprachen über Heirat und über Kinder; da stritten wir, und er geriet in Zorn. Aber ich habe geschworen, ich wolle niemandem meine Tochter vermählen, außer dem Sohn meines Bruders; das geschah am Tage, da ihre Mutter sie gebar, und das ist jetzt etwa achtzehn Jahre her. Kürzlich nun vernahm ich, daß mein Bruder sich mit der Tochter des Wesirs von Basra vermählt hat; sie aber hat ihm einen

Sohn geboren, und ich will meine Tochter niemandem als ihm vermählen, um meinen Bruder zu ehren. Ich habe auch die Daten meiner Hochzeit und der Empfängnis meines Weibes und der Geburt meiner Tochter verzeichnet. Sie also gebührt ihrem Vetter; für unseren Herrn, den Sultan aber gibt es Mädchen in Fülle.‹ Doch als der König die Worte des Wesirs vernommen hatte, ergrimmte er gewaltig und rief: ›Wenn meinesgleichen von deinesgleichen eine Tochter zur Ehe verlangt, da willst du sie vorenthalten und faule Ausreden machen? Beim Leben meines Hauptes, ich will sie dir zum Trotz mit dem Geringsten meiner Diener vermählen!‹ Nun war bei Hofe ein Stallknecht beschäftigt, bucklig auf Brust und Rücken; den ließ der Sultan holen und stellte ohne weiteres die Eheurkunde für ihn und die Tochter des Wesirs aus. Er hat befohlen, daß der Knecht heute nacht zu ihr eingehen solle und daß man ihm einen Hochzeitszug rüste. Ich habe ihn soeben verlassen, wie er unter den Mamluken des Sultans stand, die rings um ihn Fackeln angezündet haben und sich über ihn lustig machen am Tor des Badehauses. Des Wesirs Tochter aber sitzt unter ihren Kammerfrauen und Zofen und weint, sie, die doch unter allen Menschen diesem Jüngling am meisten gleicht! Man hat sogar auch ihrem Vater den Zutritt zu ihr verboten. Nie, o meine Schwester, habe ich ein scheußlicheres Wesen als diesen Buckligen gesehen; das Mädchen aber ist noch schöner als dieser Jüngling.‹ Da rief die Dämonin: ›Du lügst! Dieser Jüngling ist der schönste Mensch seiner Zeit.‹ Doch der Dämon bestritt es ihr, indem er sprach: ›Bei Allah, meine Schwester, das Mädchen ist schöner als dieser; doch niemand als er verdient sie, denn sie gleichen einander wie Geschwister oder Geschwisterkinder. Wie schade um sie, daß sie diesem Buckligen gehören soll!‹ Da sprach die Dämonin: ›Mein Bruder, laß uns doch unter den Jüngling kriechen und ihn emporheben und zu dem Mädchen bringen, von dem du redest; dann werden wir sehen, wer von ihnen beiden schöner ist!‹ Der Dämon antwortete ihr: ›Ich höre und gehorche! Das ist ein richtiges Wort und der beste Vorschlag; ich selber will ihn tragen.‹ Darauf hob er ihn vom Boden auf und flog mit ihm davon in die Lüfte; die Dämonin aber hielt sich eng an seiner Seite, bis er ihn in der Stadt Kairo niederließ, auf eine steinerne Bank legte und weckte. Da fuhr Hasan aus dem Schlafe auf, und als er sah, daß er nicht mehr auf seines Vaters Grab im Lande von Basra lag, blickte er um sich nach rechts und links, und erkannte, daß er in einer anderen Stadt war; fast hätte er aufgeschrien, doch der Dämon stieß ihn an. Der hatte ihm ein prächtiges Gewand mitgebracht, und er kleidete ihn darein, zündete ihm eine Fackel an und sagte: ›Wisse, ich habe dich hierher gebracht und will um Allahs willen eine gute Tat an dir tun; also nimm diese Fackel, geh zu jenem Badehause und menge dich unter die Leute; dann geh immer weiter mit ihnen, bis du das Haus der Braut erreichst. Dort schreite geradeaus und tritt in den großen Saal; und fürchte niemanden, sondern stelle dich, wenn du eingetreten bist, zur rechten Seite des buckligen Bräutigams auf! Sooft dann von den Zofen, Kammerfrauen und Sängerinnen eine zu dir kommt, greife in deine Tasche, die du voll Gold finden wirst, nimm eine Handvoll und wirf es ihnen zu und sei unbesorgt; denn sooft du auch in die Tasche greifst, wirst du sie immer wieder voll Gold finden. Gib jedem, der zu dir kommt, eine ganze Handvoll und fürchte nichts, sondern traue auf Ihn, der dich erschuf! Denn dieses alles geschieht nicht durch deine eigene Kraft, sondern auf Befehl Allahs.‹ Als Bedr ed-Dîn Hasan diese Worte des Dämonen hörte, sagte er zu sich selber: ›Ich möchte wohl wissen, was das für ein Mädchen ist und was diese Freundlichkeit bedeutet!‹ Dann ging er mit der brennenden Fackel dahin und kam zu dem Badehaus, wo er den Buckligen hoch zu Roß vorfand. Da drängte er sich hin durch die Menge, so wie er war, eine herrliche Gestalt und schön gekleidet, wie wir berichtet haben: er trug Tarbusch und Turban und ein goldgesticktes Gewand mit langen Ärmeln. Und er ging immer weiter mit dem Hochzeitszug dahin, und sooft die Sängerinnen stillstanden, um von dem Volk Geschenke zu empfangen, griff er in seine Tasche; und da er sie angefüllt fand mit Gold, so nahm er eine Handvoll heraus, warf es auf das Tamburin, das die Sängerin hinhielt, und füllte es mit Dinaren. Die Sängerinnen wurden ganz verwirrt, und das Volk verwunderte sich ob seiner Schönheit und Anmut. Er aber fuhr so fort, bis sie das Haus des Wesirs erreichten, wo die Kämmerlinge das Volk zurückhielten und abwiesen; aber die Brautführerinnen sagten: ›Bei Allah, wir treten nicht ein, wenn nicht auch dieser Jüngling mit uns eintritt; denn er hat uns durch seine Freigebigkeit reich gemacht, und wir wollen die Braut nur putzen, wenn er zugegen ist.‹ Und alsbald nahmen sie ihn mit in die bräutliche Halle und ließen ihn sitzen, ob auch der bucklige Bräutigam böse Augen machte. Alle die Frauen der Emire, der Wesire und der Kammerherren standen in doppelter Reihe, und jede trug eine große brennende Kerze, und alle trugen dünne Schleier vor den Gesichtern; und die beiden Reihen erstreckten sich rechts und links vom Hochzeitsthron der Braut bis oben zum anderen Ende der Halle, neben dem Zimmer, aus dem die Braut herauskommen sollte. Als aber die Damen auf Bedr ed-Dîn Hasan blickten, auf seine Schönheit und Lieblichkeit und sein Antlitz, das da leuchtete wie der junge Mond, neigten alle Herzen sich ihm zu, und die Sängerinnen sagten zu den Damen, die anwesend waren: ›Wisset, dieser Herrliche füllte uns die Hände mit lauter rotem Golde; drum laßt es an nichts fehlen in seiner Bedienung und gehorchet ihm in allem, was er sagt!‹ Da drängten sich all die Frauen um ihn mit ihren Fackeln und blickten auf seine Anmut und neideten ihm seine Schönheit; und eine jede hätte gern eine Stunde oder lieber noch ein Jahr an seiner Brust gelegen. Ja, sie ließen die Schleier von den Gesichtern fallen, da ihre Herzen so betroffen waren, und sagten: ›Glücklich die, die diesen Jüngling besitzt oder deren Herr er ist!‹ Dann riefen sie Flüche herab auf den buckligen Knecht und auf den, der dessen Hochzeit mit dem schönen Mädchen veranlaßt hatte; und sooft sie nun Bedr ed-Dîn Hasan segneten, so oft fluchten sie dem Buckligen.

Darauf schlugen die Sängerinnen die Tamburine und bliesen die Flöten; und herein trat alsbald die Tochter des Wesirs, umgeben von ihren Zofen. Die hatten sie mit duftenden Spezereien erquickt, ihr das Haar mit Weihrauch beräuchert und schön geschmückt, und sie mit Kleinodien und Gewändern bedeckt, wie sie den Perserkönigen anstanden. Zu ihrer Kleidung gehörte aber ein Gewand, das über die andern Kleider herabfiel; das war bestickt mit rotem Golde und mit den Bildern von wilden Tieren und Vögeln geschmückt; ihren Hals hatten sie umgeben mit einem Halsband aus jemenischer Arbeit: das war Tausende wert und bestand aus lauter Edelgestein, dergleichen nannte noch kein König von Reicharabien und kein Kaiser sein. Und die Braut war wie der volle Mond, wenn er in der vierzehnten Nacht am Himmel thront; als sie eintrat, glich sie einer Paradiesesmaid – Preis sei Ihm, der sie in solchem Glanz der Schönheit erschuf! Die Damen umgaben sie wie die Sterne den Mond, wenn er die Wolken durchleuchtet. Nun aber saß Hasan el-Basri vor den Augen allen Volkes, als die Braut daherschritt mit wiegendem Gang; der bucklige Knecht aber wollte ihr entgegengehen, um sie in Empfang zu nehmen. Doch sie wandte sich ab von ihm und schritt weiter, bis sie vor ihrem Vetter Hasan stand. Da lachte die Menge, und als sie sahen, daß die Braut zu Bedr ed-Dîn gegangen war, erhoben sie lautes Beifallsgeschrei, und die Sängerinnen jubelten. Er aber griff mit der Hand in die Tasche, nahm eine Handvoll Goldes heraus und warf es mitten auf die Tamburine der Mädchen, und die freuten sich und riefen: ›Wir wünschen, diese Braut wäre die deine!‹ Da lächelte er, und alles Volk drängte sich um ihn, der bucklige Knecht aber blieb allein und sah aus wie ein Affe; sooft sie eine Kerze für ihn entzündeten, ging sie aus, und so saß er elend und ohne ein Wort zu sagen im Dunkeln und sah nur sich selber. Vor Bedr ed-Dîn aber leuchteten die Fackeln in den Händen der Leute. Als er nun den Bräutigam allein im Dunkeln sitzen sah und dann auf sich selbst blickte, wie jene Leute ihn umdrängten und die Fackeln da brannten, wurde er verwirrt und wunderte sich sehr; doch als er seine Base ansah, da freute er sich und frohlockte. Dann schaute er ihr Gesicht, wie es im Licht erglänzte und strahlte, zumal da sie jenes Kleid aus roter Seide trug. Dies war das erste Brautgewand, in das die Zofen sie kleideten, während die Augen Hasans sich an diesem Anblicke weideten. Und sie wiegte sich im Gehen und neigte sich galant und raubte Frauen und Männern den Verstand, wie der Dichter die Worte erfand, der als vortrefflich bekannt:

Eine Sonne auf einem Stabe, gepflanzt auf einem Hügel,
So erschien sie den Blicken, in dunkelrotem Mieder.
Sie gab mir den süßen Wein ihrer Lippen zu trinken und schmückte
Die Wange mit rosigem Feuer und verlöschte es wieder.

Dann wechselten sie jenes Gewand und legten ihr ein blaues Kleid an; da erschien sie wie der volle Mond, wenn er über dem Horizont aufgeht; ihr Haar war der Kohle gleich, ihre Wange so weich; und ein liebliches Lächeln spielte um ihren Mund; ihre Brust hob sich über den schwellenden Seiten und den Hüften so rund. So zeigten sie sie in diesem zweiten Gewande, und sie war, wie ein Meister hoher Gedanken von ihresgleichen sang:

Sie kam in einem blauen Kleid,
Wie der Himmel in azurner Farbenpracht.
Ich sah auf das Kleid: in ihm erschien
Ein Sommermond in der Winternacht.

Darauf vertauschten sie auch dies Gewand mit einem neuen; und sie verschleierten ihr das Gesicht in der Fülle ihres Haares und lösten ihr die langen, schwarzen Locken; deren Schwärze und Länge war wie die dunkelste Nacht, und sie durchschoß die Herzen mit den Zauberpfeilen ihres Auges. So zeigten sie sie in dem dritten Gewande, und sie war, wie der Dichter von ihr sagt:

Es flossen die Haare ihr wie ein Schleier über die Wangen;
Sie weckte in mir ein Verlangen, wie Feuersgluten wild.
Ich sprach: Du hast den Morgen in Nacht gehüllt. Doch sie sagte:
Nein, nur den vollen Mond hab ich in Dunkel gehüllt.

Und sie zeigten sie im vierten Brautkleid; da trat sie vor wie die aufgehende Sonne, und sie wiegte sich hin und her in lieblicher Anmut und blickte nach rechts und nach links, wie es die Gazellen tun. Sie traf alle Herzen mit den Pfeilen ihrer Augen; so wie der Dichter sang, als er ihresgleichen beschrieb:

Als Sonne der Schönheit erschien sie den Menschen, die sie erblickten;
Sie strahlte in lieblicher Anmut, verschönt durch Schamhaftigkeit.
Als sie mit ihrem Antlitz und Lächeln der Sonne des Himmels
Entgegentrat, hüllte jene sich in ihr Wolkenkleid.

Und hervor trat sie im fünften Brautkleide, die liebliche Maid; sie war einem Weidenzweig oder einer dürstenden

Gazelle gleich; ihre Flechten wallten, und ihre Reize begannen sich zu entfalten; ihre Hüften bebten, und ihre Locken schwebten. Wie einer der Dichter sang, als er ihresgleichen beschrieb:

Sie strahlt wie der volle Mond in einer Nacht des
  Glückes;
Ihr Wuchs hat weiche Formen, ihr Leib ist schlank und
  zart.
Ein Auge hat sie, das die Menschen durch Schönheit
  gefangennimmt;
Die Röte auf ihren Wangen ist von des Rubinen Art.
Und auf die Hüfte fällt ihr herab das Dunkel des
  Haares;
Hüte dich vor den Schlangen in ihres Haares Gelock!
Zwar sind so weich die Seiten; aber ihr Herz ist dennoch
Trotz ihrer Weichheit härter als wie ein steinerner
  Block.
Sie sendet den Pfeil des Blickes hervor unter ihrer
  Braue,
Er trifft; und sei es auch ferne, niemals fehlet ihr Blick.
Wenn wir einander umfassen und ich ihren Leib
  umschlinge,
So stößt ihre volle Brust mich von der Umarmung
  zurück.
Ja, ihre Schönheit ragt über alles Schöne empor;
Ja, ihr Leib ist schlanker als wie das zarteste Rohr.

Nun führten sie sie im sechsten Brautgewande, einem grünen Kleide, einher; und sie beschämte durch ihren Wuchs den braunen Speer. Sie übertraf durch ihre Anmut die Schönen in aller Welt, und ihr strahlendes Antlitz erglänzte reiner als der Vollmond, der den Himmel erhellt; sie erweckte aller Verlangen durch ihre Lieblichkeit, und sie übertraf die Zweige durch ihre Weichheit und Biegsamkeit, ja, durch all, was so herrlich an ihr war, brachte sie viel Herzeleid, wie ihm ein Dichter Ausdruck verleiht:

Ein Mädchen, mit Feinheit und Klugheit begabt;
Du siehst, wie die Sonn ihre Wange entleiht.
Sie kam im Gewande, dem grünen, daher,
Und glich der Granate, von Blättern umreiht.
Wir stellten die Frage: Wie heißt dies Gewand?
Da sprach sie die Worte mit klugem Verstand:
Es brach den beherztesten Männern die Herzen,
Drum nenne ich es den Zerbrecher der Schmerzen.

Schließlich zeigten sie sie im siebenten Kleid, dessen Farbe die Mitte hielt zwischen Saflor und Safran, wie einer der Dichter von ihr sagt:

Im Kleide, gefärbt mit Safran und Saflor, erscheint sie stolz,
Duftend nach Amber und Moschus und köstlichem Sandelholz,
Die Schlanke – wenn auch die Jugend ihr zurät: Schreite einher!
So sprechen doch ihre Hüften: Setz dich und gehe nicht mehr!
Und bitte ich um ihre Gunst, hör ich, wie die Schönheit spricht:
Gewähre! Doch ihre Scheu rät zierend: Tue es nicht!

Sooft nun die Braut ihre Augen auftat, sagte sie: ›O Allah, mache diesen zu meinem Gatten und befreie mich von dem buckligen Knechte da!‹ So hatten sie die Braut in all den sieben Gewändern dem Bedr ed-Dîn Hasan el-Basri gezeigt, während der bucklige Knecht allein dasaß. Und als sie diesen Teil der Feier beendet hatten, entließen sie die Menge; alle, die bei der Hochzeit waren, Frauen und Kinder, gingen fort, und niemand blieb da außer Bedr ed-Dîn Hasan und dem buckligen Knecht. Darauf führten die

Kammerfrauen die Braut hinein in ein inneres Gemach, wo sie ihr den Schmuck und die Gewänder abnahmen und sie für den Bräutigam bereitmachten. Nun trat der bucklige Knecht zu Bedr ed-Dîn Hasan und sagte: ›O mein Herr, du hast uns heute abend durch deine Gesellschaft erfreut und durch deine Güte überwältigt; doch willst du jetzt nicht aufstehn und davongehen?‹ Jener erwiderte: ›In Allahs Namen, so sei es!‹ Dann stand er auf und ging zur Tür hinaus; dort aber trat ihm der Dämon entgegen und sagte: ›Bleib, o Bedr ed-Dîn! Und wenn der Bucklige hinausgeht auf den Abtritt, so geh du hinein, zaudere nicht, sondern setze dich in die Kammer; doch wenn die Braut kommt, sprich zu ihr: ›Ich bin dein Gemahl; denn der König ersann diese List nur, weil er um dich besorgt war wegen des bösen Blicks. Der, den du sahest, ist nur einer von unseren Stallknechten. Dann tritt auf sie zu und entschleiere ihr Antlitz; denn uns beseelt der Eifer um dich in dieser Sache!‹ Während Hasan noch mit dem Dämon sprach, siehe, da ging der Knecht hinaus, und er trat in den Abtritt und setzte sich auf den Stuhl. Aber da kam der Dämon in Gestalt einer Maus aus dem Becken hervor, in dem das Wasser stand, und quietschte: ›Piep!‹ Der Bucklige rief: ›Was ist mit dir?‹ Da fing die Maus an zu wachsen, bis sie zu einer Katze wurde, und die schrie: ›Miau! Miau!‹ Und sie wuchs noch immer, bis sie zu einem Hund wurde, und der bellte: ›Wau! Wau!‹ Als aber der Knecht das sah, erschrak er und rief aus: ›Hinweg mit dir, du Unheilswesen!‹ Aber der Hund wuchs und schwoll, bis er zu einem Esel wurde; der brüllte und schrie ihm ins Gesicht: ›Iah! Iah!‹ Da zitterte der Bucklige und rief: ›Kommt mir zu Hilfe, ihr Leute vom Haus!‹ Aber siehe, der Esel wuchs und wurde so groß wie ein Büffel und versperrte ihm den Weg und sprach mit menschlicher Stimme: ›Wehe dir, o du Buckliger, du Stinktier!‹ Den Knecht aber drängte der Leib, und er setzte sich mit seinen Kleidern auf das Abtrittloch, und seine Zähne schlugen klappernd aufeinander. Da sprach der Dämon zu ihm: ›Ist die Welt so eng, daß du keine andere fandest zum Weibe als meine geliebte Herrin?‹ Als jener schwieg, fuhr der Dämon fort: ›Antworte mir, oder ich mache die Erde zu deiner Wohnung!‹ ›Bei Allah‹, rief der Bucklige, ›dies ist nicht meine Schuld; man hat mich dazu gezwungen. Ich wußte nicht, daß sie einen Geliebten unter den Büffeln hatte; aber jetzt bereue ich, zunächst vor Allah, und dann vor dir.‹ Darauf sprach der Dämon: ›Ich schwöre dir: wenn du jetzt diesen Ort verlässest oder vor Sonnenaufgang nur ein Wort sprichst, so schlage ich dich tot. Wenn aber die Sonne aufgeht, so ziehe deines Weges und kehre nie in dieses Haus zurück!‹ Darauf packte der Dämon den buckligen Knecht, steckte ihn mit dem Kopf nach unten und den Füßen nach oben in das Abtrittloch hinein und sagte: ›Ich lasse dich hier, aber ich bewache dich bis Sonnenaufgang!‹

Soweit der Bucklige! Was aber Bedr ed-Dîn Hasan angeht, so hatte er inzwischen die beiden ihrem Zank überlassen, war ins Haus gegangen und hatte sich mitten in die Kammer gesetzt; und siehe, herein trat die Braut, begleitet von einer alten Frau, die an der Tür stehen blieb und sagte: ›O Vater des geraden Wuchses, steh auf und nimm, was Gott dir anvertraut!‹ Darauf ging die Alte fort, und die Braut, geheißen Sitt el-Husn, das ist die Herrin der Schönheit, trat in den inneren Teil der Kammer, gebrochenen Herzens, und sagte: ›Bei Allah, ich will ihm nicht meinen Leib gewähren, sollte er mir auch das Leben nehmen!‹ Als sie aber weiterschritt, sah sie Bedr ed-Dîn Hasan und sprach: ›Geliebter, sitzest du immer noch hier? Ich hatte schon zu mir selbst gesagt, ich möchte doch wenigstens dir und dem buckligen Stallknecht zugleich angehören.‹ Er erwiderte: ›Wie sollte wohl der Knecht zu dir Zutritt haben? Und wie käme es ihm zu, daß er sich mit mir in dich teilen dürfte?‹ Da fragte sie: ›Und wer ist denn mein

Gatte, du oder er?‹ ›Sitt el-Husn‹, versetzte Bedr ed-Dîn, ›dies geschah ja nur zum Scherz und um ihn zu verspotten! Als die Zofen und die Sängerinnen und die Hochzeitsgäste deine Schönheit bei deiner Entschleierung vor mir zu Gesicht bekommen sollten, fürchtete dein Vater das böse Auge, und er mietete ihn um zehn Dinare, damit er es ablenken sollte; jetzt aber ist er seiner Wege gegangen.‹ Wie Sitt el-Husn von Bedr ed-Dîn diese Worte vernahm, lächelte sie und freute sich und lachte lustig auf. Und sie sprach zu ihm: ›Bei Allah, du hast mein Feuer gelöscht, und um Allahs willen, nimm mich hin und drücke mich an deine Brust!‹

Da sie nun keine anderen Kleider mehr trug, hob sie das eine lange Gewand bis zu den Schultern empor, und da zeigten sich Schoß und Rundung der Hüften. Als Bedr ed-Dîn das sah, erwachte seine Begier, und alsbald legte er seine Kleider ab; den Beutel Goldes, den er von dem Juden erhalten hatte und in dem die tausend Dinare waren, wikkelte er in seine Hose und steckte sie unter das Ende des Bettes. Auch nahm er den Turban ab und legte ihn auf einen Sessel; nur das feine, goldgestickte Hemd behielt er an. Und Sitt el-Husn zog ihn an sich und er sie. Und er nahm sie in seine Arme und ließ sich von ihr umschlingen, rüstete das Geschütz und legte das Bollwerk nieder. Und er fand, daß sie eine Perle war, unversehrt, und daß sie noch keinem je angehört. Er nahm ihr die Mädchenschaft und genoß ihre Jugend, die er ihr auf immer raubte. Er umarmte sie noch viele Male, und sie empfing von ihm. Und schließlich legte Bedr ed-Dîn seine Hand unter ihre Haupt, und ebenso tat sie ihm, und sie lagen einander in den Armen und schliefen so ein; wie ein Dichter von ihnen in diesen Versen singt:

Gehe zu der, die du liebst, und meide die Worte des Neiders;

Denn der Neidhart ist doch niemals der Liebe gut!
Der Barmherzige schuf nie einen schöneren Anblick
Als ein liebend Paar, das auf einem Bette ruht.
Sie liegen innig umschlungen, bedeckt vom Kleide der Freude,
Und als Kissen dient einem des anderen Arm und Hand.
Wenn die Herzen einander in treuer Liebe verbunden,
Sind sie wie Stahl geschmiedet; kein Mensch zerschlägt das Band.
Und wenn dir in deinem Leben je ein Getreuer begegnet,
Trefflich ist solch ein Freund! Dann lebe für ihn allein!
O der du wegen der Liebe das Volk der Liebenden tadelst,
Kannst du dem kranken Herzen ein Arzt und Retter sein?

Lassen wir nun Bedr ed-Dîn Hasan und Sitt el-Husn, seine Base, und wenden wir uns wieder zu dem Dämonen! Der sprach zu der Dämonin: ›Auf, gleite unter den Jüngling und laß uns ihn wieder an seine Stätte bringen, ehe der Morgen über uns hereinbricht; denn die Zeit drängt.‹ Da schwebte sie hin und glitt unter den Saum seines Hemdes, während er schlief, hob ihn auf und flog mit ihm fort, so wie er war, nur mit dem Hemde bekleidet und ohne andere Kleider; sie flog mit ihm dahin, während der Dämon ihr zur Seite war, bis sie der Morgen auf halbem Wege überraschte und die Gebetsrufer riefen: ›Eilet zum Heil!‹ Da ließ Allah es geschehen, daß seine Engel einen feurigen Stern auf den Dämon warfen, so daß er verbrannte; doch die Dämonin entkam, und sie ließ sich mit Bedr ed-Dîn nieder an der Stelle, wo der Stern den Dämon getroffen hatte, und trug den Jüngling nicht weiter, aus Sorge um sein Leben. Und wie es im Geschick vorherbestimmt war, kamen sie nach Damaskus in Syrien; da legte die Dämonin ihn an einem der Stadttore nieder und flog davon. Als nun der Tag erschien und man die Tore der Stadt auftat, sahen die Leute, die hinauszogen, einen schönen Jüngling in Hemd und Mütze, aller anderen Kleidung bar; und er war, müde von dem langen Wachen, in Schlaf versunken. Als nun die Leute ihn erblickten, sagten sie: ›O die Glückliche, mit der dieser Jüngling die Nacht verbrachte! Aber hätte er sich doch die Zeit genommen, seine Kleider anzuziehen.‹ Und ein anderer sprach: ›Der arme junge Herr! Vielleicht ist er eben nur aus der Schenke eines Bedürfnisses wegen hinausgegangen, da ist ihm der Wein zu Kopfe gestiegen, er hat den Ort, den er suchte, verfehlt und ist in die Irre gegangen, bis er zum Stadttor[2] kam; das hat er geschlossen gefunden und hat sich dann zum Schlafe niedergelegt.‹ Während die Leute so über ihn hin und her redeten, hauchte die Morgenbrise plötzlich über Bedr ed-Dîn hin und hob den Saum seines Hemdes bis zu seinem Leibe empor; und es zeigten sich ein Leib und ein Nabelgrübchen, Schenkel und Lenden wie von Kristall. Da rief das Volk: ›Bei Allah, wie schön!‹ Bedr ed-Dîn aber erwachte und sah, daß er an einem Stadttor lag und daß viel Volks da war. Verwundert fragte er: ›Wo bin ich, ihr guten Leute? Und weshalb seid ihr zusammengelaufen, und was habe ich mit euch zu tun?‹ Sie antworteten: ›Wir fanden dich hier beim Ruf zum Morgengebet, im Schlafe liegend, und wir wissen sonst nichts. Wo aber hast du in dieser Nacht geschlafen?‹ Bedr ed-Dîn Hasan rief: ›Bei Allah, ihr Leute, ich habe diese Nacht in Kairo geschlafen.‹ Einer sagte: ›Du hast wohl Haschisch gegessen‹; und ein anderer: ›Bist du von Sinnen: Du verbringst die Nacht in Kairo und liegst am Morgen bei der Stadt Damaskus?‹ Er aber rief: ›Bei Allah, meine guten Leute, ich lüge euch wirklich nicht an; ich war gestern nacht im Lande Ägypten, und gestern am Tage war ich in Basra.‹ Da meinte der eine: ›Na, das ist aber gut!‹ und ein anderer: ›Dieser Jüngling ist besessen!‹

Und sie klatschten ihn aus und redeten miteinander, indem sie sprachen: ›Wie schade um seine Jugend! Bei Allah, kein Zweifel, er ist irre!‹ Dann mahnten sie ihn: ›Nimm deinen Verstand zusammen und werde wieder vernünftig!‹ Aber Bedr ed-Dîn Hasan bestand darauf: ›Ich war gestern Bräutigam im Lande Ägypten.‹ ›Du hast wohl geträumt‹, erwiderten sie, ›und das, was du erzählst, im Schlafe gesehen.‹ Da ward Hasan an sich selbst irre, aber dennoch sprach er zu ihnen: ›Bei Allah, das kann kein Traum sein; und was ich erlebt habe, ist kein Schein! Ich bin sicher dort gewesen, und da hat man die Braut vor mir entschleiert, und noch ein Dritter war da, der Bucklige, der daneben saß. Bei Allah, meine Brüder, dies ist kein Traum, und wäre es ein Traum, wo fände sich denn der Beutel mit Gold bei mir, und wo mein Turban und mein Gewand und meine Hose?‹ Dann machte er sich auf, trat in die Stadt ein und ging durch die Straßen und durch die Gänge der Basare; das Volk aber drängte sich um ihn und lief hinter ihm her, bis er in den Laden eines Garkochs eintrat. Nun aber war dieser Koch gescheit, das heißt, er war ein Dieb gewesen; aber Allah hatte ihm die Sünden vergeben, und er hatte eine Garküche eröffnet. Alles Volk von Damaskus fürchtete ihn wegen seines gewaltigen Jähzorns, und als sie sahen, daß der Jüngling in den Laden des Garkochs eintrat, gingen sie aus Angst vor jenem auseinander. Der Koch aber sah Bedr ed-Dîn an; und als er seine Schönheit und Anmut bemerkte, gewann er ihn alsbald lieb. Er fragte ihn: ›Von wannen kommst du, o Jüngling? Erzähle mir deine Geschichte; denn schon bist du mir lieber als mein Leben.‹ Da erzählte Hasan ihm alles, was ihm widerfahren war. Der Koch sagte darauf: ›O mein Herr Bedr ed-Dîn, das ist eine wunderbare Geschichte, und dies sind seltsame Berichte. Mein Sohn, verbirg, was dir widerfahren ist, bis Allah deine Last von dir nimmt, und bleib derweilen hier bei mir; denn ich habe keinen

Sohn und will dich an Kindes Statt annehmen.‹ Bedr ed-Dîn antwortete: ›Gern, lieber Oheim!‹ Darauf ging der Koch in den Basar und kaufte ihm prächtige Kleider und ließ ihn sie anziehn; und er ging mit ihm zum Kadi und erklärte ihn in aller Form für seinen Sohn. Nun wurde Bedr ed-Dîn Hasan also bekannt in der Stadt Damaskus als der Sohn des Garkochs; und er saß bei ihm im Laden und nahm das Geld ein und lebte so eine Weile mit dem Koch zusammen.

Lassen wir jetzt den Bedr ed-Dîn und seine Erlebnisse, und wenden uns zu seiner Base Sitt el-Husn! Als der Morgen dämmerte und sie aus dem Schlafe erwachte, fand sie den Bedr ed-Dîn Hasan nicht mehr. Sie glaubte, er sei auf den Abtritt gegangen, und wartete eine Stunde lang auf ihn; da trat ihr Vater zu ihr ein. Er war trostlos ob all dessen, was ihm durch den Sultan widerfahren war; daß er ihn gezwungen und seine Tochter gewaltsam einem seiner Diener vermählt hatte, und noch dazu einem elenden buckligen Stallknecht. Und er hatte zu sich selber gesagt: ›Ich will meine Tochter erschlagen, wenn sie sich diesem Verfluchten zu eigen gegeben hat.‹ So war er bis zum Brautgemach gegangen, an die Tür getreten und hatte gerufen: ›O Sitt el-Husn!‹ Da antwortete sie: ›Hier bin ich, o mein Herr!‹ Dann kam sie heraus, noch unsicheren Fußes nach all den Freuden der Nacht; und sie küßte den Boden, und ihr Gesicht hatte an Glanz und Anmut noch zugenommen, seit jener gazellengleiche Jüngling zu ihr in die Kammer gekommen. Als aber ihr Vater sie in diesem Zustande sah, da fragte er sie: ›O du Verfluchte, freust du dich so um dieses Pferdeknechtes willen?‹ Wie Sitt el-Husn die Worte ihres Vaters hörte, lächelte sie und sagte: ›Bei Allah, genug an dem, was gestern vorging, als die Gäste über mich lachten und mich mit dem Knecht verglichen, der nicht einmal so viel wert ist wie ein Span von dem Fingernagel meines Gemahls! Bei Allah, noch nie in meinem ganzen Leben habe ich eine Nacht so schön wie die von gestern verbracht. Darum spotte meiner nicht länger, indem du mich an jenen Buckligen erinnerst.‹ Als ihr Vater diese Worte von ihr hörte, entbrannte er vor Zorn, seine Augen verfärbten sich, und er rief: ›Wehe dir, was für Worte sind dies! Der bucklige Knecht verbrachte die Nacht bei dir!‹ ›Ich beschwöre dich bei Allah‹, erwiderte sie, ›nenne ihn nicht mehr, dessen Vater Allah verdamme! Und scherze nicht länger! Denn der Knecht war nur gedungen um zehn Dinare, und er nahm seinen Lohn und ging seiner Wege. Ich aber trat in das Brautgemach und fand meinen Gemahl dort sitzen, ihn, dem mich zuvor die Sängerinnen entschleiert hatten; jener war es, der rotes Gold unter sie ausgeteilt hatte, bis die Armen unter den Gästen reich geworden waren. Ich verbrachte die Nacht an der Brust meines zarten Gatten mit den schwarzen Augen und den zusammengewachsenen Brauen.‹ Und als ihr Vater diese Worte gehört, wurde das Licht vor seinen Augen in Dunkel zerstört, und er schrie sie an: ›O du Buhldirne, was sagst du da? Wo blieb dein Verstand?‹ ›Väterchen‹, erwiderte sie, ›du brichst mir das Herz; genug, daß du so hart warst gegen mich! Wahrlich, dieser mein Gatte, der mir die Mädchenschaft nahm, ist nur zum Abtritt gegangen; und ich fühle, daß ich von ihm empfangen habe.‹ Da ging ihr Vater in großer Verwunderung hin zum Abtritt und fand dort den buckligen Stallknecht mit dem Kopf im Loch und den Beinen in der Luft. Bei diesem Anblick wurde der Wesir ganz ratlos und sagte: ›Das ist er ja, der Bucklige!‹ Und er rief ihn an: ›He, Buckliger!‹ Doch der Knecht grunzte: ›Heb dich von dannen! Heb dich von dannen!‹ denn er glaubte, der da spräche, sei der Dämon. Und der Wesir rief nochmals und sagte: ›Sprich, oder ich werde dir mit diesem Schwert den Kopf abschlagen.‹ Da sprach der Bucklige: ›Bei Allah, o Scheich der Dämonen, seit du mich hier hineingesteckt hast, habe ich den Kopf noch nicht gehoben; ich beschwöre dich bei Allah, habe Mitleid mit mir!‹ Als aber der Wesir die Worte des Buckligen hörte, fragte er: ›Was redest du da? Ich bin der Vater der Braut, ich bin kein Dämon!‹ Jener erwiderte: ›Genug, daß du mir das Leben nehmen wolltest! Geh jetzt deines Weges, ehe der über dich kommt, der mich also zugerichtet hat. Konntet ihr mich nicht irgendeiner anderen vermählen als gerade der Geliebten von Büffeln und der Liebsten von Dämonen? Allah verfluche den, der mich mit ihr vermählt hat, und den, der das hier veranlaßt hat!‹ Da sprach der Wesir zu ihm: ›Steh auf und verlasse diesen Ort!‹ ›Bin ich verrückt‹, rief der Knecht, ›daß ich ohne die Erlaubnis des Dämonen mit dir ginge, während der zu mir gesagt hat: Wenn die Sonne aufgeht, komm heraus und geh deines Weges. Ist die Sonne aufgegangen oder nicht? Ich kann diesen Ort nicht eher verlassen, als bis die Sonne aufgegangen ist.‹ Der Wesir fragte ihn: ›Wer hat dich hierhergebracht?‹ Er antwortete: ›Ich kam gestern abend hierher, um ein dringendes Bedürfnis zu verrichten; und siehe, da kam eine Maus aus dem Wasser und quietschte und wurde immer größer, bis sie die Gestalt eines Büffels erreicht hatte; der sprach Worte zu mir, die mir ins Ohr eingingen. Dann ließ er mich hier so und ging davon; Allah verfluche die Braut und den, der mich mit ihr vermählte!‹ Da trat der Wesir zu ihm und zog ihn aus dem Abtrittloch heraus; er aber lief eilends davon und glaubte noch kaum, daß die Sonne aufgegangen war, und er ging zum Sultan, dem er alles berichtete, was ihm mit dem Dämonen widerfahren war. Der Wesir jedoch, der Vater der Braut, ging ins Haus zurück, in großer Sorge um seine Tochter, und er sprach: ›Liebe Tochter, erkläre mir, wie es mit dir steht.‹ Sie antwortete: ›Der Bräutigam, vor dem ich gestern entschleiert wurde, verbrachte die Nacht bei mir und nahm mir die Mädchenschaft, und ich habe von ihm empfangen. Wenn du mir nicht glaubst, so liegt dort sein Turban, gewunden noch, wie er war, auf dem Stuhl; und seine Hose liegt unter dem Bett, und darein ist etwas gewickelt, von dem ich nicht weiß, was es ist.‹ Als ihr Vater diese Worte hörte, ging er in die Brautkammer hinein und fand den Turban des Bedr ed-Dîn Hasan, des Sohnes seines Bruders; er nahm ihn sofort in die Hand, wandte ihn um und sprach: ›Dies ist ein Turban, wie ihn Wesire tragen; denn er ist aus Musselin.‹ Dann erblickte er etwas wie ein Amulett, das in den Tarbusch eingenäht war; und er nahm ihn und trennte ihn auf. Er hob auch die Hose auf und fand den Beutel mit den tausend Dinaren und öffnete ihn, und darin sah er ein beschriebenes Papier. Das las er, und er entdeckte so den Kaufbrief des Juden; der lautete auf den Namen des Bedr ed-Dîn Hasan, des Sohnes des Nûr ed-Dîn 'Alî, des Ägypters; und auch die tausend Dinare waren darin. Kaum aber hatte Schems ed-Dîn das Blatt gelesen, als er laut aufschrie und in Ohnmacht zu Boden fiel; und als er erwachte und das Ganze zu begreifen begann, da staunte er und rief: ›Es gibt keinen Gott außer Allah, der allmächtig ist über alle Dinge! Weißt du, o meine Tochter, wer dein rechtmäßiger Gemahl geworden ist?‹ ›Nein‹, sagte sie, und er: ›Wahrlich, er ist der Sohn meines Bruders, dein Vetter, und diese tausend Dinare sind seine Morgengabe für dich. Preis sei Allah! Wüßte ich nur, wie all das gekommen ist!‹ Darauf öffnete er das eingenähte Amulett und fand darin ein beschriebenes Papier und darauf eine Unterschrift in der Hand seines Bruder Nûr ed-Dîn, des Ägypters, des Vaters von Bedr ed-Dîn Hasan. Als er die Handschrift sah, sprach er die Verse:

Ich sehe ihre Spuren, und ich vergehe vor Sehnsucht,
An ihren verlassenen Stätten vergieße ich meine Zähren.
Aber ich bitte ihn, der mir die Trennung von ihnen
brachte,

Er möge eines Tages mir gnädig die Heimkehr
gewähren.

Als er geendet hatte, las er die Urkunde und fand darin aufgeführt die Daten der Verlobung seines Bruders mit der Tochter des Wesirs von Basra und seiner Hochzeit mit ihr, und der Geburt des Bedr ed-Dîn Hasan, und die ganze Lebensgeschichte seines Bruders bis zum Tage seines Todes. Da staunte er sehr und zitterte vor Freude, und er verglich das, was sein Bruder erlebt hatte, mit dem, was ihm selbst wiederfahren war; so fand er, daß alles genau übereinstimmte: die Zeit seiner Verlobung mit der seines Bruders, ebenso die seiner Hochzeit, und auch die Zeit der Geburt des Bedr ed-Dîn stimmte zu der seiner Tochter Sitt el-Husn. Da nahm er die Urkunde, ging damit zum Sultan und erzählte ihm von Anfang bis zu Ende, was geschehen war; und der König staunte und befahl, daß es sofort aufgezeichnet werden sollte. Dann erwartete der Wesir den ganzen Tag hindurch den Sohn seines Bruders, aber er kam nicht; und er wartete einen zweiten Tag und einen dritten, und so bis zum siebenten Tag, ohne daß Nachricht von ihm kam. Da sagte er: ›Bei Allah, ich will eine Tat tun, wie sie vor mir noch niemand getan hat!‹ Er nahm Tintenkapsel und Rohrfeder und zeichnete auf ein Papier den Plan des ganzen Hauses; und er zeigte, wie die Kammer lag und wo ein Vorhang hing, und so mit allem, was in dem Hause war. Dann faltete er die Zeichnung zusammen; und er ließ die zurückgelassenen Sachen bringen, nahm Bedr ed-Dîns Turban und Tarbusch, Gewand und Beutel, trug das Ganze in sein Zimmer, schloß es ein mit eisernem Schlosse und setzte sein Siegel darauf, um es zu bewahren, wenn etwa sein Neffe Hasan el-Basri käme. Die Tochter des Wesirs aber gebar, als ihre Zeit erfüllet war, einen Sohn; der war wie der volle Mond, das Ebenbild seines Vaters an Schönheit und Vollkommenheit und strahlender

Lieblichkeit. Sie durchschnitten ihm die Nabelschnur, schwärzten seine Augenlider mit Bleiglanz und übergaben ihn den Pflegerinnen; und sie nannten ihn 'Adschîb, das ist der Wunderbare. Er aber entwickelte sich, wie wenn bei ihm ein Tag wie ein Monat und ein Monat wie ein Jahr wäre; und als sieben Jahre über ihn dahingegangen waren, übergab ihn sein Großvater einem Lehrmeister, und dem trug er auf, ihn zu erziehen, lesen zu lehren und ihm die sorgfältigste Ausbildung zu gewähren. Er blieb in der Schule vier Jahre lang; da begann er mit seinen Mitschülern zu streiten und sie zu schelten, und er pflegte zu ihnen zu sagen: ›Wer unter euch ist wie ich? Ich bin der Sohn des Wesirs von Ägypten!‹ Schließlich aber machten die Knaben sich auf und gingen gemeinsam zu dem Lehrer, um sich darüber zu beklagen, wie sie von 'Adschîb zu leiden hatten. Da sagte der Lehrer zu ihnen: ›Ich will euch etwas lehren, was ihr ihm morgen, wenn er zur Schule kommt, sagen sollt; dann wird er es aufgeben, in die Schule zu kommen. Wenn er nämlich morgen kommt, so setzt ihr euch rings um ihn hin und sagt einer zum andern: ›Bei Allah, dies Spiel soll niemand mit uns spielen, außer wer uns die Namen seines Vaters und seiner Mutter nennt; denn wer die Namen seines Vater und seiner Mutter nicht weiß, der ist ein Bastard, und der soll nicht mit uns spielen.‹ Als es dann Morgen ward, kamen die Kinder in die Schule, und unter ihnen 'Adschîb; und sie scharten sich um ihn und sagten: ›Wir wollen ein Spiel spielen, aber niemand soll daran teilnehmen, der uns nicht den Namen seines Vaters und seiner Mutter nennen kann.‹ Und alle riefen: ›Bei Allah, gut!‹ Und einer sprach: ›Ich heiße Mâdschid, und meine Mutter heißt 'Alawîja und mein Vater 'Izz ed-Dîn.‹ Und ein zweiter sprach in derselben Weise, und dann ein dritter, bis die Reihe an 'Adschîb kam, und er sagte: ›Ich heiße 'Adschîb, und meine Mutter heißt Sitt el-Husn, und mein Vater Schems ed-Dîn, Wesir von Ägypten.‹ Da riefen sie: ›Bei Allah, der Wesir ist nicht dein Vater.‹ 'Adschîb aber erwiderte: ›Der Wesir ist wirklich mein Vater.‹ Da verlachten die Knaben ihn und klatschten in die Hände und riefen: ›Er weiß nicht, wer sein Vater ist; geh weg von uns, denn niemand soll mit uns spielen, außer wer seines Vaters Namen weiß!‹ Sofort liefen die Knaben von ihm weg und lachten ihn aus; ihm aber wurde beklommen, und er erstickte fast vor Tränen. Da sagte der Lehrer zu ihm: ›Wir wissen, daß der Wesir dein Großvater ist, der Vater deiner Mutter Sitt el-Husn, aber nicht dein Vater. Doch deinen Vater kennst weder du, noch kennen wir ihn; denn der Sultan vermählte deine Mutter mit dem buckligen Knecht; aber ein Dämon kam und schlief bei ihr, und du hast keinen bekannten Vater. Darum höre auf, dich über die Kinder der Schule zu überheben, bis du erst einmal weißt, daß du auch einen rechtmäßigen Vater hast; sonst wirst du als ein Kind des Ehebruchs unter ihnen gelten! Weißt du nicht, daß selbst der Sohn eines Hökers seinen Vater kennt? Dein Großvater ist sogar der Wesir von Ägypten; aber deinen Vater kennen wir nicht, und so sagen wir, daß du keinen Vater hast. Also werde wieder vernünftig!‹ Als aber 'Adschîb gehört hatte, was der Lehrer und die Kinder sagten und welche Schmach sie ihm anhängten, lief er sofort davon, ging zu seiner Mutter Sitt el-Husn und klagte ihr weinend sein Leid; aber die Tränen hinderten ihn am Sprechen. Als seine Mutter hörte, wie er schluchzte und weinte, entbrannte ihr Herz um ihn wie von Feuer; und sie sprach: ›Mein Sohn, warum weinest du? Sag mir, was dir widerfahren ist.‹ Da erzählte 'Adschîb ihr, was er von den Knaben und dem Lehrer gehört hatte, und fragte: ›Mutter, wer ist denn mein Vater?‹ Sie erwiderte ihm: ›Dein Vater ist der Wesir von Ägypten‹; aber er rief: ›Belüg mich nicht! Der Wesir ist dein Vater, nicht meiner. Wer ist denn mein Vater? Wenn du mir nicht die Wahrheit sagst, so töte ich mich mit diesem Dolche.‹ Doch als seine Mutter ihn von seinem Vater sprechen hörte, weinte sie; denn sie dachte an ihren Vetter und daran, wie sie dem Bedr ed-Dîn Hasan el-Basri in den Hochzeitskleidern gezeigt worden war, und an alles, was sie damals miteinander erlebt hatte, und sie sprach diese Verse:

Sie pflanzten die Leidenschaft in mein Herz und gingen,
Jetzt sind die Zelte mit meiner Liebe so weit!
Auch meine Geduld entschwand, seit sie
 entschwanden;
Mich floh, mir wurde zu schwer die Festigkeit.
Sie zogen fort, und mich verließen die Freuden;
Ach, eine Stätte der Ruhe finde ich nie.
Sie machten beim Abschied die Tränen des Auges mir
 rinnen,
Und immer bei ihrem Fernsein vergieße ich sie.
Sehne ich mich danach, sie dereinst zu sehen
Und wird das Seufzen nach ihnen und Warten mir lang,
So denk ich an ihre Gestalt, und in meinem Herzen
Wohnt Liebe und treues Gedenken und Sehnsucht so
 bang.
Ach, das Gedenken an euch ist mir ein Mantel,
Aus Liebe zu euch ist es ein Kleid mir zumal.
Wie lange noch dieses Fernsein und dies Entfliehen,
O meine Geliebten, wie lange noch diese Qual?

Dann weinte sie und schrie laut auf, und ihr Sohn tat desgleichen; und siehe, der Wesir trat zu ihnen herein, und als er sie beide weinen sah, brannte ihm das Herz in der Brust, und er fragte: ›Worüber weinet ihr?‹ Da erzählte sie ihm, was sich zwischen ihrem Sohn und den Kindern der Schule zugetragen hatte; und er weinte auch. Er gedachte seines Bruders und dessen, was ihnen beiden widerfahren war, und dessen, was seine Tochter erlebt hatte, und wie er in das Geheimnis von all dem nicht hatte eindringen können. Sofort erhob er sich und ging in die Regierungshalle und trat vor den König, tat ihm alles kund und bat ihn um die Erlaubnis, nach Osten zu reisen, zur Stadt Basra, um nach seines Bruders Sohn zu suchen. Auch bat er den Sultan, ihm Briefe für andere Städte zu schreiben, damit er seinen Neffen ergreifen könnte, wo immer er ihn finden würde. Und er weinte vor dem Sultan; der hatte Mitleid mit ihm und gab ihm Briefe für alle Länder und Städte. Darüber war der Wesir froh, und er betete um Segen für den Sultan. Dann nahm er Abschied von ihm, kehrte sofort in sein Haus zurück und rüstete sich zur Reise, indem er alles mitnahm, dessen er und seine Tochter und sein angenommener Sohn 'Adschîb bedurften. Und er brach auf und wanderte den ersten Tag und den zweiten und den dritten, bis er in der Stadt Damaskus ankam. Und er sah sie vor sich, reich an Bäumen und Strömen; wie der Dichter von ihr sagt:

Nach meinem Tage in Damaskus und meiner Nacht
Schwur das Geschick: Dort ist ein herrliches Wunder vollbracht!
Wir schliefen; die Tiefe der Nacht befreite von allen Sorgen.
Da kam mit lächelndem Antlitz in grauweißem Haare der Morgen.
Und der Tau erglänzte dort auf den Zweigen allen
Wie Perlen, die, vom Zephir geschüttet, auf sie gefallen.
Der See war wie ein Blatt, und die Vögel flogen dahin
Und lasen die Schrift des Windes mit Punkten der Wolken darin.

Der Wesir machte Halt auf Maidân el-Hasa; und er ließ die Zelte aufschlagen und sagte zu seinen Dienern: ›Hier werden wir zwei Tage bleiben!‹ Da gingen die Diener in die Stadt, um ihre Besorgungen zu machen, der eine, um zu verkaufen, der andere, um zu kaufen, der eine ging ins

Bad, der andere in die Moschee der Omaijaden, derengleichen es in der Welt nicht gibt. Und auch 'Adschîb ging mit seinem Diener in die Stadt, um sie sich anzusehen, und der Diener folgte mit einem Knüttel so schwer, daß ein Kamel nicht wieder aufgestanden wäre, wenn er es damit geschlagen hätte. Da erblickte das Volk von Damaskus den 'Adschîb, seines Ebenmaßes Vollkommenheit, seine strahlende Lieblichkeit; denn er war ein Knabe so fein und lieblich, so zart und zierlich, weicher als des Nordens Zephirwinde, süßer als des klaren Wassers Gründe für einen, der vom Durst geplagt, und erfreuender als die Gesundheit für einen, an dem die Krankheit nagt. Und es schloß sich ihnen eine gewaltige Menge an, die einen liefen hinterher, und andere liefen ihnen voraus, um sich an den Weg zu setzen, bis er vorüberkam; und schließlich blieb der Sklave, wie es das Schicksal bestimmt hatte, vor dem Laden des Bedr ed-Dîn Hasan stehen, der ja der Vater des 'Adschîb war. Nun war sein Bart gewachsen, und sein Verstand war gereift während der zwölf Jahre; und da der Koch gestorben war, so hatte Bedr ed-Dîn Hasan dessen Laden und Besitz geerbt, dieweil er förmlich vor den Richtern und den Zeugen als sein Sohn anerkannt war. Als aber an jenem Tage sein Sohn mit dem Diener vor ihn trat, da blickte er den Knaben an, und als er sah, wie wunderbar schön er war, pochte ihm das Herz, und das Blut trieb ihn zum Blut, und sein Herz neigte sich ihm zu. Nun hatte er gerade verzuckerte Granatapfelkerne bereitet, und die vom Himmel gepflanzte Liebe regte sich mächtig in ihm; so rief er seinen Sohn 'Adschîb an und sagte: ›Junger Herr, der du die Herrschaft über mein ganzes Herz gewonnen hast und nach dem sich mein innerstes Wesen sehnt, willst du eintreten in mein Haus und mein Herz erfreuen, indem du von meiner Speise issest?‹ Dann strömten ihm die Augen über von Tränen, ohne daß er es wollte, und er dachte an das, was er gewesen, und an das, was er nunmehr geworden war. Als 'Adschîb seines Vaters Worte hörte, sehnte sich auch sein Herz nach ihm. Er blickte auf den Diener und sagte zu ihm: ›Mein Herz sehnt sich nach diesem Koch; er ist wie einer, der sich von seinem Sohn hat trennen müssen; also laß uns bei ihm eintreten und ihm das Herz erfreuen, indem wir seine Gastfreundschaft annehmen! Wenn wir das tun, so wird vielleicht Allah mich mit meinem Vater vereinigen.‹ Als der Diener die Worte 'Adschîbs hörte, rief er: ›Bei Allah, das ist hübsch! Ich halte das Volk von dir ab mit diesem Knüttel, daß niemand dich anblickt, und ich kann niemals zulassen, daß du in diesen Laden eintrittst.‹ Als aber Bedr ed-Dîn Hasan die Rede des Dieners vernahm, da staunte er, und er wandte sich ihm zu, während Tränen ihm über die Wangen rannen; da sagte 'Adschîb: ›Siehe, mein Herz liebt ihn!‹ Der Diener aber versetzte: ›Laß ab von diesem Geschwätz; du darfst nicht hineingehen!‹ Nun wandte der Vater des 'Adschîb sich an den Diener und sagte: ›Würdiger Herr, weshalb willst du mir nicht die Seele erfreuen, indem du eintrittst in meinen Laden? O du, der du bist wie eine Kastanie, dunkel von außen, aber weißen Herzens drinnen! O du, von dessengleichen einer der Dichter sagt...‹ Da lachte der Sklave und fragte: ›Was sagst du? Sprich, bei Allah, und sei kurz.‹ Sofort sprach Bedr ed-Dîn diese Verse:

Wär nicht seine feine Bildung und seine schöne Treue,
so hätte er nicht im Hause des Königs Herrschergewalt.
Und für die Frauengemächer, o welch ein trefflicher Diener!
Ob seiner Schönheit dienten die Engel des Himmels ihm bald!

Der Eunuch staunte ob dieser Worte, und er nahm 'Adschîb an der Hand und trat in den Laden des Kochs ein. Bedr ed-Dîn Hasan aber füllte eine Schale mit Granatapfelkernen, die mit Mandeln und Zucker angerichtet waren, und sie kosteten beide davon. Darauf sprach Bedr ed-Dîn Hasan zu ihnen: ›Ihr habt mich durch euren Eintritt geehrt, so esset denn, zu Glück und Gesundheit.‹ 'Adschîb aber sprach zu seinem Vater: ›Setze dich und iß mit uns; vielleicht wird Allah uns mit dem vereinen, den wir suchen.‹ Da fragte Bedr ed-Dîn Hasan: ›O mein Sohn, hast du in deinen zarten Jahren schon den Kummer der Trennung von denen erfahren, die du liebtest?‹ 'Adschîb antwortete: ›So ist es, mein Oheim; mir brennt das Herz um den Verlust eines Geliebten, der kein anderer ist als mein Vater; ja, ich und mein Großvater, wir sind eben jetzt hinausgezogen, um die Länder nach ihm zu durchsuchen. O, daß ich doch wieder mit ihm vereint wäre!‹ Und er weinte bitterlich, und auch sein Vater weinte, da er ihn in seinem Trennungsschmerze weinen sah, zumal er zugleich daran dachte, daß er von den Lieben getrennt war und fern von Vater und Mutter lebte; auch der Diener empfand Trauer um ihn. Sie aßen nun zusammen, bis sie gesättigt waren; darauf standen 'Adschîb und der Sklave auf und verließen den Laden des Bedr ed-Dîn Hasan. Dem aber war es, als sei seine Seele aus seinem Leibe geflohen und ihnen gefolgt; und da er es nicht ertragen konnte, den Knaben so im Augenblick aus dem Gesicht zu verlieren, verschloß er den Laden und ging ihnen nach, obgleich er nicht wußte, daß 'Adschîb sein Sohn war. Er ging so schnell, daß er sie erreichte, ehe sie aus dem Großen Tore hinausgegangen waren. Da drehte der Eunuch sich um und fragte ihn: ›Was hast du?‹ Bedr ed-Dîn Hasan erwiderte: ›Als ihr von mir ginget, war es mir, als wäre meine Seele mit euch dahin; und da ich gerade in der Außenstadt vor dem Tore Geschäfte hatte, so dachte ich euch Gesellschaft zu leisen, bis ich sie erledigt hätte, und dann nach Hause zurückzukehren.‹ Der Eunuch aber wurde zornig und sagte zu 'Adschîb: ›Ebendies war es, was ich fürchtete! Wir aßen den unseligen Bissen, der als Ehrenbezeigung für uns gedacht war, und jetzt folgt uns der Bursche von Ort zu Ort.‹ Da wandte 'Adschîb sich um, und als er den Koch dicht hinter sich sah, ergrimmte er, und sein Gesicht wurde rot vor Ärger, und er sagte zu dem Diener: ›Laß ihn die Straße der Muslime ziehen! Aber wenn wir abbiegen zu unsern Zelten und sehen, daß er uns immer noch folgt, dann wollen wir ihn wegjagen.‹ Er senkte darauf den Kopf und ging weiter, und der Eunuch folgte ihm. Doch Bedr ed-Dîn Hasan ging ihnen nach bis zum Maidân el-Hasa; und als sie sich den Zelten näherten, sahen sie sich um und erblickten ihn dicht hinter sich. Da war 'Adschîb erzürnt, denn er fürchtete, der Eunuch werde seinem Großvater alles berichten. Und er war durchdrungen von dem Zorn darüber, daß jener sagen könnte, er sei in eine Garküche getreten, und nachher sei ihm der Koch gefolgt. Er wandte sich also um und sah Hasans Augen auf seine eigenen Augen geheftet, denn jener war geworden wie ein Leib ohne Seele; und es schien 'Adschîb, als ob sein Auge das Auge eines Lüstlings und er ein Bastard wäre. Da nun sein Grimm noch stieg, griff er einen Stein auf und warf ihn nach seinem Vater. Bedr ed-Dîn Hasan sank ohnmächtig zu Boden, und sein Blut strömte über sein Gesicht; 'Adschîb und der Diener aber gingen zu den Zelten. Als Bedr ed-Dîn Hasan dann zu sich kam, wischte er sich das Blut ab, riß einen Streif vom Turban und verband sich den Kopf; und er schalt sich selber und sagte: ›Ich tat dem Knaben unrecht, indem ich meinen Laden verschloß und ihm folgte, denn er mußte glauben, daß ich ein Lüstling sei.‹ Dann kehrte er zu seinem Laden zurück und verkaufte weiter seine Speisen. Und er begann sich nach seiner Mutter, die in Basra war, zu sehnen, und er weinte um sie und sprach diese Verse:

Verlange kein Recht vom Schicksal, du tätest ihm doch nur Unrecht;
Und schilt es nicht, denn es hat mit Gerechtigkeit nichts zu tun.
Nimm, was sich dir beut, und lasse die Sorgen beiseite!
Bald ist es trüb in der Welt, bald hell. So ist's einmal nun.

Bedr ed-Dîn Hasan also blieb dabei, seine Speisen zu verkaufen; aber der Wesir, sein Oheim, blieb drei Tage in Damaskus, dann ritt er weiter in der Richtung nach Homs und kam dort an. Und er forschte auf seinem Wege überall nach, wohin er nur seinen Blick richtete, bis er Dijâr Bekr und Maridîn und Mosul erreichte. Dann reiste er immer weiter bis zur Stadt Basra und zog in sie ein. Sobald er dort sein Lager aufgeschlagen hatte, ging er zum dortigen Sultan und traf mit ihm zusammen. Der ließ ihm hohe Ehren zuteil werden und fragte ihn nach dem Anlaß seines Kommens. Da erzählte jener ihm seine Geschichte sowie daß der Wesir Nûr ed-Dîn Alî sein Bruder gewesen sei. Der Sultan rief aus: ›Allah erbarme sich seiner!‹ und fügte hinzu: ›O Herr, er war mein Wesir, und ich liebte ihn sehr. Vor fünfzehn Jahren ist er gestorben, und er hinterließ einen Sohn, der nach seines Vaters Tode nur noch einen einzigen Monat hierblieb; seither ist er verschwunden, und wir haben nie etwas von ihm erfahren. Aber seine Mutter, die Tochter meines früheren Wesirs, lebt noch unter uns.‹ Als der Wesir Schems ed-Dîn von dem König hörte, daß seines Neffen Mutter noch am Leben war, da freute er sich und sagte: ›O König, ich möchte gern mit ihr zusammentreffen!‹ Alsbald gab ihm der Sultan die Erlaubnis dazu. Und er begab sich zu ihr in das Haus seines Bruders Nûr ed-Dîn; und er ließ dort seine Blicke überall umherschweifen und küßte die Schwelle. Und indem er seines Bruders Nûr ed-Dîn Alî gedachte, wie der in der Fremde gestorben war, weinte er, und er sprach die Verse:

Ich gehe vorbei an den Stätten, den Stätten des lieben Mädchens,
Und küsse bald hier eine Wand und bald eine andere dort.
Die Liebe zu den Stätten ist's nicht, die mein Herz entzündet,
Nein, nur die Liebe zu ihr, die da wohnte an jenem Ort.

Darauf schritt er durch das Tor zu einem weiten Hofe und zu einem gewölbten Torweg; der war aus Assuaner Granit erbaut und belegt mit Marmorplatten von allen Arten und Farbenschatten. Dort trat er ein und ging im Hause umher und ließ seinen Blick überall umherstreifen; da fand er den Namen seines Bruders Nûr ed-Dîn in goldenen Lettern auf die Wand gemalt. Und er trat hin zu der Inschrift und küßte sie und weinte und dachte daran, wie er von ihm getrennt worden war; und er sprach die Verse:

Ich frage die Sonne nach dir, sooft sie strahlend aufgeht;
Ich frage den Blitz nach dir, sooft er am Himmel flammt.
Zur Nachtzeit rollt die Sehnsucht mich mit ihren Händen zusammen,
Und rollt mich auf; doch ich klage nicht, daß ich zu Schmerzen verdammt.
Geliebter mein, wenn die Zeit so lang währt und wenn die Trennung
So ist, dann werd ich in Stücke zerrissen durch deinen Verlust.
Doch wenn du meinem Auge nur deinen Anblick gewährtest,
Ach, wie schön wär es dann, sänke ich dir an die Brust!
Glaube doch nicht, daß ich einen anderen gefunden hätte;
In meinem Herzen ist für andere Lieb keine Stätte!

Dann ging er weiter, bis er zu der Halle kam, in der die Witwe seines Bruders, die Mutter des Bedr ed-Dîn Hasan el-Basri, weilte. Sie hatte seit der Zeit, da ihr Sohn verschwunden war, nicht aufgehört, Tag und Nacht hindurch zu weinen und zu klagen; als die Jahre ihr lang zu werden begannen, da hatte sie mitten in der Halle ein Marmorgrab für ihren Sohn erbaut, und nun pflegte sie dort um ihn zu weinen, Tag und Nacht, und sie schlief immer nur bei dem Grabe. Als der Wesir dorthin kam, wo sie weilte, vernahm er ihre Stimme; und er blieb hinter der Tür stehen, während er sie das Grabmal also ansprechen hörte:

Bei Allah, o Grab, schwand denn deine Schönheit jetzt dahin?
Und ist jener Anblick verblaßt, der sonst so strahlend scheint?
O Grab, du bist doch weder Erde noch Himmel für mich;
Wie kommt's, daß sich in dir das Reis mit dem Monde vereint?

Während sie so klagte, siehe, da trat der Wesir Schems ed-Dîn zu ihr ein, begrüßte sie und ließ sie wissen, daß er ihres Gatten Bruder sei; und dann erzählte er ihr alles, was geschehen war, und enthüllte ihr die ganze Geschichte, wie ihr Sohn Bedr ed-Dîn Hasan vor über zehn Jahren eine ganze Nacht bei seiner Tochter zugebracht hatte und morgens verschwunden gewesen war. Und er schloß mit den Worten: ›Meine Tochter aber hatte von deinem Sohne empfangen und einen Knaben geboren, der jetzt bei mir ist, und er ist doch auch dein Kind, der Sohn deines Sohnes von meiner Tochter.‹ Als sie aber hörte, daß ihr Sohn Bedr ed-Dîn Hasan noch lebte, und ihren Schwager sah, da stand sie auf und warf sich ihm zu Füßen, küßte sie und sprach die Verse:

Bei Allah, welch ein trefflicher Bote, der mir ihr
  Kommen kündet,
Und der mit der allerfrohesten Botschaft zu mir kam!
Wär er mit einem zerriß'nen Geschenke zufrieden, ich
  gäbe
Ein Herz ihm, das beim Abschied in Stücke zerriß vor
  Gram.

Darauf ließ der Wesir den 'Adschîb holen, und als er kam, fiel seine Großmutter ihm um den Hals und weinte. Schems ed-Dîn aber sprach: ›Dies ist die Zeit nicht zum Weinen: dies ist die Zeit, dich bereitzumachen, um mit uns nach dem Lande Ägypten zu reisen; vielleicht vereinigt Allah mich und dich mit deinem Sohn und meinem Neffen.‹ Sie erwiderte: ›Ich höre und gehorche!‹; und sie erhob sich alsbald, sammelte ihr Gepäck und ihre Schätze und ihre Sklavinnen und machte sich sofort für die Reise zurecht. Der Wesir Schems ed-Dîn ging derweilen zum Sultan von Basra, um Abschied zu nehmen, und er übergab ihm Geschenke und Kostbarkeiten für den Sultan von Ägypten. Zur selbigen Stunde machte er sich auf und zog dahin, bis er zu der Stadt Damaskus kam; dort machte er in el-Kanûn halt und ließ die Zelte aufschlagen. Und er sprach zu seinem Gefolge: ›Wir wollen hier eine Woche bleiben und für den Sultan Geschenke und Kostbarkeiten kaufen.‹ 'Adschîb aber ging hinaus und sagte zu dem Eunuchen: ›O Lâïk, ich möchte einen Spaziergang machen; komm, laß uns hinuntergehen in den Basar und in Damaskus umherwandeln und nachsehen, was aus jenem Koch geworden ist, bei dem wir Süßigkeiten aßen und dem wir nachher den Kopf verwundeten; er war doch freundlich gegen uns, und wir haben ihn schlecht behandelt.‹ Der Eunuch antwortete: ›Ich höre und gehorche!‹ Darauf verließ 'Adschîb mit dem Eunuchen die Zelte; denn das Band des Blutes zog ihn hin zu seinem Vater.

Alsbald traten sie in die Stadt ein und gingen immer weiter, bis sie die Garküche erreichten; und sie sahen den Koch in seinem Laden stehen. Es war etwa um die Zeit des Nachmittagsgebetes, und zufälligerweise hatte er gerade Granatapfelkerne zubereitet. Als nun die beiden näher kamen und 'Adschîb ihn sah, da sehnte sich sein Herz nach ihm; er erblickte auch die Narbe von dem Steinwurf auf seiner Stirn, und er sprach: ›Friede sei mit dir, du da! Wisse, daß mein Herz mit dir ist!‹ Als aber Bedr ed-Dîn seinen Sohn sah, da erzitterte sein Innerstes, und sein Herz klopfte; er neigte den Kopf zur Erde und suchte seine Zunge im Munde zu bewegen, doch er konnte es nicht. Danach hob er den Kopf wieder zu seinem Knaben empor, demütig und flehend, und er sprach die Verse:

Ich sehnte mich nach ihm, den ich liebe; doch als ich ihn sah,
Versagten mir Zunge und Blick, und ich wußte nicht, wie mir geschah.
In tiefer Verehrung vor ihm verneigte ich mein Gesicht;
Ich wollte verbergen, was in mir, und doch verbarg ich es nicht.
Geraume Bände von Klagen hatte ich bei mir dort;
Doch als wir zusammentrafen, sprach ich kein einziges Wort.

Darauf sprach er zu ihnen: ›Heilt mir das gebrochene Herz und eßt von meinen Speisen; denn bei Allah, ich kann dich nicht ansehen, ohne daß mein Herz klopft! Ich wäre dir wahrlich damals nicht gefolgt, wenn ich nicht von Sinnen gewesen wäre.‹ ›Bei Allah, du liebst uns wirklich‹, erwiderte 'Adschîb; ›wir haben damals einen Bissen bei dir gegessen, aber du folgtest uns danach und wolltest uns Schmach bringen; so wollen wir jetzt nur unter der Bedingung mit dir essen, daß du schwörst, uns nicht nachzugehen noch uns zu verfolgen. Sonst werden wir dich nicht mehr besuchen, solange wir in dieser Stadt sind; denn wir werden eine Woche hier verweilen, bis mein Großvater Geschenke für den König gekauft hat.‹ Da erwiderte Bedr ed-Dîn Hasan: ›Das verspreche ich euch.‹ So traten 'Adschîb und der Diener in den Laden ein, und sein Vater setzte ihnen eine Schüssel Granatapfelkerne vor. 'Adschîb sagte: ›Iß mit uns, vielleicht wird Allah unseren Gram vertreiben.‹ Bedr ed-Dîn aber freute sich und aß mit ihnen; doch er blickte ihm starr ins Gesicht; denn sein Herz und sein ganzes Wesen hingen an ihm. Schließlich sagte 'Adschîb zu ihm: ›Denke daran! Habe ich dir nicht gesagt, du seiest ein lästiger Liebhaber? Nun höre doch auf, mir immer so ins Gesicht zu sehen!‹ Als aber Bedr ed-Dîn seines Sohnes Worte hörte, sprach er diese Verse:

Für die Herzen hast du geheimnisvollen Zauber,
Verborgenen, tief versteckten; nie wird er offenbar.
O, der du den leuchtenden Mond durch deine Schönheit beschämest,
Und dessen Anmut gleichet dem Morgenlichte so klar:
In deines Antlitzes Licht sind unerreichbare Wünsche
Und Zeichen der Liebe auf ewig, die wachsen und mehren sich schnell.
Soll ich vor Hitze vergehn, obgleich dein Antlitz mein Eden?
Und soll ich verdursten, obgleich deine Lippe der Lebensquell?

Bedr ed-Dîn gab nun bald dem 'Adschîb einen Bissen, bald dem Eunuchen; und sie saßen, bis sie gesättigt waren. Dann standen sie auf, und auch Hasan el-Basri erhob sich und goß ihnen Wasser über die Hände, löste einen seidenen Schal von seinem Gürtel, trocknete sie damit ab und besprengte sie mit Rosenwasser aus einer Flasche, die er bei sich führte. Dann ging er aus dem Laden hinaus und kehrte zurück mit einem Kruge voll Scherbett, gemischt mit Rosenwasser und Moschus; den setzte er vor sie hin und sagte: ›Macht eure Güte vollkommen!‹ Da nahm 'Adschîb, trank und reichte dem Diener; und sie reichten einander, bis ihr Magen gefüllt war und sie so gesättigt waren, wie noch nie zuvor. Darauf gingen sie fort und eilten, die Zelte zu erreichen. Und 'Adschîb trat ein zu seiner Großmutter, der Mutter seines Vaters Bedr ed-Dîn Hasan; sie küßte ihn und dachte an ihren Sohn Bedr ed-Dîn Hasan, und sie seufzte und weinte und sprach die Verse:

Ich hoffte doch immer noch, mit dir vereint zu werden;
Sonst hätte das Leben für mich keinen Reiz nach deinem Verlust.
Ich schwöre: In meinem Herzen ist nichts als deine Liebe,
Und Gott der Herr sieht ja die Geheimnisse in der Brust.

Dann fragte sie 'Adschîb: ›Mein Sohn, wo bist du gewesen?‹ Er erwiderte: ›In der Stadt Damaskus.‹ Da stand sie auf und brachte ihm eine Schüssel mit Speisen von Granatapfelkernen, die wenig gesüßt waren, und sagte zu dem Diener: ›Setze dich mit deinem Herrn!‹ Der Diener sprach bei sich selber: ›Bei Allah, wir haben kein Verlangen mehr zu essen‹; dennoch setze er sich nieder. Ebenso war dem 'Adschîb, als er sich niedersetzte, der Magen noch voll von dem, was er schon gegessen und getrunken hatte. Gleichwohl nahm er einen Brocken, tauchte ihn in die Granatapfelspeise und begann zu essen; aber er fand, daß sie nicht süß genug war, weil er schon übersatt war, und so sagte er: ›Pfui! Was ist dies für ein schlechtes Essen!‹ ›O mein Sohn!‹ rief seine Großmutter aus, ›tadelst du, was ich gekocht habe? Ich habe diese Speise selber bereitet, und kein Mensch vermag sie so gut zu kochen wie ich, außer deinem Vater Bedr ed-Dîn Hasan!‹ ›Bei Allah, Großmutter‹, erwiderte 'Adschîb, ›diese Speise ist schlecht. Wir sahen noch eben in der Stadt Damaskus einen Koch, der die Granatapfelkerne so bereitet, daß ihrem Geruch sich das Herz öffnet; seine Speise erweckte Verlangen zu essen, aber deine Speise ist, mit jener verglichen, weder viel noch wenig wert.‹ Als seine Großmutter diese Worte hörte, geriet sie in heftigen Zorn, und sie blickte den Sklaven an und sagte: ›Wehe dir! Du hast meinen Sohn verführt und ihn in gemeine Garküchen gebracht?‹ Da erschrak der Eunuch und leugnete und sagte: ›Wir sind nicht in den Laden gegangen, wir sind nur an ihm vorbeigekommen.‹ ›Bei Allah‹, rief 'Adschîb, ›wir sind doch hineingegangen; und wir haben dort gegessen, und die Speise schmeckte besser als deine!‹ Nun aber ging seine Großmutter fort, erzählte es ihrem Schwager und erregte seinen Zorn wider den Sklaven; er ließ ihn rufen und fragte ihn: ›Weshalb hast du meinen Sohn in eine Garküche gebracht?‹ Der Sklave versetzte in Angst: ›Wir sind nicht hineingegangen.‹ Aber 'Adschîb sagte: ›Wir sind doch hineingegangen, und wir haben von den Granatapfelkernen gegessen, bis wir satt waren; und der Koch hat uns auch Zuckerwasser mit Schnee zu trinken gegeben.‹ Da wurde die Entrüstung des Wesirs gegen den Sklaven noch größer, und von neuem befragte er ihn; und als er immer noch leugnete, sagte er: ›Wenn du die Wahrheit sprichst, so setze dich und iß vor unsern Augen!‹ Daraufhin trat der Sklave vor und versuchte zu essen; aber er konnte es nicht und ließ den Bissen fallen und rief: ›O Herr, ich bin noch von gestern her satt.‹ Jetzt war der Wesir überzeugt, daß er im Laden des Garkochs gegessen hatte; und er befahl den Sklaven, ihn zu Boden zu werfen; das taten sie, und er schlug ihn so heftig, daß der Sklave um Hilfe schrie und rief: ›O Herr, schlag mich nicht mehr, ich will dir die volle Wahrheit sagen!‹ Da hielt er mit dem Schlagen inne und sagte: ›Jetzt sprich die Wahrheit!‹ Der Eunuch erwiderte: ›Wisse, wir traten in den Laden des Kochs, als er gerade Granatapfelkerne bereitete, und er setzte uns etwas davon vor. Und bei Allah, nie in meinem Leben habe ich etwas gegessen, was sich damit vergleichen ließe; ich habe aber auch nie etwas Schlechteres gekostet als das, was jetzt vor uns steht.‹ Die Mutter des Bedr ed-Dîn Hasan aber wurde zornig und sagte: ›Du mußt zu dem Koch gehen und uns eine Schüssel von seinen Granatapfelkernen bringen und sie deinem Herrn zeigen, damit er sage, welche besser und feiner sind.‹ Der Diener antwortete: ›Jawohl!‹ Sofort gab sie ihm eine Schüssel und einen halben Dinar; und er ging hin zu dem Laden und sagte zu dem Koch: ›Wir haben eine Wette abgeschlossen über deine Speise in meines Herrn Hause; denn die haben auch Granatapfelkerne. Gib mir von den deinen für diesen halben Dinar; aber paß auf, denn ich habe um deiner Kocherei willen eine schmerzhafte Tracht Prügel bekommen.‹ Hasan lachte und sprach: ›Bei Allah, niemand vermag dies Gericht so gut zu bereiten, wie ich und meine Mutter; sie ist aber jetzt in einem fernen Lande.‹ Darauf füllte er die Schüssel, nahm sie und tat noch Moschus und Rosenwasser daran; dann erhielt der Diener sie und eilte mit ihr davon, bis er bei den Zelten ankam. Nun nahm die Mutter Hasans die Schüssel und kostete davon; als sie aber den feinen Geschmack und die vortreffliche Zubereitung bemerkte, wußte sie, wer es gemacht hatte; und sie schrie auf und sank in Ohnmacht. Der Wesir erschrak und besprengte sie sofort mit Rosenwasser; nach einer Weile erholte sie sich und sagte: ›Wenn mein Sohn noch von dieser Welt ist, so hat nur er allein diese Granatapfelkerne bereitet; das ist mein Sohn Bedr ed-Dîn Hasan selber. Daran ist kein Zweifel möglich, noch auch ein Irrtum; denn dies ist eine Speise, die nur er und ich zu bereiten verstehen, und ich habe ihn gelehrt, sie zu kochen.‹ Als der Wesir ihre Worte hörte, freute er sich sehr und sagte: ›Oh, wie sehne ich mich nach dem Anblick meines Neffen! Ich möchte wissen, ob mich die Tage je wieder mit ihm vereinigen! Wir können nur zu Allah dem Erhabenen beten, daß Er mich mit ihm zusammenführe!‹ Noch im selben Augenblick ging der Wesir hinaus zu den Leuten, die bei ihm waren, und sprach: ›Zwanzig Mann von euch sollen zu der Garküche gehen. Reißt den Laden nieder, fesselt dem Koch die Hände mit seinem Turban und schleppt ihn mit Gewalt zu mir, doch ohne daß ihm ein Leid geschieht!‹ Sie erwiderten: ›Jawohl.‹ Dann ritt der Wesir sofort in den Palast und trat vor den Statthalter von Damaskus und zeigte ihm die Schreiben, die er vom Sultan bei sich hatte. Jener küßte sie, legte sie auf sein Haupt und sprach: ›Wer ist dein Schuldner?‹ Der Wesir erwiderte: ›Ein Koch.‹ Da befahl der Statthalter sofort seinen Wächtern, zu dem Laden zu gehen; und sie taten es, fanden ihn bereits zerstört und alles darin zerbrochen vor; denn als der Wesir in den Palast gegangen war, hatten seine Leute seinen Befehl ausgeführt. Nun saßen sie da und warteten auf die Rückkehr des Wesirs aus dem Palaste; Bedr ed-Dîn Hasan aber sagte: ›Was haben die nur in den Granatapfelkernen gefunden, daß dies geschehen ist?‹ Als aber der Wesir von seinem Besuch bei dem Statthalter zurückkam, der ihm die Erlaubnis gegeben hatte, seinen Schuldner aufzugreifen und mit ihm davonzuziehen, und als er wieder im Zeltlager war, rief er nach dem Koch. Man führte ihn vor, gefesselt mit seinem Turban. Wie Bedr ed-Dîn Hasan seinen Oheim erblickte, weinte er bitterlich und fragte: ›Hoher Herr, was ist mein Vergehen wider dich?‹ ›Bist du der Mann, der die Granatapfelkerne bereitet hat?‹ fragte der Wesir; und er antwortete: ›Ja! Hast du denn etwas darin gefunden, das es nötig macht, mir den Kopf abzuschlagen?‹ Der Wesir sagte darauf: ›Das wäre das Beste und die geringste deiner Strafen!‹ Da bat der Koch: ›Hoher Herr, willst du mir nicht mein Vergehen kundtun?‹ Der Wesir erwiderte: ›Jawohl, sofort!‹ Dann rief er den Dienern zu: ›Bringt die Kamele her!‹ Und sie nahmen den Bedr ed-Dîn Hasan mit sich, steckten ihn in eine Kiste und legten ein Schloß davor. Dann brachen sie auf und zogen immer weiter, bis die Nacht hereinbrach. Da machten sie halt und aßen ein wenig Zehrung; den Bedr ed-Dîn Hasan nahmen sie aus seiner Kiste heraus und gaben auch ihm zu essen und schlossen ihn dann wieder ein. Darauf zogen sie weiter dahin, bis sie Kamra erreichten; dort nahmen sie den Bedr ed-Dîn Hasan aus der Kiste heraus, und der Wesir fragte ihn: ›Bist du es, der die Granatapfelkerne bereitet hat?‹ Er antwortete: ›Ja, Herr.‹ Der Wesir rief: ›Fesselt ihn!‹ Da fesselten sie ihn und steckten ihn wieder in die Kiste und zogen weiter, bis sie Kairo erreichten; dort machten sie im Quartier er-Raidanîje halt. Der Wesir gab Befehl, den Bedr ed-Dîn Hasan aus der Kiste zu nehmen, ließ einen Zimmermann holen und sagte zu ihm: ›Macht mir eine Holzfigur für diesen Burschen!‹ Da rief Bedr ed-Dîn Hasan aus: ›Und was willst du damit tun?‹ Der Wesir antwortete: ›Ich will dich an dieser Figur aufhängen und daran festnageln lassen, und dann will ich dich in der Stadt herumführen.‹ Jener darauf: ›Weshalb willst du mir dies antun?‹ Der Wesir: ›Wegen deiner elenden Zubereitung der Granatapfelkerne; wie konntest du sie ohne Pfeffer zubereiten?‹ Jener: ›Und weil Pfeffer daran fehlte, willst du all dies an mir tun? Genügt es nicht, daß du micht eingesperrt und mir nur einmal am Tage zu essen hast geben lassen?‹ Der Wesir rief: ›Der Pfeffer fehlte; drum kannst du nur mit dem Tode bestraft werden.‹ Da war Bedr ed-Dîn Hasan ratlos und trauerte um sein Leben; der Wesir aber fragte ihn: ›Woran denkst du?‹ Er erwiderte: ›An solche Dummköpfe, wie du einer bist; denn wenn du Verstand besäßest, hättest du mich nicht so behandelt!‹ Der Wesir sprach: ›Es ist unsere Pflicht, dich zu strafen, damit du nicht wieder dergleichen tust!‹ Bedr ed-Dîn Hasan aber rief: ›Wahrlich, das Geringste von dem, was du mir angetan hast, wäre Strafe genug für mich!‹ Doch der Wesir erwiderte: ›Es geht nicht anders, ich muß dich hängen lassen!‹ All das geschah, während der Zimmermann das Holz zurechtmachte und Hasan ihm zusah; und so ging es, bis die Nacht anbrach. Da nahm ihn sein Oheim, ließ ihn in die Kiste werfen und sagte: ›Morgen soll der Befehl ausgeführt werden!‹ Dann wartete er, bis er merkte, daß Bedr ed-Dîn eingeschlafen war, lud die Kiste auf und ritt selbst mit der Kiste vor sich hinein in die Stadt und weiter, bis er in sein Haus kam; dort sagte er zu seiner Tochter Sitt el-Husn: ›Preis sei Allah, der dich mit deinem Vetter wieder vereint hat! Mache dich auf und richte das Haus, wie es in deiner Brautnacht war.‹ Da wurden die Kerzen angezündet; der Wesir aber nahm den Plan, den er von der Hochzeitskammer gezeichnet hatte, und ließ die Diener jedes Gerät wieder an seine Stelle rücken, so daß, wenn einer das sah, er nicht daran zweifeln konnte, daß es eben die Nacht der Hochzeit sei. Auch ließ er den Turban des Bedr ed-Dîn Hasan auf den Stuhl legen, wie er ihn mit eigener Hand hingelegt hatte, und ebenso seine Hose und den Beutel, die unter dem Bett gelegen hatten. Darauf sagte er seiner Tochter, sie solle sich entkleiden, wie sie in der Hochzeitsnacht in der Kammer gewesen sei; und er fügte hinzu: ›Wenn dein Vetter zu dir eintritt, sage zu ihm: ›Du bist mir lange ausgeblieben auf dem Abtritt!‹ und rufe ihn, daß er sich dir zur Seite lege, und halt ihn bis Tagesanbruch im Gespräch; dann wollen wir ihm dies alles erklären.‹ Darauf ließ er Bedr ed-Dîn Hasan aus der Kiste nehmen, streifte ihm die Fesseln von seinen Füßen ab, zog ihm seine Kleider aus, so daß er nur noch das feine Hemd anbehielt und auch ohne Hosen war. All dies geschah, während er schlief und nichts bemerkte. Nun geschah es, wie es das Schicksal bestimmt hatte, daß er sich auf die andere Seite legte und aufwachte; da fand er sich in einer erleuchteten Halle und sprach bei sich selber: ›Ich wandle wohl in den Irrgängen von Träumen.‹ Dann stand er auf und schritt etwas weiter zu einer inneren Tür und blickte hinein, und siehe, das war ja die Halle, in der die Braut vor ihm entschleiert war; und dort sah er die bräutliche Kammer und den Stuhl und seinen Turban und all seine Kleider. Als er das sah, war er ratlos; er trat mit einem Fuß vor und mit dem andern zurück und sagte: ›Schlafe ich oder wache ich?‹ Dann begann er sich die Stirn zu reiben und sprach verwundert: ›Bei Allah, dies ist ja das Zimmer der Braut, die vor mir entschleiert wurde! Wo bin ich denn? Ich war doch eben noch in einer Kiste!‹ Wie er so mit sich selber sprach, hob plötzlich Sitt el-Husn den Zipfel des Vorhangs und sprach zu ihm: ›O mein Gebieter, willst du nicht kommen? Du bist recht lange auf dem Abtritt geblieben.‹ Als er ihre Worte hörte und ihr Gesicht erblickte, brach er in Lachen aus und sagte: ›Wahrlich, ich wandle in den Irrgängen von Träumen!‹ Dann trat er seufzend ein und dachte an das, was ihm geschehen war, und er war ratlos über seinen Zustand, und seine Lage wurde ihm nur noch unerklärlicher, als er seinen Turban sah und seine Hose und den Beutel mit den tausend Dinaren. Da murmelte er: ›Allah ist allwissend! Ich wandle wahrhaftig in den Irrgängen von Träumen.‹ Sitt el-Husn aber sprach zu ihm: ›Was ist dir, daß du so erstaunt und ratlos bist?‹, und sie fügte hinzu: ›So warst du nicht während des ersten Teils der Nacht!‹ Er aber lachte und fragte sie: ›Wie lange bin ich von dir fortgewesen?‹ Sie erwiderte: ›Allah behüte dich, und sein Name umschirme dich! Du bist gerade fortgegangen, um ein Geschäft zu verrichten, und wolltest gleich wiederkommen. Dein Verstand scheint abhanden gekommen zu sein.‹ Als Bedr ed-Dîn Hasan ihre Worte hörte, lachte er wieder und sagte: ›Du hast recht; doch als ich dich verlassen hatte, vergaß ich mich auf dem Abtritt, und ich träumte, ich sei Garkoch in Damaskus und wohne dort seit zehn Jahren; und zu mir käme ein Knabe, ein

Kind vornehmer Leute, mit einem Eunuchen.‹ Darauf strich er sich mit der Hand über die Stirn, und als er die Narbe fühlte, rief er: ›Bei Allah, o meine Herrin, es muß wahr gewesen sein; denn er traf meine Stirn mit einem Stein und spaltete sie mir; es muß doch im Wachen gewesen sein.‹ Dann sagte er wieder: ›Aber vielleicht habe ich es doch geträumt, als ich in deinen Armen einschlief; mir träumte, ich sei ohne Tarbusch und Hose nach Damaskus gereist und sei dort ein Koch geworden.‹ Dann war er wieder eine Weile ratlos und sprach: ›Bei Allah, mir ist auch, als hätte ich Granatapfelkerne zubereitet, ohne Pfeffer. Bei Allah, ich muß am stillen Örtchen eingeschlafen sein und das alles im Traum erlebt haben.‹ ›Um Gottes willen‹, rief Sitt el-Husn, ›und was hast du sonst noch gesehen?‹ Da erzählte Bedr ed-Dîn Hasan ihr alles; und schließlich sagte er: ›Bei Allah, wäre ich nicht erwacht, so hätten sie mich an eine Holzfigur genagelt!‹ ›Warum?‹ fragte sie; er sagte: ›Weil an den Granatapfelkernen kein Pfeffer war; und mir ist, als hätten sie mir den Laden niedergerissen, meine Geräte zerschlagen und mich in eine Kiste gesteckt; und dann ließen sie den Zimmermann holen, um eine Holzfigur für mich zu zimmern, denn sie wollten mich hängen. Aber jetzt, Allah sei Dank, daß all dies nur im Schlafe und nicht im Wachen geschehen ist!‹ Da lachte Sitt el-Husn und zog ihn an ihre Brust, und er sie an seine; dann grübelte er von neuem und sagte: ›Bei Allah, es kann nur im Wachen gewesen sein; ich weiß wirklich nicht, was es auf sich hat.‹ Darauf legte er sich nieder, aber er war ratlos; bald sagte er: ›Ich habe geträumt‹, bald: ›Es war im Wachen!‹ Und so ging es bis zum Morgen. Da kam sein Oheim Schems ed-Dîn, der Wesir, zu ihm und grüßte ihn; als Bedr ed-Dîn Hasan den erblickte, rief er: ›Bei Allah, bist du nicht der, der mir die Hände fesseln und meinen Laden zertrümmern ließ, und der mich an das Holz nageln lassen wollte wegen der

Granatapfelkerne, weil sie ohne Pfeffer waren?‹ Der Wesir sprach zu ihm: ›Wisse, mein Sohn, die Wahrheit ist nun offenbar geworden, und was verborgen war, ist an den Tag gekommen: du bist der Sohn meines Bruders. Ich habe dies alles nur getan, um mich zu vergewissern, daß du wirklich der bist, der in jener Nacht zu meiner Tochter eingegangen ist. Ich konnte dessen nicht eher gewiß sein, als bis ich sah, daß du das Zimmer erkanntest, und deinen Turban, deine Hose, dein Gold und die Papiere in deiner Handschrift und in der deines Vaters, meines Bruders; denn ich hatte dich nie zuvor gesehen und kannte dich nicht; deine Mutter aber habe ich mit mir aus Basra hierhergebracht.‹ Dann warf er sich seinem Neffen an die Brust und weinte. Als aber Bedr ed-Dîn Hasan von seinem Oheim diese Worte hörte, da geriet er in höchste Verwunderung, und er fiel ihm um den Hals und weinte auch im Übermaße der Freude. Darauf sprach der Wesir zu ihm: ›Mein Sohn, der einzige Anlaß für all dies ist das, was zwischen mir und deinem Vater vorfiel‹; und er erzählte ihm, was das gewesen war und warum sein Vater nach Basra gezogen war. Und schließlich ließ der Wesir den Knaben 'Adschîb holen; als sein Vater ihn sah, rief er: ›Und dies ist der, der mich mit dem Stein getroffen hat!‹ Der Wesir aber sprach: ›Dies ist dein Sohn!‹ Da warf sich Bedr ed-Dîn Hasan an seines Sohnes Brust, und er sprach die Verse:

Ich habe lange geweint, weil das Geschick uns getrennt hat;
Und immer rannen mir aus meinen Augen die Tränen.
Ich gelobte, wenn je das Schicksal uns wieder vereinen sollte,
Ich wolle nie wieder die Trennung mit meiner Zunge erwähnen.

Die Freude ist plötzlich zu mir gekommen und hat über
Nacht
In ihrem Übermaße mich zum Weinen gebracht.

Als er die Verse geendet hatte, siehe, da trat seine Mutter herein; sie warf sich an seine Brust und sprach die Verse:

Wenn wir uns treffen, klagen wir;
Denn große Leiden tun wir kund.
Die Klage aber ist nicht schön,
Kommt sie aus eines Boten Mund.

Dann erzählte seine Mutter ihm, wie es ihr seit seinem Aufbruch ergangen war; und er erzählte ihr, was er erduldet hatte. Da dankten sie Allah dem Erhabenen für ihre Wiedervereinigung.

Zwei Tage aber nach seiner Ankunft ging der Wesir Schems ed-Dîn zum Sultan, und als er bei ihm eintrat, küßte er vor ihm den Boden und grüßte ihn mit dem Gruße, der den Königen gebührt. Der Sultan freute sich über seine Rückkehr, und sein Antlitz lächelte huldvoll; er ließ ihn dicht neben sich sitzen und fragte ihn nach allem, was er auf seiner Reise erlebt hatte und was ihm auf seinem Wege widerfahren war. Da erzählte der Wesir ihm alles von Anfang bis zu Ende. Und der Sultan sprach zu ihm: ›Dank sei Allah für die Erfüllung deines Wunsches und für die sichere Heimkehr zu deinen Kindern und deinem Volke! Ich muß aber auch den Sohn deines Bruders sehen, Hasan el-Basri; bringe ihn morgen mit in die Halle des Empfanges!‹ Schems ed-Dîn erwiderte: ›Dein Sklave soll morgen vor dir stehen, so Gott der Erhabene es will.‹ Dann grüßte er ihn und ging fort; als er nach Hause zurückgekehrt war, berichtete er seinem Neffen von Sultans Wunsch, ihn kennen zu lernen. Hasan el-Basri sagte darauf: ›Der Sklave gehorcht dem Befehl seines Herrn.‹ Also ging er mit seinem Oheim Schems ed-Dîn zu Seiner

Majestät dem Sultan; und als er vor ihm stand, begrüßte er ihn mit den vollendetsten und höflichsten Worten des Grußes, und er sprach die Verse:

Es küsset vor dir den Boden, wer eine mächtige Stellung
Durch dich erhielt und so Erfüllung der Wünsche fand.
Du bist der Herr des Ruhmes; Glück hat, wer auf dich hoffet
Mit dem, was er wünscht; in der Welt hat er einen hohen Stand.

Der Sultan lächelte und winkte ihm zu, daß er sich setzen solle; da nahm er dicht neben seinem Oheime Schems ed-Dîn Platz. Dann fragte der Sultan ihn nach seinem Namen; und jener erwiderte: ›Der Geringste deiner Sklaven ist bekannt als Hasan von Basra, und er betet beständig für dich, Tag und Nacht.‹ Dem Sultan gefielen diese Worte; und da er seine Gelehrsamkeit und seine gute Erziehung prüfen wollte, so fragte er: ›Weißt du etwas zum Preise des Males auf der Wange?‹ Er antwortete: ›Jawohl‹ und sprach:

Ach, der Geliebte! Immer wenn ich an ihn denke,
Fließt mir die Träne, es seufzt die Liebessucht.
Er hat ein Mal, das gleicht an Schönheit und Farbe
Dem Augenstern oder der Blüte auf der Frucht.

Der König bewunderte die beiden Verse und sagte zu ihm: ›Zitiere noch einige; Allah läßt deinen Vater im Sohne sprechen! Möge er deine Zähne nie zerbrechen!‹ Da sprach Hasan die Verse:

Den Fleck des Males hat man verglichen mit einem Korne
Von Moschus; wundre dich nicht über den, der also sprach.
Nein, bewundre das Antlitz, das alle Schönheit vereinte,

Und dem von alle dem Schönen auch nicht ein Körnchen gebrach.

Da zitterte der König vor Freuden und sagte: ›Sprich weiter! Allah segne deine Tage!‹ Und er fuhr fort:

O du, auf dessen Wange ein wunderlieblich Mal
Dem Moschuskorne gleichet auf einem Rubinstein,
Gewähre mir, zu dir zu kommen, und sei nicht hart,
O du sehnlichster Wunsch, du Speise des Herzens mein!

Da rief der König: ›Du hast schön gesprochen, schöner Hasan! Du hast alle Vortrefflichkeit übertroffen! Jetzt erkläre uns, wie viele Bedeutungen das Wort *châl*[3] besitzt.‹ Er erwiderte: ›Allah erhalte die Macht des Königs! achtundfünfzig Bedeutungen; einige aber sagen fünfzig.‹ Der König sprach: ›Du sagst die Wahrheit‹, und er fügte hinzu: ›Verstehst du die Schönheit zu beschreiben?‹ ›Gewiß‹, erwiderte Bedr ed-Dîn Hasan; ›die Schönheit besteht im Glanz des Gesichtes, in der Helle der Haut, in der Wohlgestalt der Nase, in dem süßen Blick der Augen, in der Schönheit des Mundes, in der Feinheit der Rede, in der zierlichen Schlankheit des Leibes und der Vollkommenheit aller schönen Eigenschaften. Aber die Vollendung der Schönheit liegt im Haare; wie denn esch-Schihâb, der Dichter aus dem Hidschâz, alles dies vereinigte in einem Liede im jambischen Versmaß, das also lautet:

Der Glanz gehört zum Antlitz, sprich, und zu der Haut
Gehört die Helle, die dein Blick so gerne schaut.
Die Nase wird beschrieben zu Recht durch Wohlgestalt;
Und an dem süßen Blicke kennt man die Augen bald.
Dem Mund gehört die Schönheit – trefflich, wer so spricht;
Versteh es wohl von mir; die Ruhe fehle dir nicht.

Feinheit gehört zur Rede, zum Leibe Zierlichkeit,
Und aller schönen Eigenschaften Vollkommenheit.
Doch die Vollendung aller Schönheit liegt im Haar.
Nun merke auf mein Lied; sprich mich des Tadels
bar!‹

Hocherfreut war der Sultan über seine Worte, und er zog ihn in die Unterhaltung und fragte: ›Was ist der Sinn in dem Sprichworte: Schuraih ist schlauer als der Fuchs?‹ Hasan erwiderte: ›Wisse, o König – Allah der Erhabene erhalte deine Macht! –, der Richter Schuraih zog während der Tage der Pest nach Nedschef[4]; und sooft er im Gebet stand, kam ein Fuchs, stellte sich ihm gegenüber auf, machte ihm alles nach und lenkte ihn so von seiner Andacht ab. Als ihm das zu lästig wurde, zog er eines Tages sein Hemd aus, hängte es auf ein Rohr, zog die Ärmel heraus, setzte seinen Turban darauf, legte um die Mitte einen Gürtel und stellte das Ganze da auf, wo er zu beten pflegte. Als nun der Fuchs kam wie gewöhnlich und sich der Gestalt gegenüberstellte, schlich Schuraih sich von hinten an ihn heran und fing ihn. So ist das Sprichwort entstanden.‹ Wie der Sultan Bedr ed-Dîn Hasans Erklärung vernommen hatte, sprach er zu seinem Oheim Schems ed-Dîn: ›Wahrlich, dieser Sohn deines Bruders ist vollendet an feiner Bildung, und ich glaube nicht, daß sich seinesgleichen in Ägypten findet.‹ Hasan el-Basri aber küßte den Boden vor ihm und setzte sich nieder, wie ein Mamluk vor seinem Herrn sitzen muß. Nachdem also der Sultan sich all dessen vergewissert hatte, was Hasan el-Basri an feiner Bildung besaß, freute er sich höchlichst, kleidete ihn in ein prächtiges Ehrengewand und gab ihm ein Amt, durch das er ein ausreichendes Einkommen erhielt. Hasan aber erhob sich, küßte den Boden vor ihm, wünschte ihm dauernde Macht und bat um die Erlaubnis, sich mit seinem Oheim, dem Wesir Schems ed-Dîn, zurückzuziehen. Der Sultan gab ihm die Erlaubnis, und so ging er mit seinem Oheim nach Hause; dort setzte man die Speisen vor sie, und sie aßen, was Allah ihnen gegeben hatte. Nach Beendigung der Mahlzeit ging Hasan in das Gemach seiner Gemahlin Sitt el-Husn, und er berichtete ihr, wie es ihm bei Seiner Majestät dem Sultan ergangen war; und sie sprach: ›Er wird dich sicher zu seinem Vertrauten machen und wird dich mit Geschenken und Gaben überhäufen; und du wirst, durch die Gnade Allahs, gleich dem größeren Licht, die Strahlen deiner Vollkommenheit aussenden, wo immer du seist, zu Lande oder zu Wasser.‹ Er sagte darauf: ›Ich will ein Lobgedicht auf ihn machen, damit seine Liebe zu mir in seinem Herzen noch zunehme.‹ ›Du hast mit deiner Absicht das Rechte getroffen‹, erwiderte sie; ›drum wähle schöne Gedanken und füge die Worte sorgfältig, so werde ich gewißlich sehen, wie er dich in Gnaden aufnimmt.‹ Dann schloß Hasan el-Basri sich ein und schrieb Verse hin von schönem Bau und schönem Sinn, die also lauteten:

Ich hab einen Helden, der hat die höchste Höhe
erklommen;
Er geht auf dem Wege, auf dem die Edlen und
Mächtigen kommen.
Die Lande hat rings gesichert seiner Gerechtigkeit
Schwert,
Und allen seinen Feinden hat es die Wege versperrt.
Sprichst du von einem Löwen, der Kraft mit
Frömmigkeit paart,
Von König oder von Engel – er ist von derselben Art.
Der Bettler kehret zurück von ihm als reicher Mann;
So gütig ist er, daß kein Wort von dir ihn beschreiben
kann.
Er ist der leuchtende Morgen, wenn er Geschenke
macht;

Aber zur Zeit des Kriegs wie die finster dräuende
Nacht.
Seine Güte umgibt mit Geschmeide unseren Hals;
Durch seine Wohltaten ist er für Freie ein König des
Alls.
Möge Allah ihn uns noch viele Jahre erhalten,
Möge er ihn beschützen vor Fährnis finstrer Gewalten!

Als er die Verse geschrieben hatte, schickte er sie dem Sultan durch einen der Sklaven des Oheims, des Wesirs Schems ed-Dîn; der König las sie, und sein Herz erfreute sich daran; dann las er sie denen vor, die bei ihm zugegen waren, und alle lobten sie sehr. Darauf ließ er den Schreiber holen und sagte zu ihm: ›Du bist hinfort mein Vertrauter, und ich bestimme dir außer dem, was ich dir früher verliehen habe, noch einen monatlichen Sold von tausend Dirhems.‹ Hasan el-Basri küßte den Boden vor ihm dreimal und betete für ihn um dauernde Macht und ein langes Leben. So stieg nun Hasan el-Basri hoch in Ehren, und sein Ruhm verbreitete sich in vielen Ländern, und er blieb in aller Freude des Daseins und Ruhe des Lebens bei seinem Oheim und den Seinen, bis der Tod ihm nahte.‹

Als der Kalif Harûn er-Raschîd diese Geschichte aus dem Munde des Dscha'far gehört hatte, da staunte er sehr und sagte: ›Es gebührt sich, daß solche Geschichten mit goldener Tinte aufgezeichnet werden.‹ Und er ließ den Sklaven frei und befahl, daß dem Jüngling ein monatlicher Sold bestimmt würde, von dem er gut leben könnte; auch gab er ihm eine seiner eigenen Sklavinnen und nahm ihn in den Kreis seiner Freunde auf.«

Die Nachtzäsuren, deren Plazierung auch im arabischen Grundtext willkürlich ist, habe ich in den aus Littmann ausgewählten Übersetzungen getilgt. In Habicht waren sie ohnehin nachträglich eingefügt und ohne jede Verknüpfung mit dem Text. Weil hatte von vornherein darauf verzichtet.

Die Schreibungen bzw. Wiedergaben der arabischen Namen sind je nach Übersetzer verschieden. Galland hatte z. T. italienische Transkriptionen, die bis in die deutschen Übersetzungen weitergeschleppt sind, z. B. Morgiana = Murğâna (umgangssprachl. Form von marğâna ›Perle; Koralle‹). Littmann schreibt für diesen Laut (wie *g* in engl. Georges, ital. Giovanni) *dsch*. – *ch* ist immer wie der deutsche ach-Laut zu sprechen. – *h* nach Vokalen ist nie Dehnungszeichen, sondern bezeichnet einen Sprachlaut; oft – z. B. in Ahmad – ist es die Wiedergabe eines arabischen Lautes, der weit schärfer und hörbarer ist als das deutsche *h*. – Littmann und auch Weil und Habicht schreiben kurzes arabisches *a* in bestimmten Positionen als *e*, z. B. Schehrezâd; Bedr = Badr; dirhem = dirham. Ich habe daran nichts geändert.

Anmerkungen

Der Beginn der Erzählungen von Tausendundeiner Nacht

1. Die Rahmenerzählung im engeren Sinn ist durch die Angaben Ibn an-Nadîms im Fihrist in ihren wesentlichen Elementen (Struktur, handelnde Personen und deren Namen) früh belegt. Der Prolog, der dieser Rahmenerzählung vorausgeht, ist erst aus den erhaltenen Handschriften von 1001 Nacht bekannt. Es steht zwar außer Zweifel, daß es sich dabei um eine alte literarische Komposition handelt, deren Ursprünge sich bis nach Indien zurückverfolgen lassen, und auch, daß diese Komposition seit jeher den Prolog gebildet hat, doch gerade darum ist mit Überlieferungsschäden zu rechnen, die im Laufe der Zeit eingetreten sind und zu einer Verflachung der Erzählungen geführt haben. Vor allem die ersten Blätter einer Handschrift waren Beschädigungen ausgesetzt, und so ist es nicht verwunderlich, daß gerade in den einleitenden Abschnitten eines so vielgelesenen Buches wie 1001 Nacht derartige Schäden sich erkennen lassen, wenn auch Erzähler und Abschreiber immer wieder versucht haben, den Gang der Geschichte wiederherzustellen und die Handlungselemente neu zu begründen.

In allen Textbelegen für den Prolog von 1001 Nacht treffen wir auf zwei Brüder, beide Könige (die Namen variieren etwas, was mit der arabischen Schrift zusammenhängt), die jeweils von ihren Ehefrauen betrogen werden, Schahriyâr zusätzlich noch von – je nach Rezension – zehn oder zwanzig Konkubinen, was Schâhzaman als Trost ausreicht, um wieder Appetit zu kriegen und zu genesen. Die indische Erzählung, auf die der erste Prologteil zurückgeht, ist in zwei Punkten wesentlich schärfer konturiert: Die beiden Männer sind deutlich rangverschieden: der eine König, der andere ein Untertan (oder ein einfacher Mann in einem anderen Land). Beide zeichnen sich durch große Schönheit aus, was für den König der Anlaß ist, den anderen an seinen Hof zu holen, um zu sehen, wer der schönere ist. Der rangniedrige stellt fest, daß er betrogen wird, seine Schönheit welkt usw., er gewinnt sie wieder, als er feststellt, daß auch der König betrogen wird. Die gleiche Geschichte ist in verschiedenen anderen Versionen in der vorderorientalischen Literatur (und in Volkserzählungen) belegt; sie bringen sie mehr oder weniger in dieser Form. In dieser scharf konturierten Fassung ist sie auch lange vor 1001 Nacht an Europa weitergegeben worden (vgl. Ariosts Giocondo und Astolfo, canzone 28 des Orlando furioso). Wenn die beiden Männer ranggleich und Brüder sind, ist das eine Verflachung. Wann sie eingetreten ist, läßt sich nicht abschätzen. Auffällig ist jedoch, daß in G, unserem ältesten Text, der jüngere Bruder den älteren meist mit *ya malik* ›o König‹ anredet. Ich habe mich daher zu einer Rekonstruktion berechtigt gehalten: Als ersten Teil des Prologs übernehme ich den Prolog der »Hundert und eine Nacht« (*Mi'at layla wa-layla*, Ed. M. Taršûna, S. 67–81). Die Ausgabe beruht zwar auf relativ jungen Handschriften (älteste von 1776), doch ist eine von 1001 Nacht unabhängige Überlieferung plausibel. Auf das Alter weisen die Überlieferungsschäden hin, von denen auch dieser Text nicht frei ist. – Ab dem zweiten Teil des Prologs folge ich in der Übersetzung einem arabischen Text von 1001 Nacht, und zwar dem Text der Handschrift G (Erst-Edition des Textes 1984, s. Lit.Verz.) – Die Protagonisten dieser Fassung sind Schahriyâr, der König von China und Indien, und dessen jüngerer Bruder Schâhzamân, König von Samarkand. Als Schâhzamân feststellt, daß sogar der König von seiner Frau betrogen wird, ist er getröstet, gewinnt Gesundheit und Farbe wieder und berichtet seinem Bruder auf dessen Drängen alles. Beide ziehen mit dem Heer fort, das im Weichbild der Stadt lagert. Nachts kehren sie heimlich in das Schloß zurück, und Schahriyâr überzeugt sich, daß sein Bruder die Wahrheit berichtet hat. Anders als in der bisher übersetzten Fassung (s. u.) tötet Schahriyâr nicht sofort Frau und Dienerinnen. – Damit die Geschichte stimmig bleibt, ist die Figur des Schâhzamân durch die des jungen Kaufmanns aus Khorasan ersetzt. Eine redaktionelle Umarbeitung, im Hinblick auf Verwandtschaftsverhältnis und Stellung, ist kaum nötig, da auch im Originaltext Schâhzamân seinen Bruder oft mit ›o König‹ anredet und Schahriyârs ›o Bruder‹ auch an den Schicksalsbruder gerichtet sein kann, vor allem nachdem der König Reich, Macht und Welt entsagen will. – Der Prolog von 1001 Nacht fährt fort: »Dann stieg der König hinab, ging in seinen Palast hinüber, ergriff die Maid und die Sklavinnen, die bei ihr waren, und ließ sie enthaupten. Dann ließ er den Kopf des Negers und der Maid holen, auf eine Schale legen und sie zu dem jungen Mann aus Khorasan bringen. Als er die beiden Köpfe erblickte, fragte er: ›Was ist das, o König?‹ und der antwortete: ›Das sind die Köpfe der Maid und des Negers‹.« Der weitere Prolog ist dann aber recht kurz; vor allem wird – anders als z. B. in Volkserzählungen (vgl. Grotzfeld 1984, S. 139–143) – keine gemeinsame Reise der beiden betrogenen Ehemänner berichtet.

Lit.: Cosquin 1909; Grotzfeld 1984, S. 50–59; Grotzfeld 1991.

1. Ich lese hier statt *'awqafahu* (Text) *wāfaqahu*.
2. Der Name bedeutet: Blüte der Gärten.
3. Im Arabischen reden sich Ehepartner im Märchen (und nicht

selten auch im wirklichen Leben) mit »Base« und »Vetter« an. Ehen zwischen Geschwisterkindern waren (und sind in konservativen Schichten oder Gruppen auch heute noch) häufig.

4. Die Vorlage hat hier »einige Dinge«; andere Handschriften haben mit *tahlil*, »Amulett«, das ursprünglich hier Gemeinte bewahrt. Auch in den Handschriften der eigentlichen 1001 Nacht ist diese Stelle meist verderbt.
5. Der Name bedeutet ›Lenker/Planer der Herrschaft‹.
6. Diese Schilderung ist ein Versatzstück von konventionellem Stil (Reimprosa) und Inhalt (Topoi). Die in einigen Einzelheiten dunkle Passage findet sich nur in einem Teil der Hss.
7. Im Original Reimprosa.
8. Eine andere Hs. bietet eine kürzere Entschuldigung: ›Der König ist eben erst weggegangen.‹
9. Dieser letzte Satz nach der stimmigeren Fassung der Hs. T.
10. Im Text G (dem ich nachher folge), wo die beiden betrogenen Ehemänner Brüder und Könige sind, zieht Schahriyâr mit einem Heer aus der Stadt und schlägt vor der Stadt sein Lager auf – ein der Wirklichkeit entsprechender völlig normaler Vorgang. Vom Lager kehren die beiden Brüder heimlich in den Palast zurück.
11. Von hier ab folge ich G.
12. Der Originaltext setzt noch hinzu: »und bogen sich vor Vergnügen«. Solche formelhaften Wendungen sind für den Stil dieser Textgattung charakteristisch. Unpassender Gebrauch wie hier ist nicht ganz ungewöhnlich.
13. Das Original fügt – unpassenderweise – noch hinzu: »dem Vater der beiden Mädchen Dînârzâd und Schahrazâd, von denen noch zu berichten sein wird«.
14. Das ist seit Anbruch der Morgendämmerung.
15. Die Vorlage nennt den Esel hier »ränkevoll«, aber nach den Prämissen der Geschichte dürfte dieses Attribut nur in den Überlegungen des Kaufmanns vorkommen; in dem an den Knecht gerichteten Befehl ist es fehl am Platz.
16. Im Prolog ist der Name der kleinen Schwester stets Dînârzâd geschrieben, später Dînâzâd, was allerdings fast überall auch ebensogut Dunyâzâd gelesen werden könnte, da die diakritischen Zeichen, welche die Buchstaben voneinander unterscheiden, zwei Punkte unter der Zeile *i/y* bzw. ein Punkt über der Zeile für *n*, kaum exakt gesetzt werden. Dementsprechend finden sich in der handschriftlichen Überlieferung alle drei Namensformen Dînârzâd, Dînâzâd und Dunyâzâd.

2. Die Geschichte vom Kaufmannn und vom Dschinni

Dieser kleine Erzählzyklus gilt allgemein als ein nicht weiter überarbeiteter Überrest der ältesten Fassung; anders ist schwer verständlich, warum diese letztlich albernen Geschichten den Ehrenplatz einnehmen. Er ist nur in verstümmelter Form überliefert. In den ältesten handschriftlichen Textzeugen von 1001 Nacht (G und die von G abhängigen Hss. einschließlich Calcutta I) tritt der dritte Scheich ohne ein Tier auf und erzählt auch keine Geschichte, sondern behauptet einfach, seine Geschichte übertreffe die der beiden anderen Scheiche, und bittet den Dschinni um das letzte Drittel der Schuld des Kaufmanns, was der Dschinni auch gewährt. Ein anderer Überlieferungsstrang hat sich mit dieser schlecht kaschierten Textlücke nicht zufriedengegeben, sondern läßt auch den dritten Scheich eine Geschichte erzählen. Paris 3612 und ZÄR bieten die bei Littmann I, 46–47 übersetzte Geschichte. Sie ist aus bereits vorausgegangenen Motiven zusammengebastelt und darum literarisch-kompositorisch wenig befriedigend; vor allem wird sie dem Anspruch, der im Erzählzyklus selber an sie gestellt ist, nicht gerecht. Ich übersetze eine anderen Versuch, für die im Lauf der Überlieferung verloren gegangene Geschichte des dritten Scheichs einen Ersatz zu schaffen, nämlich die in Paris 3615 vom dritten Scheich erzählte Geschichte. Zwar steht diese Anfang des 18. Jahrhunderts in Ägypten geschriebene Hs. der Hs. G textlich nahe, doch repräsentiert sie einen gesonderten Überlieferungsstrang. Wie G läßt dieser Text den dritten Scheich ohne ein Tier in seiner Begleitung auf die Szene treten. – Übersetzung nach dem Text von G.

1. In den Handschriften von Alf layla wa-layla sind diese Nachtnumerierungen gewöhnlich graphisch hervorgehoben durch größere, oft kalligraphierte Schrift, meist auch durch rote Tinte. Angaben über das speziellere Genre im Anschluß an den Titel der Geschichten sind in den Niederschriften der volkstümlichen Erzählungen nicht unüblich.
2. Schlußelement des rituellen Gebetes, bei dem der Betende den Kopf nach rechts und links wendet.
3. Diese beiden Sätze sind oft geäußerte Formeln, mit denen der Muslim zum Ausdruck bringt, daß man sein Schicksal hinnehmen muß. Der erste Satz ist gleichzeitig eine geläufige Form der Kondolenzbezeugung.
4. Übersetzung der Verse, mit Ausnahme der beiden letzten Zeilen, von Enno Littmann. – Calcutta II, Littmanns Vorlage, ist zwar ein Repräsentant der ägyptischen Rezension (ZÄR), hat aber an dieser Stelle mit den Versen eine Erweiterung gegenüber dem in

Ägypten gedruckten Text (Bulaq I, II). Die Verse sind dem Text von Calcutta I entnommen, der seinerseits ein Repräsentant der syrischen Rezension ist, deren ältesten Vertreter – die Hs. G – ich hier übersetze. Calcutta I bringt zwei Verse mehr als G, hat einige Verse umgestellt, bietet jedoch nicht die beiden letzten Zeilen, welche die eigentliche Motivation für die Einfügung der Verse enthalten.

5. Die Rezitation des ganzen Korans (eine sogenannte hatma) gehört u. a. zu den Trauer- und Begräbniszeremonien.
6. Im Text steht hier und auch an den meisten anderen Stellen »Hündinnen«. Das Geschlecht spielt in der Erzählung aber keine Rolle.
7. Calcutta I erzählt ausführlich, daß die Initiative hierzu von der Frau ausging (vgl. Gen. 16, 2) und der Mann nur widerstrebend zustimmte. Dieses für die Psychologie der Geschichte wesentliche Detail ist aber eher als spätere Zutat denn als ein – sonst verlorengegangenes – altes Element anzusehen.
8. Das »Große Fest« ist das muslimische Opferfest am 10. Dhu l-Higga, an dem Muslime, sofern sie nur irgendwie dazu in der Lage sind, ein Schaf – Begüterte ein Kamel – schlachten. Rind oder Kalb sind allerdings keine üblichen Opfertiere.
9. Die Hs. hat *'an asḫara*, mit einem diakritischen Punkt über der Ligatur *s+ḥ/ḫ*, gefolgt von einem deutlichen *mimman*, was nur zu dem Verbum *saḫara* (koranischer Sprachstil) paßt. Die späteren Hs. und die Drucke lassen *'ăn asḥara man:* »daß ich verzaubern darf« (die ursprüngliche Lesart?).
10. Der Vorschlag einer Teilung mit Ausklammerung des Kapitels zeigt einen Lernprozeß auf, sicher ein beabsichtigtes Element. Bei der berichteten Teilung ist das aber schon wieder vergessen. Nur die Rezension von Paris 3612 beseitigt den Widerspruch zwischen vorgeschlagener und berichteter Teilung, indem sie das Vermögen 3000 Dinare betragen läßt.
11. Die Geschichte des dritten Scheichs nach der Hs. Paris 3615, fol. 15b–16b.
12. Von hier an folge ich wieder G.

3. Die Geschichte des Lastträgers und der drei Damen

Qu.: Littmann, I, 97–214. In seiner Vorlage Calcutta II ist der ursprüngliche ZÄR-Wortlaut öfter, besonders bei Vers- und Reimprosapartien, durch den Wortlaut des Breslauer Drucks ersetzt. – Dieser Erzählzyklus ist, sicher zu Recht, als »elaborate offspring of the opening story« (Gerhardt 1963, 410) unter gleichzeitiger Transponierung ins Femininum charakterisiert worden. Vieles spricht dafür, daß in einen ursprünglich schlichteren Rahmen weitere Personen (z. B. die Bettelmönche, die keine Änderung der Handlung erfordern), die sich mit Geschichten loskaufen müssen, und ornamentale Zutaten (z. B. die frivole Badeszene) eingefügt worden sind. Widersprüche und Ungereimtheiten (z. B. daß die Striemen von den Peitschenhieben während der Badeszene nicht gesehen werden) stören in dieser Art Volksliteratur nicht. Der Zyklus illustriert, was wir uns unter Ibn an-Nadîms Worten *die Sprachgelehrten und Sprachkünstler nahmen sich ihrer an, feilten und putzten daran und verfaßten ähnliches in dieser Art* vorzustellen haben.

1. Dies Gedicht ist eine Parodie auf die altarabischen Kasîden, die mit der Klage um die ferne Geliebte beginnen, dann oft von nächtlichen Heldentaten erzählen und manchmal mit einem weisen Spruche enden. Es enthält im Original – was zu seinem Werte beiträgt – viele seltene und fast unverständliche Wörter.

4. Die Geschichte von den drei Äpfeln

Qu.: Littmann I, 214–291. Auch hier öfter Ersatz des ZÄR-Wortlauts durch den des Breslauer Drucks. – Der (Schein-)Rahmen weist große strukturelle Ähnlichkeit mit dem »Vorspann« auf, mit dem öfters Erzählungen eingeleitet sind (in Rudimenten bis heute in der arabischen Volksliteratur gebräuchlich). Hauptfunktion eines solchen Vorspanns war es, die Aufmerksamkeit der Zuhörer zu fesseln (darum wohl häufig Harun ar-Raschid als Zentralfigur) und sie auf irgendeine Merkwürdigkeit einzustimmen. – Die einzige innerhalb des Rahmens erzählte »Geschichte der Wesire Nûr ed-Dîn und Schems ed-Dîn« hat ihre Ausformung im zweiten Viertel des 15. Jahrhunderts erfahren, wobei sich nicht entscheiden läßt, ob eine ältere Fassung der Geschichte, ins zeitgenössische Milieu verlegt, neu erzählt ist, oder ob ein begabter Erzähler aus Motiven/Motivketten verschiedenster Herkunft eine »neue« Geschichte gestaltet hat. Der Handlungsstrang, mit Trennung der Helden, Wiederbegegnung ohne oder mit überraschendem Wiedererkennen usw. ist ein Strukturelement schon des »griechischen« Romans; eine Reihe von Motiven, z. T. an gleichartige Helden geknüpft und in ähnlicher Folge, scheint aus den Buddha-Legenden übernommen.
Lit.: André Miquel: Sept contes des Mille et Une Nuits, Paris 1981, 191–295.

1. Der Held heißt von jetzt ab »el-Basri« nach seiner Vaterstadt.
2. Die Schenken befinden sich oft in einsamen Häusern außerhalb der Städte.
3. Eine der Bedeutungen von *châl* ist »Mal«.
4. In Nedschef, westlich vom unteren Euphrat, nahe dem alten Kufa, ist das Grab 'Alîs, des 4. Kalifen und Hauptheiligen der Schiiten; die persischen Pilger schleppen oft die Pest ein, zumal sie ihre Toten mitbringen und dort begraben. Schuraih war ein berühmter Kadi von Kufa im 7. Jahrhundert n. Chr.

Glossar

Dinar: Goldmünze (4,25 g); während langer Perioden eher eine Rechnungseinheit. Vom Ende des 12. Jhs. bis ins 15. Jh. war der Gewichtsstandard bes. für Goldmünzen aufgegeben. Zahlungen in Goldmünzen wurden gewogen. Daher wird auch in den 1001-Nacht-Erzählungen oft der Wechsler gerufen, der die Kaufsumme »abwiegt«.

Dirham/Dirhem: Silbermünze (ca. 3 g).

Ehrengewand: Die Verleihung eines E. ist der Ausdruck einer ganz besonderen Wertschätzung. Ein Herrscher stellte dadurch den Geehrten unter seinen persönlichen Schutz. Ab dem 12./13. Jh. bilden sich in den vorderoriental. Ländern zwei Sonderformen aus: Ehrengewänder als eine Form der Amtsinsignien zum Ausdruck der Übertragung von bzw. Bestätigung in Amtsfunktionen (Investitur) und Ehrengewänder in (durch Stoffqualität und -farbe, Pelzbesatz u. ä. kenntlichen) Rangstufen, die – unter osmanischer Herrschaft zunehmend inflationär – ähnlich unseren Orden verliehen wurden.

Ertränken: Die Hinrichtungsart für eine Ehebrecherin.

Gebetszeiten: Tagesanbruch, Mittag, Nachmittag; Sonnenuntergang, früher Abend, durch den Muezzin ausgerufen; dien(t)en in islamischen Ländern auch als ungefähre Zeitangabe.

Kisrā-Könige: Die legendären alten Perserkönige, benannt nach Chusrow/Chosroes.

Mamlūk: Hellhäutiger Sklave; *Sklave* ohne Zusatz gibt *ʿabd* wieder, den man sich dunkel vorzustellen hat.

Munkar und Nakîr: Die beiden Engel, die den Verstorbenen im Grab prüfen und ins Jenseits bringen.

Nachlaßinspektor: Behörde, welche die Hinterlassenschaften Verstorbener registrierte und sie bei Fehlen direkter Erben für die Staatskasse einzog.

Nadd: Ein aus verschiedenen Ingredienzen zusammengesetzes Räucherwerk.

Schwor, sich scheiden zu lassen: konventionelle Form, einer Bitte, Aufforderung oder auch einer dankenden Ablehnung Nachdruck zu verleihen.

Sunna: Die Verhaltensnormen, die nach Anschauung des Islam Muhammad durch Tun und Lassen, durch Billigung oder Verurteilung gesetzt hat.

Tschausch: Eine Art Herold; u. a. auch Ehrenwache für hohe zivile Amtsträger.

Tubbaʿ-Sultane: Die legendären südarabischen Könige des Jemen.

Zeugen: Bevollmächtigte der islamischen Justizverwaltung, die privatrechtliche Verträge wie Eheschließungen und Scheidungen, Testamente u. ä. beeidigen und damit legalisieren; entsprechen unseren Notaren.

Märchen
aus dem Land der
Königin von Saba

Herausgegeben von Inge Diederichs
Leinen, 288 Seiten mit
Linolschnitten von HAP Grieshaber

Im Gebiet des heutigen Nordjemen lag das legendäre Königreich von Saba, berühmt durch seine Königin, die für die einen die Verführerin König Salomos, für andere die ihm an Wissen Überlegene ist. Kein Stein, keine Inschrift bezeugen dort ihre Existenz, aber in den alten Weisheitsbüchern, in den Volksmärchen des »Glücklichen Arabien« lebt sie fort.
Spannende Märchenkapitel führen den Leser in eine verlorengegangene, eine harte und schöne Welt. Sie laden ein, die »Welt der Beduinen«, den »Scharfsinn der Kalifen« und die besondere »Macht der Frauen« Südarabiens kennenzulernen.